你好，青春

NIHAO，QINGCHUN

qing chun

他们无处安放的青春
那些年少的美好时光
那段最美最纯的爱情
那些即使伤痛也念念不忘的过往

杜礼青/著

小说作家方阵丛书

中国财富出版社

图书在版编目（CIP）数据

你好，青春/杜礼青著．—北京：中国财富出版社，2014.5
（青春派小说作家方阵丛书）
ISBN 978-7-5047-5101-0

Ⅰ．①你… Ⅱ．①杜… Ⅲ．①长篇小说—中国—当代 Ⅳ．①I247.5

中国版本图书馆 CIP 数据核字（2014）第 007387 号

策划编辑	王秋萍	**责任印制**	方朋远
责任编辑	白　昕　白　柠	**责任校对**	饶莉莉

出版发行	中国财富出版社		
社　　址	北京市丰台区南四环西路 188 号 5 区 20 楼	**邮政编码**	100070
电　　话	010-52227568（发行部）		010-52227588 转 307（总编室）
	010-68589540（读者服务部）		010-52227588 转 305（质检部）
网　　址	http：//www.cfpress.com.cn		
经　　销	新华书店		
印　　刷	北京兴星伟业印刷有限公司		
书　　号	ISBN 978-7-5047-5101-0/I·0129		
开　　本	710mm×1000mm　1/16	**版　　次**	2014 年 5 月第 1 版
印　　张	17.75	**印　　次**	2014 年 5 月第 1 次印刷
字　　数	328 千字	**定　　价**	35.00 元

第一章

[一]

整条道路瘫软在一片幽深中。

夏月幽灵般地飘忽在这条夏天绿色流动的香樟小道上。

南方早晨的天空宛若一个睡眼惺忪的孩子，正用恬淡清凉的空气揉搓着那双尚未清醒的眼睛，然后用尽吃奶的力气撑起一片熠熠发亮的冷蓝色天空。

路上没有一个行人，透过稀薄的雾气根本无法清楚地看清远方，视线逡巡的更远处，什么也看不清，只有一团巨大的浓黑，像是不经意间打翻的黑色墨水瓶。

夏月恍惚间想起很久以前做过的那个梦。

梦中，黑色的浓雾把整个世界一分为二、泾渭分明。似乎瞪着眼珠子也无法穿透这朦胧的世界。毫无预兆的霹雳过后，从黑暗中蹦跳出两只可爱的小兔子，表情温顺，动作笨拙可爱。

夏月有些欣喜地朝这两只小兔子张开欢迎的手臂。快到跟前的时候，两只小兔子的表情突然像冬雪一般凛冽。它们冷漠地停住了动作，硬生生地瞪着夏月。伴随着眼眸的扩大，两只小兔子突然血口大开，变成了两只奇异、凶猛的怪兽，龇着满嘴的獠牙，口中流着混浊的绿色液体，还未等夏月尖叫出来，便往她身上扑了过来。

夏月从睡梦中猛地惊醒，发现周围一片惊悚的黑暗弥漫，鬼片一般的氛围，仿佛随时都可能从黑暗中蹦出两只猛兽把自己撕咬得体无完肤。

床旁的台灯被拉开，黑暗像退潮一般消退。昨晚还未写完的数学作业以及早晨要喝的牛奶安静地躺在灯光下。

路旁陆续有早餐店把门打开。

夏月用右手把衣领往上轻轻提了下，好让内心涌起的情绪得到安放，左手因为拿着一个文件袋，僵持在半空中。然后，夏月很快融入到人流中。

[二]

夏月匆匆赶到医院的时候，姑夫和姑妈正在讨论刚做完的一例大手术。

“病人失血过多，现在还处于昏迷状态，得嘱咐护士多关照一下。”姑夫的语气不紧不慢，言辞中有着与众不同的张力。

“嗯，看资料好像还是个高中生，不知道为什么伤成这样。唉!”姑妈同情地叹着气，丝毫不掩藏内心喷薄而出的善良。

尽管两人的声音很小，因为就在门口，夏月还是能清楚地听到两人的声音。姑夫、姑妈是这个县城里颇有名气的手术医生，这么多年以来，夏月基本上隔三岔五都能听到类似的事情。夏月刚开始还不是很适应，一想到这么恐怖的画面后心里会泛起一阵阵害怕的涟漪，好在时间是最有效的良药，她就在不知不觉中渐渐习惯了。

“姑夫、姑妈。”夏月敲了下门，乖巧地走到桌前把文件夹递过去。

姑妈欢喜地看着夏月，嘴角扬起一个夸张的弧度，眼神里闪烁着温柔的光。

“夏月，外面冷，有没有多穿点儿呢。”

“有。”夏月调皮地笑笑。

“夏月，姑夫和姑妈都老了，连重要的文件也忘记带，老是要麻烦你。”姑夫已经开始出现皱纹的脸庞流露出温和的曲线，少了以前板着脸镇定严肃的模样。从收养夏月的那年起，姑夫为了不让自己冰冷的表情吓到夏月，一直拼命地做面部练习。

不过现在看来，他的脸完全不需要多余的练习，已经相当和蔼了。

夏月还没有来得及回答，身后便传来急促的脚步声，由远而近，连敲门声也直接省略。夏月只是感到有些疑惑，但这疑惑并没有强大到令她回头去看对方是谁。

伴着喘息声的靠近，夏月感到有人推了自己一下，才回头。

“小姑娘，刚才是你扶的那个老奶奶吗?”一个穿着保安制服的中年男人问道。

“是。”夏月的语气带着从内心汹涌而出的好奇。

“跟我下去一趟。”男人一副冰冷的表情。

“怎么了?”姑夫说话了。

男人认出眼前的正是医院的手术科主任，突然想到自己刚才如此冒昧地闯进来，一副赔笑的嘴脸贴了上去，“没事儿，就下面有个老人，说是这位小姑娘推倒的，要她赔医药费。”

夏月确实有些懵了，只是记得刚才上来的时候看到一个老人倒在地上，自己毫无顾忌地把她扶了起来而已。

[三]

楼下。

老人痛苦地呻吟着，毫不理会夏月的解释，一口咬定是夏月推倒的。

老人可怜的样子引来无数人对夏月的指责，姑夫、姑妈说了几句之后发现帮不上什么忙，只好站在一旁安静地听着。

“她没有爸妈呢，她是个野种。”人群中有个认识夏月的男生似乎对于这样的爆料有种莫名的骄傲和快感。

“难怪会这样。”

“没教养的都这样。”

“你千万别像她一样。”有个大人拉着小孩的手说。

人群中响起一片令夏月讨厌的议论声，像是梦里面的两只小兔子突然变成面目全非的怪兽之后的嘶吼。

夏月有种想哭的冲动，梦中闪现的所有害怕情愫一瞬间侵袭了全身的每一处神经末梢。

“她没有爸妈呢，她是个野种。”

每一次想起诸如此类的话语，夏月的心情便会沉到海底，连挣扎的力气也没有。

“我可以作证不是她推倒的。”有个男生的声音从夏月的脊背爬到耳边。

众人循着声音看到这话是坐在老人不远处打点滴的男生说的。

这是救场的声音，不过最重要的，这个人居然是顾新。

[四]

顾新冷酷却长相清秀，曾一度在成绩榜上高居榜首而被众人冠以“天才神童”的称号。他每次走在校园的林荫小道上，便会引来无数的关注以及不绝于耳的赞叹声。

顾新的名气在学校里已经达到了人人皆知的境地，甚至有高三的学姐以赠送学习资料这样冠冕堂皇的借口前来搭讪。

不过顾新的冷漠却让所有人望而却步。

人们从来没见他笑过，没见过他跟任何人打招呼，也没见他和别人在一起，永远见到的只是他一个人默默地走路一个人默默地思考。而只有碰到曾经借给他伞的夏月，才会对她微微一笑。尽管如此，他却从来不会主动跟夏月说一句话。

就像是冬天里栖息在电路线上的小鸟，冷漠地看着周围的一切，没有任何多余的表情和动作。

不过夏月慢慢地也就习惯了，像顾新这种星星般挂在高空的闪光源，理应受到无数人的青睐和仰望。

可是对于夏月来说，从不经意关注顾新到暗恋上他，本身就是一种莫大的悲哀吧。

［五］

这次因扶老奶奶被老人诬陷的意外，夏月在顾新的帮助下成功洗脱冤屈。

众人似乎对这样的结局并不满意，纷纷带着怀疑的目光离开。

而对此习以为常的夏月并没有抱怨，告别了姑父、姑妈后安静地离开。

独自回到家中的夏月突然想起今天约好去周小诗家玩，便触电般地迅速整理了一番，拿起那双刚买了十几天的鞋准备穿上。

穿鞋的时候，夏月不管怎么适应，还是发现脚把蓝色帆布鞋撑得紧紧的，有一种压迫感往脚下蔓延着。她有些难以置信，脚好像又长了，鞋的长度貌似不够。于是，她在鞋柜里翻出一双以前觉得太大的鞋换上，穿上去居然刚刚好。

长身体的时候就是如此美妙，全身上下像是吃了兴奋剂一样，能拔节的地方如雨后春笋般地拔节；不能拔节的地方，则像是潮湿沼泽地的野草，肆无忌惮地疯长。

成长是件匪夷所思的事情，当全身都在微妙变化的时候，会像是做了一道复杂的应用题，就算写完了，还是会觉得不对劲。

九点的阳光发出像雨水一样飞溅在地面，泛起一个个光怪陆离的明媚涟漪。自行车从上面压过，发出咯吱咯吱的声响 ，夏月仿佛能听到车轮摩擦阳光碎片的声音。

如果足够喜爱阳光，完全可以用四个指缝把太阳切碎在眼眶里。夏月抬头的时候，风正吹起她长长的刘海。她一只手扶着车把，一只手却挡在额头前看着太阳。驶过一个小坑洼时车突然小抖了一下，车子机械的抽动了一下，夏月连忙把手放了回去，眼睛也老老实实地看着前方。

转角的地方往往是事故的多发地带。夏月降低了行驶的速度，乖巧的看着前方的车辆。

“夏月。”听到有人喊自己，夏月不是很确定的侧了下头。

尽管只是隔着一条街道的距离，夏月还是能看清女人那张令她熟悉的瓜子脸庞，盖住眉毛的刘海，还有那双楚楚动人的眼眸。

跟梦中的她完全不同，谁也想不到如此气质斐然的中年女人，会以怪兽的身份出现在夏月的梦里。

夏月立即加快了蹬踏板的速度，拖着明媚的阳光一路向前。

[六]

中年女人站在原地停止了呼喊，愣愣地看着，表情呆滞，像是在发呆，又像是若有所悟。夏月的背影，连同那辆在阳光下奔跑的自行车，全都剪碎在她的思绪中。

“啊!”女人尖叫道。她丝毫没发觉从背后伸来一只强健有力的大手。手停在她的肩膀，轻轻的爱抚着。

“怎么了，发呆啊，呵呵。”男子三十多岁，笑起来的样子像个孩子，一脸的纯真。

“你吓到我了，走路也不发声音啊。”女人假装嗔怪道。

“老婆大人，我错了，请您原谅，要不我请您吃冰？吃完后要我回去跪洗衣板也行，再不然，我挑战高难度，跪遥控器。您说呢?”

“都快老了，还那么不正经!”女人终于忍不住露出笑容，把男子的手拿下。

[七]

幸福路十三栋203。

一个熟悉的已经可以背出来的地址。

上楼。左拐。直走。进口处涌来大量灰暗的光线，随之而来的是死一般的沉寂。

门口。夏月仔细地看了下贴在上面的字条，小心地打开门。

进去的时候，夏月并没在意门口的警告，毕竟她熟悉周小诗。从五年前搬过来开始就和她同班，而且还是最铁的姐妹。周小诗是那种能把男生都经常捉弄哭的厉害女生，是经常在老师上课的时候给老师背后贴纸条让老师气急败坏的淘气女生，还是那种活泼到刚认识一天就能无话不谈的开朗女生。

总之，夏月了解周小诗，就像了解自己一样，所以她懂的如何应付周小诗的捉弄。

面对捉弄，不去理会，装作什么也不知道，就算知道了也装傻说句“今天的太阳是圆的呢”。这样的话周小诗就会自己跳出来气喘吁吁地嘟着嘴巴喊道：“你这人怎么这么没劲儿!”夏月以前就是这样让周小诗败下阵来，而且从未失手过。

不过今天，夏月打开门后才发现闪躲不及，一大堆五颜六色的彩带从头顶飘落，有些已经落在头上。

“天女散花”。夏月突然想到这个词语。

宽敞的空间，依旧趴着一片寂静。夏月用眼睛扫视一周后，没有发现人影的踪迹。如果是平时，夏月肯定会故意装作找人的样子，然后说“你藏得太隐蔽，找不到你，我要回去了。”然后周小诗就会自己急匆匆地跳出来，脸上温顺地挂着一轮明媚好看的太阳。

只是，也许是因为今天见到那个女人的缘故，夏月无论如何也打不起精神像平时那样开玩笑。

无论如何也开心不起来。

夏月发现周小诗的房间门敞开着，悠然自得的吞吐着连通大厅到房间的光亮。

走进去后，夏月才发现自己上当了。“咚”，是外面的门被关上的声音，像鬼片里一样让人毛骨悚然。

“小诗，快出来，不玩了。”这句话刚提到嗓子眼就被一个响亮、亢奋的英语单词活生生地压了回去。

“surprise（惊喜）!”一张精致的笑脸像春风般的出现在眼前。

“看来我的计谋得逞了，哈哈!”周小诗坏笑着上前把夏月头发上的彩带小心翼翼地拿下来，露出十足的得意扬扬的表情。

“今天的太阳是圆的。”

“你又装傻！你这人怎么这么没劲啊，我好不容易才成功一次呢!”

“好吧，算你厉害。周女侠，本女子这里有礼了。”

“哈哈，那还差不多。”

“对了你昨天在学校神秘兮兮地跟我说今天要告诉我一个好消息和一个坏消息。到底是什么啊?”

周小诗原本因兴奋而紧凑在一起的脸渐渐舒展起来，然后顺着柔和的曲线下拉——果然是有事。

空气中捏揉着沉沉的光线，搓出一张仔细恭听的耳朵。

“小月，那个好消息就是——恒子答应要和我交往了。”

恒子，那个酷爱写诗的厨师。说起他，他和周小诗之间还是有那么一段渊源要讲。

两年前，学校附近的餐馆里来了一个和周小诗年龄相仿的小厨师。他长得眉清目秀，尤其是有一双会笑的眼睛，阳光得一塌糊涂。因此有很多女生借着吃饭的机会去花痴一下。周小诗这种顶级花痴更是不会错过一睹“芳”容的机会，硬是拉着夏月去那吃饭。

“他真的好帅！”回去的路上，周小诗鬼迷心窍地对夏月说。

从此以后，只要一有空，周小诗就往那跑，有时候是装作从那路过，有时候是去吃饭，还有的时候说走错地方了。

周小诗通过零食贿赂了认识恒子的男生，并从他们口中得知，恒子因为家里的原因，小学刚毕业就开始学厨，而且还知道恒子是一个酷爱写诗的文艺少年。

为了能跟恒子有共同语言，周小诗开始买各种各样与诗有关的书，无论上学、放学，她手中都拿着诗歌，甚至每天都看着诗歌入睡。

不过，恒子依旧是遥远的，毕竟心与心的距离，就像是宇宙某处的两个连接点，无论周小诗怎么努力地拉近，都会被黑洞吞噬得体无完肤，结果只能是徒劳。

像是想单凭踮起脚尖就奢望摘下天上闪烁的星星。

一切都只是徒劳而已。

就那么不明不白的，时间在周小诗张牙舞爪地追求中过去了一年。而周小诗对恒子的迷恋就像是窖里存放已久的美酒，越发香醇。不过，越是炙手可热的感情，越得小心翼翼地藏在心间。不过终于有一天，当秘密膨胀得再也不能存放在周小诗心里的时候，她每天跟夏月说着自己独一无二的心事，像是一座蠢蠢欲动很久的火山，终于找到了倾诉的自由。

每个人的青春里都住着这么一个少年。

愿意为了他放弃作为公主的骄傲，到处求人打听有关他的任何信息。

愿意为了他把他的爱好明明不喜欢还是作为自己的爱好。

愿意为了他变成他所喜欢女生的类型。

而在周小诗的心里，恒子在里面生根发芽，然后枝繁叶茂。

不过夏月怎么也没想到，就那么在心里隐藏了一年多的情感，周小诗居然还是鼓起勇气跟恒子表白了，而最让人意外的是恒子居然还答应了。

从来没有互相说过一句话，也没有任何一个亲密接触，甚至相互间连一个脉脉含情的表情也没有过。

爱情是神秘的，一下子没有了尽头。

像是一个光线无限拉长延伸消失后产生的白色光点。

一大片惨白。

还有很多事情你不知道。

[八]

有些时候，人的内心就像是一个裹着厚厚一层茧的虫子，只是毫无安全感地把自己隐匿起来，却从来不去考虑别人的感受。

就像某些在嘴边掠过的浮光，带着一种羡慕嫉妒恨的心情。

流言蜚语。

比如。

“你们听说了没？周家好像炒股赚了大钱，一副十足的暴发户神情，居然还要搬到大城市去呢。”

“嗯，听说还买了一栋大别墅呢，据说有我们半个单位楼那么大。不知道瞎炫耀什么呢！”

“是啊，你再看看周家那位夫人，天天打扮得像个妖精，走路一扭一扭的，不知道又要去勾引哪个男人了。”

“嗯，就是，有钱就了不起啊，到头来还不是一副棺材、一抔黄土、一副臭皮囊，谁稀罕呢！”

夏月从周小诗家里出来的时候，无意中听到几个妇女围在一起八卦。这些话就像是来自水沟里的污水，钻进耳朵后，还是觉得脏。或许是看到夏月从周小诗家出来，几个人相互使了使眼色，顿作鸟兽散。

夏月突然想起刚才和周小诗的对话。

“我爸公司赚钱了，他准备把公司搬到另外一个城市去，以后我家就要在那定居了。”

“这就是你说的坏消息，远吗？”

“嗯，我妈说要坐三个小时的飞机。”

“什么时候走？”

“明天。”

然后是一阵相对无语的沉默。房间里安静的可以听到彼此的呼吸声。

窗外的阳光穿过钴蓝色的玻璃，慵懒地躺在平滑的地面上，有些碎片还调皮地趴在夏月的脸庞上让那张棱角分明却又温和优雅的脸部一下子亮堂起来，像是盖着一层喷香的白色奶油。

那些“可以不走吗？我好舍不得你，别离开我”之类的话每次提到嗓子口，都被夏月硬生生地挤了回去。

像一幅完整出土的《清明上河图》，无论多么华丽或者犀利的一笔，都只是画蛇添足。

夏月的胸口仿佛被一块大岩石压着，有些喘不过气来。

她突然想起两人第一次相识的场景。那时夏月爸妈闹离婚都不愿要孩子，善良的姑妈和姑父商量后决定收养她。就这样夏月来到了这个小县城。刚来的时候，没一个人愿意陪夏月玩，因为大家都说，夏月是一个无父无母的野孩子。

开学的第一天，一大群男孩捉弄夏月，说野孩子是不能来上学的，然后又用树枝玩她的头发。夏月胆小，一个人蜷缩着却怎么也没哭。其他的女生只是在一旁看戏，夸张点得则在那捧着肚子笑得前俯后仰。

“你们给我滚开，信不信我揍你们!”

一张精致的脸蛋突然印入夏月的眼帘。女孩的皮肤在光线的照耀下显得玲珑剔透，微微愤怒的青筋凸了起来。

“从今天开始，谁欺负她就是跟我周小诗过不去。”

温度像是空气中热情洋溢的水蒸气，钻进裹着光亮的线条里，然后汇聚成一个巨大的发光源。

全身也被照得暖暖的，宛若在身旁放了一个火炉。

男孩们看是小魔头周小诗赶紧作鸟兽散。他们都惧怕这个精力好得吓人的女孩。几乎每个男生都被她捉弄过，所以对她心怀恐惧。

就这样，因为周小诗的庇护，学校里没人再叫夏月野孩子，也没人再敢欺负夏月。

[九]

日子温顺地趴在年轮上打盹，背后是年轮压过的均匀痕迹。

阳光明媚，岁月静好。

回忆是一条悠长的小溪，淌过一个又一个地方，不论是惶恐还是坦然，或者是存在内心深处积蓄已久的黑暗，都会有流向光明的那一刻。

像是连通现实梦境的那个出口，有一团巨大的光线涌进来。

而那一刻还没到来，你现在却说你要走了？

血液因为情绪的搁浅逐渐梗塞，额头上的青筋也随之暴起。

远处，光线拉成朦胧的大片大片阴影。

光芒万丈的夕阳从暗红色的彩霞中脱颖而出，掺杂着含混不清的模糊颜色，像是在举行一场盛大的告别仪式。

[十]

平面镜中的像是由光的反射光线的延长线的交点形成。

像的大小相等，上下一致，左右相反。

并且均匀对称。

女生站在镜子面前，感觉并不是物理老师所说的那样，于是身体像一个古老的座钟一样来回地摆动。

“作为相似体的镜像应该比实体要小，难道是视觉产生的误差？”女生暗暗的思考着，上扬的眉头划出一个好看的弧度。

尽管是厕所旁边的公用镜子，女生还是利用下课休息的时间跑过去钻研了一下。

天空中堆积着厚重的云层，互相挤压着，有一种热闹的安静。

但并未发觉有什么不妥。

“老师并没讲错，看到的镜像其实跟实体一模一样，那是视觉产生的误差。”

一个男生的声音从侧面攀爬过去，有一种吸附在耳朵上的磁性。

“你怎么知道我在想这个？”

“呵呵，哪有像你这样边说边想的怪胎。”

“哦，成雨，谢谢啦！”

“嗯，这么多年生死与共，大恩不言谢，要不请我喝奶茶吧？”苏成雨脸上突然现出一副乞求的表情，不过依旧遮不住眉目间隐隐闪现的俊秀。

“好啊，我请客，你埋单。”夏月的嘴角闪过一丝狡黠的亮光。

“啊？你不可以这么对待祖国未来的花朵，这简直就是摧残。”苏成雨尽量提高音调，不过由于处在变声期，有些力不从心，声音出来的时候有些阴阳怪气。像是小时候做坏事捏着鼻子模仿他人的声音。

“嗯，好吧，看在这么多年被我摧残的份儿上，今天姐姐我就滋润一下你吧。”

“夏月，你今天真美！不过……”苏成雨欲言又止。

“不过什么？”

“能不能让一下，我先去 WC。”

夏月这才发现自己挡在了男生厕所的进口处，刚才的满脸问号一下子变成了尴尬的根号。

“快去吧。”夏月的脚步往教室移动。

遇到尴尬的时候，迅速逃离是最佳的选择。

这一点也不像苏成雨。如果是他，他肯定用一种否极泰来的语句说：“哈哈，世态炎凉、人心不古啊！”

虽然两人初中就是同桌，还考入了同一所高中，接着又神奇般地分到一个班，但夏月和苏成雨还是有太多的不同点。

苏成雨就像是一阵随性的风，永远没人能看懂他心里在想什么。无论什么时候，他的脸上总是挂着一种若即若离的微笑，说话的时候眼睛一点也不逃避，就那么盯着你。

夏月心里有一种被他看穿的感觉。

[十一]

静默的天空，干净得一尘不染。

在交叉路口，一张跟天空一样澄清、清晰的脸突然进入了夏月的眼帘。夏月欲言又止地看着眼前的这个女生。

果然，如果彼此有缘，下一个转角，还是会不经意地碰见。

“最近过得还好吧？”夏月没想到对方先开口了，刚刚在内心盘踞已久的挣扎总算是告一段落。两个人已经有两个月零三天没说过一句话，夏月在心里算到。这一结果把自己也吓了一跳，原来以为不在乎却会在乎得那么认真。当初的坚持终于就像是遇光而拨开的灰暗，在阳光普照的瞬间迎刃而解。

“嗯，还好。”支支吾吾了半天，夏月还是努力挤出了几个字。夏月感觉气氛有点不对，却不知道哪里不对。

“对了，明天我就去你们班上了。”对方的声音透过柔软的空气传了过来。

夏月并没有感到多么惊讶，因为周小诗说的两个好消息里，还有一个就是，有人会过来陪她，而且是她至亲的人，只是想不到果然是她。

女生见夏月一直愣着，仿佛一尊刚雕刻好的塑像，于是嘴角得意地扬起一个弧线，说道：“那明天见吧”。然后像风一样轻快地消失在视野里。

已经过去那么久了，为什么还是如此在意，在意到连说话都困难重重。是自己太记仇了吗？还是有些东西，就像早晨到达地球的阳光，无论怎么努力，也再也回不到过去了？

[十二]

夏夕刚从门口进来的时候，教室像是沾上了胶水的纸条，想贴在这个穿着鲜艳红裙的女生身上。

瓷娃娃般白皙光滑的皮肤，无辜清纯的眼神，柔顺乌黑的长发，一副天生的曼妙身材。像这等漂亮的女生得到班上男生的青睐以及所有女生的羡慕嫉妒恨，一点也不奇怪了。

有个调皮的男生站了起来，问道："同学，你叫什么名字？我是你失散多年的杰克啊。"

"我是你的罗密欧，我是你的牛郎……"

许多男生都跟着附和起来，教室里的气氛宛如一个炸开的锅，油气蹭蹭蹭地发出声音，仿佛随时可以溅出烫手的油脂。

"大家安静一下，这是我们新来的同学，首先请她做个自我介绍。"班导发话了，局势把握得刚刚好。

"油锅"被盖子蒙住了火力，总算是老实了几分。

一抹红色飘到了讲台上。然后是夏夕不紧不慢的声音。

"大家好，我叫夏夕，是夏月的姐姐，有事、没事、大事、小事都别烦我，谢谢。"话刚说完，夏夕的眼神在教室里扫视一番后聚焦到了夏月身上。

"那我就跟你坐吧"。夏月还没想好如何回答，夏夕就毫不客气地坐在了她的旁边，若无其事地打开书包。

"这是一个冷美人，不好惹啊。"

"对啊，看起来是个厉害角色。"

"夏月哪里冒出一个这么漂亮的姐姐啊，若是夏月有她的十分之一就好了。"

……

旁边的男生小声嘀咕着，发出蚊子一般令人讨厌的嗡嗡声以及青春期男生特有的奇怪嗓音。刚开始看到漂亮女生的兴奋随着夏夕的一句"有事、没事、大事、小事都别烦我"，像一块烧得通红通红的铁块，掉进了冰窟窿里一样顿时退去了温度。

尽管前不久刚刚有过一次不经意的邂逅，还有一场可有可无的对白，可夏月依旧缄默着，没有理会夏夕。她一个人默默地复习着自己一直不擅长的语文，不过她丝毫没察觉到自己看了足足十分钟，并没有翻一页。

“背几个成语而已，需要那么久吗？”夏夕一脸坏笑地凑了过来，脸上的精致线条被揉成一个灿烂的笑容。

夏月尴尬地移开盯着书本的视线，不知所措地盯着夏夕。

“我们和好好不好，就像从前那样。”女生收回原本繁复交错的线条，脸上写满了坦诚。

就像从前那样，究竟是哪样呢？

以前，那是多久以前？

你可以把曾经发生过的事情当作毫不在乎的过去吗？

窗外。

仙人掌用尖锐的笑容刺破了凝固已久的坚强，露珠用晶莹的泪花映射原本属于自己的荣耀。斑驳的墙面用自己的牺牲书写着光阴的脚步声。台阶繁盛的青苔用柔软的身体承载着青春的蹉跎。

清晨的气氛用手拨弄着冗长的走道，像是途经曾经的荒岛那般故弄玄虚。

多少次我从梦中醒来，渴望听到的那句话。

哪怕只有一次，我都要恶狠狠地答应你。

第二章

[一]

姑父和姑母回来的时候已经很晚了。感觉有人给自己盖被子的夏月在朦胧中听到了大厅里的古老座钟连续敲了三下。

黑影生怕惊醒夏月，动作谨慎小心。不过转身的时候，风衣碰到了桌上的闹钟。“哐”的一声，安静的夜晚像是一只被叼在虎口的羚羊瞬间被撕碎。

“姑母、姑父，你们回来啦。”夏月慵懒地从侧面转了回来，看来她并没有被这声巨响吓到。

黑影温柔地蹲下身来，捡起闹钟后，用手轻轻地抚摸着女生，像是捧着一块绝世好玉那般细心。

“嗯，乖，刚和你姑父做完手术回来。你好好睡，明天还要上学。”

姑母的声音一如既往的慈祥，并且透出一丝疲惫。看到夏月乖乖地点了个头后，黑影慢慢地离开了夏月的房间。

突然想起昨天的事情，夏月顿时睡意全无。

如果不回答算是默认的话，那是不是自己已经答应了和夏夕重归于好？

重归于好是不是意味着就可以回到从前夏月和夏夕还有周小诗的三人世界？

可是，周小诗走了，就剩下夏月和夏夕。

人走茶凉，世态炎凉。

世界依旧在它固有的轨道上做着与你毫不相干的圆周运动，你可以停下来聆听时间从指间剥落的呻吟，那般无关痛痒，却又痛彻心扉。

[二]

后半夜的夜是一只不愿就此沉睡的猫，表面上闭着眼睛呼呼大睡，其实早已洞悉一切。

黑暗可以伸到光明无法涉足的地带，苟延残喘的存活在光与影的交接处。

视线可以拉近也可以拉远，像是小时候爱玩的橡皮绳，无论你怎么拉扯。

学校墙角的下面，是一群被黑夜蒙上夜行衣的忍者，黑暗在他们身上揉出一个又一个巨大黑球，然后黑球之间开始不停地移动、转动、扭动、滚动。

直至悄然声息。

直至静止。

死一般的沉寂。

夜来香优雅的抖动着忍辱负重的含苞，想要怒放。

摇醒了睡得正香的三叶草。

无数的电灯光朝黑影照去，无数的光束穿透了沉闷的黑夜，无数的身影开始跑动。

这是一场关于黑夜的传说。

这是一次关于年轻的记录。

这是一个关于我和你的故事。

当所有的叛逆开始围绕着青春旋转，精力充沛的年华造就了永不落幕的夜。

当所有的希望破灭成烟，堕落开始为生活扬眉吐气。

当我还像现在那么在乎你，义气和受伤是最好的选择。

黑夜蒙住了你的双眼，却湮灭不了你内心的狂热。

微风模糊了你的视线，却动摇不了你矢志不渝的追求。

亲爱的，你什么时候才能长大？

[三]

“问你们一个脑筋急转弯。有两个香蕉，一个是冬天的香蕉，一个是夏天的香蕉。有一次冬天的香蕉去夏天的香蕉那里玩，可它却摔了一跤，为什么呢？”

这是语文老师调节课堂气氛的惯用伎俩。在大家听着“孔子之乎者也”呼呼大睡的时候，语文老师突然来几个脑筋急转弯或者冷笑话把教室里的学生从周公那里抢救回来，而且每次都能起到出其不意的效果。

这次也不例外，学生们像是被华佗医治的病者活跃了起来。

“因为夏天的香蕉脱了衣服。”苏成雨这样的得意门生很轻松就答了出来。

语文老师对苏成雨的迅速回答似乎并不太满意，继续问了下去。

“白色的马叫白马，黑色的马叫黑马，黑白相间的马叫斑马，那么黑色、白色、红色相间的马叫什么马？”

“害羞的斑马。”

“小白兔为什么要和嫦娥奔月？”

“因为嫦娥是萝卜腿。”

“为什么公主结婚了就不用挂蚊帐了？”

“因为有青蛙王子。”

“巧克力和西红柿打架，巧克力赢了。为什么呢？”

“因为巧克力棒。”

不论语文老师怎么问，苏成雨都能对答如流，像是能窥测对方的内心一样。

“如果语文测试的时候，自己也能这样。那该多好。”夏月想着。她对苏成雨此刻面临的场景并不感到奇怪和惊讶。她不知道苏成雨脑海里到底装了什么东西，尽管他玩世不恭，不来上课，不按时完成作业，可在期末考试时依旧能考进万人瞩目的红榜之中。

这点一直让人羡慕、嫉妒、恨，包括身为曾经同桌的夏月。

夏夕没来上学，夏月虽然早就知道，但是内心有股压抑的情绪抵抗着去想有关她的事情。

是的，已经不可能完全回到过去了。

譬如自己不会因为她感冒了而跑去照顾独自一个人在家的她。

譬如自己更不会再为了她空间的一句“说说”而思考半天。

不过，真是这样吗？

下课的时候，夏月去给阳台上的仙人掌浇水，转身的时候看到苏成雨笑嘻嘻地看着自己。

“夏夕真是你姐姐啊？是亲姐姐？”

夏月故意板着一张脸。

“算是，也不算是，我不想说她。”

苏成雨知道碰到了对方的“雷区”他原本想告诉夏月，昨天夏夕居然参与了打架，等下就会公布处分。

他忽然不知道说些什么好。尽管两人是如此熟络。

“你好厉害啊，估计刚才语文老师都想活吞了你。”夏月的脸庞像一朵花一样盛开。

“估计是从他七岁儿子的《脑筋急转弯》里找的问题吧，呵呵。”苏成雨对夏月的转变话题有些意外。

“对了，你数学作业还没交吧？等下就要交上去了。”

“哦，还没开始写，要不你借我抄下吧？我伟大的数学课代表。”

“想得美，自己写，这是原则问题。”夏月一本正经的样子像极了上次考试黑板上头贴的四个醒目的大字：诚信考试。

“看在老同学兼同桌的份儿上，您老是不是再掂量掂量。”

“不行。”

“这个可以行。”

“这个真没有。”

“救人一命胜造七级浮屠。”

“杀人偿命，天经地义。”

结果是，夏月在自习课的时间盯着苏成雨把作业写完，才把所有作业本交到数学老师那儿。

每次都是如此，慢慢地就养成一个习惯。就算是斗嘴，都觉得那么的必要。

夏月微微叹了口气，拿着一叠作业本朝数学教师的办公室走去。

天空中，几朵蘑菇云孤单地拥抱在一起，另一边是一堆层层叠叠的“棉花”，中间隔着一道硕大的蓝色领地。

麦克风敲击桌面发出尖锐刺耳的声音，所有人都知道有公告或者通知之类的事情要传达。

麦克风里的声音阴阳顿挫，带着一种让人讨厌的成熟。

夏月从这一大段文字中抽出几个关键字组成一个难以置信的句子——夏夕参与团架，被处以留校察看处分。

夏月还是无法相信自己的耳朵，随手抓来一个人问道。

“是说夏夕吗？”

“对啊，怎么了？”

“哦，没事。”

她到底怎么了？我们只是两个月没在一起，她就学会了打架。还被学校处分，划到坏学生的部分。到底发生了什么事？

夏月满脑子的疑问，想马上找夏夕问个清楚。但是另外一个声音却说：“反正我们已经说好不再有交集了。她做什么想什么我都不管了。”

做选择并不难，难的是选项只有两个的时候，才会如此的纠结。夏月挣扎了半天，还是决定去问个究竟。

教室里，夏夕刚从教务处回来，脸上云淡风轻好像什么事都没发生过。果然是她，以前和她一起做恶作剧被抓的时候，她总是定力惊人。夏月至今尚未看过她惊魂失魄的狼狈样，不对，连紧张的表情也不曾有过。

夏夕微微抬起头，脸上立即闪现出孩子般的笑容。

“你是不是忘了交我的数学作业，课代表?”

预演了无数遍的台词一下子被活生生地吞了回去。本来应该是以夏月“你怎么被处分了你怎么去打架为什么打架”之类的疑问句开头，现在却变成了对方的反问句，夏月心中莫名其妙地不爽。

血液因情绪的搁浅而逐渐凝固。

“等下我帮你交。”

“呵呵，你不想问点别的什么?”

夏月完全被夏夕的笑气到了：明明发生了这么大的事情，她怎么可以这样?

“不想问什么。”

“真的?”

“比珍珠还真。”

然后是一阵长久的沉默。

沉默在岁月荏苒的脚步下。

脚步下是两个人在沙滩玩耍一起踩下的脚印，脚印勾画着一段鲜为人知的秘密。

到底是什么秘密?

嘘。

我会告诉你，不过不是现在。

[四]

每一个人心中都有一个让人难以释怀的学校，而每一个学校都会有一个令人难以忘怀的食堂，但不是因为“民以食为天”或“人是铁饭是钢，一顿不吃饿得慌”这类经典造就的令人难以忘怀的回忆。

而是，假如你从食堂的饭里吃出类似于铁丝、螺丝、指甲诸如此类不胜枚举的东西时，你能忘记那顿难忘的饭吗?

又或者，当你从青菜里找到一条条肥硕的菜虫，而这虫还在你面前炫耀其实它很好吃或者很有营养时，你该作何抉择?

不过，这些都没有影响食堂的用餐人数。

黑压压一片的后面，还是黑压压的一片。

大家像预测大雨即将袭来而成群结队搬家的蚂蚁。拥挤、喧闹、嘈杂、混乱、壮观。

女生狼狈地挤在人群中间，无助地等待时间的流逝。

人潮流动的时候，有人不小心踩了某个女生一脚，而这个女生不知道是谁踩的。女生不小心踩到了谁的脚，不过也没有人说被踩了。只是偶尔有人说一句“小心脚”，然后大家都相安无事地继续等待着。

矛盾与矛盾的结合体，还是矛盾。

踩与被踩都只在一念之间。

手腕上的表针拼命地做圆周运动，渴望为主人带来一丝凉意。

刚开始和夏月一起的女生早已湮没在人群里，打好饭菜，夏月只好独自找了一个靠墙角的地方坐下。

“我可以坐在这吗？”一阵柔软的声音从背脊爬上来，痒痒的。

“可以。”夏月回过头看了下女生，一张略带婴儿肥的圆脸，却有一种说不出的气质。

女生坐了下来。两人自顾自地吃着。

“啊，虫。”女生尖叫道，脸上的皮肤因为紧张、害怕挤在了一起，婴儿肥显得更加明显。

夏月笑笑，回道：“不怕，反正已经死了。你再去换一份。”夏月对自己的淡定也感到惊讶，果然，有些事情接触多了就麻木了，麻木了也就不在意了，不在意了，也就可以像现在这么淡定了。

这是一个冗长的逻辑，就像菜里的青虫一样多余。

女生依旧缩手缩脚地不敢去碰饭碗，夏月看到这种情况，帮女生重新打了一份。

两个人很快就熟络起来，不过聊得虽多，但夏月唯一记得的是，她叫乔子纯，是隔壁班的，和顾新一个班。

再次见到顾新是半个月后，虽然没有想象中裹着纱布、绑着绷带那么恐怖，不过脸上憔悴的表情像一块愈发冰冷的玻璃，看不到活力。

像是一朵快要凋零的菊花，猝不及防。

像是漂白后的苍白天空，一尘如洗。

像是烈日暴晒的芦苇，摇摇欲坠。

夏月心疼地跑上去，捧着顾新的脸，温柔的爱抚着，眼睛里溢满了晶莹的泪花。

“傻瓜，怎么不好好照顾自己？不知道我会担心啊。”夏月假装责怪道。

顾新没有说话，笑盈盈地看着夏月，轻轻揽过她，为她擦拭眼角的泪花。

他的眼睛炯炯有神，目光炙热迷人。

时光晕眩在光与影的交接处。

相机飞快地按下快门。

夏月幸福地闭上了眼睛。

“夏月，你总结一下这段话说的什么意思?”语文老师发现了夏月在开小差，随即问道。

坐在后面的苏成雨推了夏月一把，夏月终于回过神来，不知所措地站起来不知如何回答。

“母亲帮作者重拾自信。”苏成雨用微弱的声音说道。

“这段讲的应该是母亲帮作者重拾自信。”夏月心虚地答道。

“嗯，不错，坐下。”

夏月万分感激地看了苏成雨一眼，心中随着语文老师脸色的好转也舒坦起来。

“谢谢啦。”夏月轻声道。

“咱俩谁跟谁啊。”

是啊，咱俩谁跟谁啊，这又不是第一次，有多少次你替我解围来着，我不知道。

不过我知道，你是我的死党，那就够了。

[五]

飞机在遥不可及的湛蓝天空划开一道小得微不足道的口子。像是疼痛锐利成刀子的模样，锐不可当。

夏月和乔子纯去恒子的那家饭馆吃饭，才发现恒子已经走了，跟着周小诗去了她的城市。于是又换回了原来的师傅，饭菜异常难吃。

乔子纯吃了两口就没再动筷子，而是叫了两杯奶茶。喝奶茶的时候，夏月跟她讲周小诗和恒子的故事，乔子纯听得很认真。

夏月时而欢笑，时而皱眉，单纯得像刚出土的文物，不沾世俗。

“我说，你老是向我打听顾新的事情，不会是……”

夏月感觉脸上一阵滚烫。

“不是，是我们班一个女生托我打听的。”夏月支支吾吾的掩饰，丝毫没发现自已的脸庞已经涨得通红。

果然，不会撒谎的人不可能一次就学会撒谎。

好在乔子纯还沉浸在恒子和周小诗的故事里，并未发觉夏月有什么异样。

“对了，我这个礼拜和顾新出黑板报。要不你来替我，顺便多为你同学打探点儿情报，你觉得怎样？”

“好啊，没问题。”随便答应一句就能得到和顾新单独相处的机会。夏月这样想着。

兴奋开始往喉咙蔓延，顺着嗓音开始凝固。于是出口便变成了“不用哦，谢谢”。

“我们走吧。”夏月神色慌张地看着乔子纯，好像发生了什么重大事情。

乔子纯还没答话，夏月就拉着她往后门走。

“怎么了？”

“我看到了我不想见的人。”

“哦。”乔子纯是个聪慧的女生，她没有继续问下去。

餐馆里。

男人牵着女人的手，很有绅士风度地为女人拉开椅子。

“亲爱的，想吃点什么？”

男人的笑容干净、美好，令人舒服得一塌糊涂。

“随便，你点吧。”

“呵呵，服务员，上几道你们这儿的拿手菜，记得别做得太辣、太咸。”

男人干净利落地点完菜，便孩子般快乐地看着女人。

旁边有人在争吵，让原本舒适的气氛蒙上了一层阴影。

“老板这菜里有虫，想要吃死我们啊。”两个恶霸模样的中年男子怒气冲冲地叫道。

老板不停地致歉，不过两个男子怎么也不愿意付钱。很明显，这两个是吃“霸王餐”的。

有服务员亲眼看见他们吃完后把虫放在菜里，但两人就是不承认。

气氛顿时僵持住了，谁也不愿让步。

男人站了起来，女人拉了拉他的手。男人微笑的示意她放开，然后走到众人面前，若无其事地把两只虫子吃了下去。

“虫子补蛋白质，我看你们都需要补补。”男人说完便回到了女人身边。

两个男子无奈地付了钱离开。饭馆恢复了刚开始的安详氛围。

“你真把虫子吃了啊？”女人惊讶地看着男人。

“当然没啊，现在的虫子吃农药长大的，哪敢吃啊。”

“那虫呢？”

男人得意地笑了下，摊开手掌，两条虫便映入眼帘。

“其实我不仅会教语文，还会变魔术。”男人挥挥手，虫不见了。女人目瞪口呆地看着。

“亲爱的，吃饭了，回去再变给你看好不好？”

“好啊。”

［六］

过了三天，夏夕才来上学。她对夏月来说，像是一个最熟悉的陌生人，相顾无言。

偶尔夏夕调皮地过来搭讪，都被夏月以“我在写作业别打扰我”或“我现在有事我很忙”等烂得不能再烂的借口拒绝了。

尽管内心已经很开心了。

说好的我们会是一辈子的好姐妹呢，不过这都是过去式了。

你不必在意曾经许过的诺言，那些会随着时间一起淡忘，最后连空壳都不剩下。

你也不必把年轻时欠下的人情一笔还清，因为没人会当真。

蔷薇花开在最伤人的地方，才愈发显得美丽。

红色，有时候也可以悲伤得逆流成河。

“夏月，可不可以借你的数学笔记给我看看？”夏夕依旧不肯放弃。

“要不我的借你用一下？”这是林平的声音。林平这样的男生，有着一张棱角分明的英俊脸庞，待人热情，学习也不错，唯一的缺点就是喜欢漂亮女生，最大的优点就是喜欢在漂亮的女生面前自讨没趣。这是一段略显精短却一语中的的介绍。

“不用，我很忙。”夏夕丝毫不领情。

林平习惯性地耸耸肩，这是他的第一百零几次搭讪失败他自己也忘了。不过他坚信会有成功的一天，因为失败真的是成功的母亲，不管你信不信，反正林平是绝对信了。

“苏成雨，有人叫你打球。”夏夕推了一下苏成雨。

苏成雨猛地站起来，像直冲云霄的火箭，脸上还挂着几道睡觉时手印下的痕迹。

走出门口的时候他才发现自己被骗了，外面根本没人。

“别以为你是夏月她姐，我就不敢对你怎么的。”苏成雨一脸坏笑道。

“那你想怎么的？”夏夕挑衅地看着他。

夏月把头别了过来，似乎也被他们的对话所吸引。心想：她是我姐，那你想怎么样？欺负她吗？

“我想上厕所。”苏成雨收回了原本一发不可收拾的笑容，答道。

“那边。”夏夕指了指门口。

“谢啦。”苏成雨像一只活蹦乱跳的小鹿，跃了过去。

夏月忍不住笑了起来。

莫名其妙。

夏夕也跟着笑了起来。

长久以来的默契，这一刻，像是突破云层到达地球的阳光，温暖人心。

本以为只是在洗手间外面的镜子前看一下头发有没有凌乱，抬头的时候却发现镜子里多了一个穿着格子衬衫的干净男生的脸庞。

“顾新。”就差把声音从嗓门发出来了，夏月感觉心里慌得难受，赶紧把头转了过去。不过仍装作若无其事地整理头发。

“同学，你水龙头没关?”男生的语气略显无力，有些虚弱，毕竟伤才刚刚好。

回过头才发现因为紧张忘了关水，夏月尴尬地笑了一下，感觉脸上的肉像是拧在一起。

男生把水龙头关了，头抬了起来，像是慢动作的偶像片，每一个动作都有要帅的成分在里面。

“谢谢。”

“不客气。”

和顾新说谢谢已经不是第一次了，而这次，确实是尴尬。

夏月恨不得有个地缝可以钻进去，那样，就不用丢脸了，而且是在自己喜欢的人面前。

夏月走进教室的时候，苏成雨和夏夕正在聊天，看到夏月进来就没再聊了。

“听说我们语文老师要出差一个月，由三班的语文老师代课。”

林平的话并没有引来多少注意，因为很多人都见过三班的语文老师——一个平凡的中年男子，没什么值得高兴的。

夏月完全不知道那个人是谁，不过也没在意。

苏成雨像往常一样趴在桌子上呼呼大睡，夏夕则翻着新买的漫画。

原来不在意的不止夏月一个人。

[七]

先给你们讲个冷笑话，有个阿姨拿假钱去买早点，小贩恼道："大姐，你给假的也就算了，那起码是张印的，你这张居然是画的！退一万步说，画的也就算了，你给画一张十块的、五块的都行，你还给画张七块的！七块就七块吧，最起码也得画彩色的啊，居然用铅笔！算了，黑白就黑白的好了，可不能用手纸画啊！手感太差了！就算是手纸你也得用剪子把边剪齐了啊，这个用手撕的，毛边太夸张了！行，毛边我也忍了，可你也撕个长方形啊，这个三角形就太说不过去了。"

男子声音抑扬顿挫的甚至有些滑稽。

开场就是一个精彩的冷笑话，这给新来的三班语文老师加分不少。哄然大笑而倒成一片的场景便是最好的证明。

只有夏月一个人没笑，眼睛直勾勾地盯着男子，一脸迷惑的神情，像是在哪见过这个男子，看起来好熟悉，背影也很熟悉。不过她怎么也想不起来，无论怎么努力。

熟悉与认识是两个不同意义的词语，前者你没有发言权，后者你能知道隐藏在熟悉后面的全部秘密。

总之，这是个有趣的语文老师。

果然，上课也不是按照那种固定的课文模式，提出的问题也让人欣然回答。

"这排最后的同学，你觉得人一辈子最重要的是什么？"

大家的目光齐刷刷地往苏成雨这边扫了过来。

苏成雨还在睡梦中，夏月把他推醒了，并告诉他问题。

他露出两排洁白、整齐的牙齿，答道："睡懒觉。"原本以为代课老师会因为权威受到挑战而像语文老师那样发怒，说一些"谁让你睡懒觉的你说的是胡扯"之类的话语。

"嗯，非常好，非常符合你现在的愿望。请坐。"

很多个问号林立在大家的头上。

大家纷纷露出好奇、惊讶的表情。

心中无限期待地想要了解这个男子。

"老师，那您觉得人一辈子最重要的是什么？"夏夕的声音像一块极具吸附性的磁铁，粘上了所有人的注意力——这是一个漂亮的反问句。

是的，夏夕一直是一个聪明的女生，这点夏月早就知道。以前在医院测

智商玩的时候，她就出类拔萃。

“我觉得人一辈子最重要的当然是开心啊。每天为自己活着，不要太在意别人的看法，做自己想做的事情，爱自己爱的人，快乐而有意义的活着。”

众人望着这位高高在上的男子，顶礼膜拜。

不过，这只是夏月心中的臆想，男子应该会如此冠冕堂皇给自己罩上一层金光闪闪的光环，让人去膜拜。

年龄会让人变得完美，也会让人变得虚伪。这两个特点其实从来就不矛盾。

“我这辈子最重要的是我老婆。”

台下立即一片唏嘘声，仿佛是嘲笑他一个大男人也太没出息。

好男儿应该志在四方，这是亘古不变的道理。男子浅浅地笑笑，没有继续说下去，眼睛里散发出一丝温柔的光。

是深爱一个人才能聚焦出的温柔，是很想某个人才能溢出的光。

不过没人懂得。

至少，现在还不会有人明白。

[八]

摊开手掌，微风用朴实的音符环绕指间。

踮起脚尖，只是为了更加接近太阳。

你习惯在这样的午后醒来吗？周围是用斑驳、寂寥接成的落寞碎片，阳光用温暖将黑暗里氤氲的寒冷驱逐出境，泪花优雅地在琴键上翩翩起舞，悠闲的蝉鸣撕碎了夏天仅剩的一丝安静。

你来过我的世界，你从未来过我的世界。

你轻轻地来，又悄悄地离开。

世界太大，可我还是遇见了你。

世界太小，可我还是弄丢了你。

你是敌抑或是友，这些都不再重要。

镜子的存在，于是有了莫名的相似体。

吻合。模仿。巧合。偶然。

我和你。你和我。

然后相濡以沫、相拥而泣。

镜子的背面，站着一段清新透明的悲凉。悲凉的影子里，悲伤努力地摊开一张巴掌大的空间，就那么蠢蠢欲动地想给青春一记响亮的耳光。

[九]

在数学老师把去市区买练习册这项神圣的任务交给夏月后，在询问谁愿意与她一同前去时，夏夕乖巧的笑容和主动赢得了数学老师的赞许。

就算有一万零一个不愿意，夏月也只得硬着头皮和夏夕一起去市区。

公交车站。两个女生每人抱着一叠书。因为练习册并不重，要不然就会叫几个男生帮忙了。

旁边人潮涌动。喧嚣声仿佛是一阵野性十足的狂风。

一群人面无表情地站着，俨然是一尊尊栩栩如生的蜡像。

“啊，我没零钱了。”夏月这才发现自己居然粗心到没留零钱坐公交车。

“我身上没带钱。”夏夕淡定地耸耸肩，眼睛里丝毫没有担心。

“那怎么办?”夏月自己嘀咕着。一直以来她都是这样，碰到事情就容易慌张，怎么也改变不了。

“这样吧，你把你那张 10 块的给我。”夏夕伸手接过夏月的钱，然后走开。

尽管隔了几十米，但隐隐约约还是能看到夏夕洒脱地走到一个乞丐模样的人面前。然后看到她把手伸到一个碗状的东西里面，来回了两次。

夏月目瞪口呆地看着大步走过来的夏夕。如果没看错的话，夏夕应该是把这张十块的给了乞丐，然后又从乞丐碗里拿了两块钱坐公交。

这应该就是你吧。永远那么率性而为，像个小孩子一样，令人哭笑不得。

可是，关键的时候，你依然给我依靠。

像是黑色无底洞口的一缕罕见光亮。

像是一场久逢干旱的及时雨。

像是冬日里燃起的一把火。

公交车上。

“你上次为什么打架?”

夏月终于还是没忍住。胸口堵塞的地方被一股迂回已久的气体冲开，舒坦了许多。

“因为顾新。”

顾新，一个在心里默念到烂熟的名字，却在这不合事宜的时刻冒了出来。夏月的心脏仿佛提到了嗓子眼。

“为什么?”

所有的好奇和惊讶随着脸上的线条挤成一个巨大的问号。

“他是因为我受伤的。”夏夕若有所思，眼神跟着声音开始变得呆滞。

最不愿意听到的话还是像一根根针一样扎了过来，夏月有些喘不过气来。待她正要询问具体细节的时候，才发现夏夕眯着眼好像在睡觉。

一头乌黑的头发宛若瀑布般滑落下来，耳朵上幸运星的耳钉点缀着阳光碎片折射的光亮。透明般干净的皮肤像是晶莹的玉一般。夏月看着看着不免自卑起来。

这种心情或许早就有了。

尽管不愿承认，从小时候就开始有了对比。对方有着甜美的容貌，而自己一直相貌平平。对方有着聪明的头脑，往往很惹大人喜欢；而自己却十分木讷，一直不怎么讨人喜欢。

尽管一直不愿承认她就是自己的姐姐。

尽管不愿承认的有那么多。

可是还是得承认，两个人不仅仅是只有交集那么简单。

生活早已把彼此融入生命里，像是离不开水的鱼。

两个人又有着同样被父母抛弃的类似经历。

苦难早已让彼此的眼泪哭干，干涸的泉眼只剩下一起坚强。

[十]

这几天天气异常燥热，几朵白云无精打采地挂在天际，而烈日不可一世的发怒。

夏月盯着眼前的女人看了半天，不愿意有任何多余的动作，似乎对这个女人早已恨之入骨。

女人脸上全是愧疚和慈祥，笑意盈盈地看着夏月，然后走了过来，想抱夏月。夏月快速躲开，不让她得手。

“夏月，我知道你不会原谅妈妈。不过我只想好好抱抱你，我的孩子。”还没等夏月反应过来，女人便把她抱住。夏月随即挣扎了起来。

在女人的怀抱里，女生渐渐失去了抵抗，温顺地贴在女人怀里。

“我的孩子，妈妈接你回家。”女人的声音温和优雅，似一股暖流触电般的在夏月的心脏蔓延。

夏月开始意识模糊，觉得女人的爱抚让人舒服且安心。

突然女人发疯似的把夏月推开，头也不回地跑了。夏月歇斯底里地哭了起来。

原来是做梦，夏月惊醒的时候看了下时间。

中午 1 点半。

午休的教室死灰一般安静。夏月轻轻拿开夏夕放在自己桌子上的手。

手下居然写着一行字。

夏月低下头，认真地看着。

突然夏月感觉一阵莫名其妙的难受。身体的血液开始不听使唤的倒流。外面的蝉鸣声令人更加急躁难安。

夏月往外面走去，用力地拧开了水龙头。听着哗哗的水流声，像是被呛着了一般，脊背因为激动和哭泣而上下颤动。

水流声掩盖住了夏月的哭泣。她低着头，让人看不见她的眼。

再次走进教室时，夏月的眼眸通红，明显看得出是哭过。

夏月走到桌前，拿橡皮轻轻擦去桌上的字。夏夕转了下头，不过没有醒来。

窗外。

蝉鸣声像刚开始那般锐利刺耳又惹人讨厌。

天空中寥寥无几的白云运动到另外一边。

夏月放下橡皮，像午睡开始那样睡下。

就当什么也没有发生过。

现在没有。

以前也没有。

第三章

[一]

落叶是大自然唯美华丽的一幕场景。

当然除了一种特殊情况。比如，夏月她们一组的包干区被分到一个墙角落的小树林里。

打扫包干区时欣赏落叶并不是件惬意的事情。苏成雨看着落叶下雨一样的飘落，忍不住像诗人一样感慨人心不古、世态炎凉。

夏夕把扫把扔了过去，说道："赶紧扫你的树叶。"苏成雨灵巧地躲开，嬉皮笑脸地捡起扫把。

才认识这么短的时间，苏成雨和夏夕就熟络到这种地步，夏月对此很好奇。

或许苏成雨和夏夕是一个类型的人，都那么随性，无拘无束，自由成风，才会这样的吧。夏月心想。

在学校的小树林里，很多树木会被刻上"某某某爱某某某"，或者"某某某到此一游"之类的字样。

只是当夏月在树林上看到自己的名字时，嘴巴还是忍不住张开一个夸张的弧度。

到底是谁会刻自己的名字？夏月想了一圈，做了一个长长的排除法后发现不可能存在这种人。首先，自己跟别人平日里无冤无仇，到现在还没敌对的仇人；其次，自己长得并不很好看，也没有出众的成绩和特长。如此普通平凡，更不会有人暗恋。

"夏月，你身为组长，还偷懒哦。"苏成雨故意调侃道。下课的男生永远是那么的精力充沛，眼睛里发出熠熠的光。

陷入沉思的夏月没有理会苏成雨。头上顶着一片落叶也浑然不觉。

"哇，原来有人暗恋你啊。夏月，你终于可以嫁出去了。哈哈。"男生也看到了刻在树上的名字。

夏月。是这两个字，而且刻了很多个。

斑驳的树皮顿时暴露在众人炙热的目光下。

"我觉得是某个恨夏月的人刻的。"有个女生显然是嫉妒了。

"我倒觉得是夏月梦游的时候自己刻上去的。"林平话音未落，夏月瞪了他一眼。

"从笔迹和我多年的江湖经历，我大概猜出了是谁刻的。"苏成雨故弄玄虚地看着夏月。

"是谁?"

"从字迹刻的力度和字体看上去，这充分说明了这是人为的。然后呢，没有了。"

迟钝了两秒，随后无数把扫把朝苏成雨飞去。

苏成雨活跃地躲开，像一只轻快的飞燕。

课堂上，夏月依旧在想到底是谁会刻自己的名字，老师讲的完全没听进去。

"夏月，数学老师叫你呢。"

夏月条件反射般地站了起来，发现此时苏成雨睡得正香。看来没有了死党及时、准确的帮助，接下来肯定要"死"得很惨。

果然，数学老师对夏月这个平常喜爱有加的课代表的表现很失望，让她坐下后，上课的语气也变得沉重，像是背负千斤的重担。

夏夕泰然自若地看着漫画，丝毫不关心发生了什么。就连刚才打扫包干区看名字的时候，她也没围过去。

夏月一脸沉重地看着窗外，可见她的思考并没有什么进展。"也许是自己多心了，不必在意。"夏月自己安慰自己。

一抹耀眼的白突兀地钻进瞳孔。

乔子纯。夏月看到窗外乔子纯穿着那件熟悉的白色裙子走过。旁边站着一个从未见过的男生。

男生的身材有些臃肿，甚至可以说肥胖。不过，让夏月惊讶的是乔子纯从未跟她提过有男朋友的。

两人走在一个完全不搭，步调也不协调，像是两个陌生的路人。

两人慢慢地在夏月的眼眶里抹去痕迹，像放映的电影画面。

夏月微微闭上了眼，头慢慢地往桌上靠，听着苏成雨浅浅的呼噜声，自己也跟着犯困了。

讲台上，数学老师的飒爽英姿在视线里缓缓摇曳，然后逐渐变成一团朦胧的雾。

头脑像要被一台抽水机抽干的池一般开始空白，眼皮像被强力的胶水粘上。

然后没有了喧嚣，世界开始安静。

[二]

临近放学的时候，夏夕好像有心事似的盯着夏月，夏月也感觉到了有一双眼在身上不停地游离、扫视，让她浑身不自在。

“可以跟你商量个事吗?”

这种近乎哀求的语气一点也不像夏夕。小时候，每次夏夕跟夏月商量事情的时候，开头都是以“通知你个事”这种强势的语句抢占主动权的。毕竟是姐姐，又有着很多强于妹妹的地方存在，所以这样的开头夏月从未感觉有什么不妥。

夏夕离得更近了，这是她们两个月以来第一次靠得如此之近，甚至可以听到彼此的心跳声。

“嗯。”夏月给了一个简短并算是答应的回答。

“我爸不知道因为什么事被检察院抓起来了。他说想见我，我想你陪我一起去。”夏夕的视线在夏月身上打量了一下就移开了。

尽管不知道有多少年没见过伯父了，尽管依然记得那个总是把笑容挂在脸上的男人对自己很好。尽管已经开始在忘却他的容貌，尽管他不要夏夕的那一幕还是让人记忆犹新。

“你原谅他了吗?”夏月假装镇定的样子，可是不自在还是占了上风，全身像是被蚊虫叮咬了一样。

“当然不，我们说好的不会原谅他们。不是吗?”

“嗯，绝、对、不、原、谅。”

“那为什么还是要去?”这句话还未到达喉咙就被夏月活生生地咽了下去，一阵涌起的难受因为情绪开始搁浅。

毕竟他是夏夕的爸爸。就算曾经被他抛弃，也改变不了这个事实。

“嗯，不可以原谅。我陪你去。”

“谢谢你。”这是夏夕第一次跟夏月说谢谢，夏月有点惊讶，不过又突然想起了自己的爸爸。

左心房像一条冲破大坝的河流，开始淌血。

回忆起你。

除了永无止境的难受。

更多的只剩下满满的恨。让人恨之入骨。

[三]

检察院。

虽然不愿意相信眼前这个已经有白发的男人就是夏夕的爸爸，自己的伯父。但事实摆在眼前的时候，要么视而不见，要么坦然接受。很多事情很多时候即使眼睛会欺骗你，它也不会欺骗你，而是你自己欺骗自己。

夏夕没有叫“爸”，这自然是在意料之中。男人满脸的沧桑，不知道被岁月在脸上割下了多少道伤痕。皱纹爬满了这张疲惫不堪的脸，眼睛里布满了红丝。可以看出男人在这过得并不好。男人见到夏夕还是很兴奋的样子，嘴角努力地上扬，颧骨也随着高高的突起。

感觉心里有种莫名的快感在作祟——你也有今天，谁让你当初抛弃妻子来着，夏月努力克制自己不要有那么邪恶的想法。

男人一直在那落泪，并不仅仅是为了博得夏夕的同情，好像是在忏悔，又像是在伤心。泪花充盈在这个四十多岁男人的眼里，还有谁会去在意他在想什么？

只有夏夕在意。

“当初你为什么要离开我们？”

“小夕，是爸爸错了。”男人没有辩解，只是一味地为当年犯下的错道歉。

“我没有你这样的爸。”

该来的迟早要来。

像是小时候看的《西游记》，每次妖怪抓了唐僧之后，孙悟空都会前去救驾。打不过的时候总是有观音前来帮助。

两人陷入了长久的沉默。

仿佛从十岁那年，夏夕每次看到别的父母牵着孩子上街，或者看着孩子向父母撒娇的时候，都会产生一个恶毒的想法：你们的爸妈也会抛弃你们，你们会变成像我们一样没有爸妈疼爱的孩子。

七年前，夏夕的爸妈没有要夏夕，而夏月的爸妈也没有要夏月。

夏月被姑母收养，夏夕被大姨收养。

夏月在姑母附近的地方上学。夏夕在大姨附近的地方上学。

姑母和大姨家离得并不远，但两人却上了不同的高中。现在夏夕转学过来，两个人好像是镜子里面的像和外面的自己。

也许是都有如此悲惨的遭遇，两个人尽管分开依旧彼此很要好，就像很

小的时候，只要一有时间就会腻在一起。

鱼儿离开了水便会挤在一块吐泡泡，用自己的口水湿润彼此。

这是相濡以沫。

就像是两个受伤的野兽互舔伤口，就像是两个白发苍苍的老人相互搀扶。

尽管没有你们，我们也要很幸福。

[四]

傍晚的天际被燃烧的一片通红。几只黑鸟像离弦的箭一般从高空掠过。

美丽的雪莲花孤独地开在天山，无人问津。

你是否还是喜欢一个人，坐在山顶看日落。

不管夕阳缠绵悱恻出的风情万种；不管流岚出于尘埃的清新脱俗；不管你是否回忆从前。

黑夜终将大地和天空连接在一起，像盘古开天辟地时的混沌模样。

那么，又是什么，让你哭红了双眼？

[五]

在这个世界上，有两种人不能招惹。

一种是秀才遇到强盗兵蛮不讲理的，还有一种则是身材威猛看起来很能打的。

“你说，我是不是看起来很能打，我可是有练过的。”一个令人讨厌的青年笑嘻嘻地拦在了夏夕的面前。青年留着一头染得像金毛狮王一般的长发，戴着耳钉，看样了是个社会青年。

“滚开。”夏夕恶狠狠地瞪着他。

青年的后面还站着一堆人，有十几个的样子。他们哄然大笑，似乎对这种场景已经是习以为常。

“后面是我的小弟，你随便挑一个打，打赢了就让你走。”青年的脸上依旧是那种诡异得令人毛骨悚然的笑容。

夏夕的眼睛里只是闪烁着厌恶，丝毫看不到其他情绪。

“再不让开我报警了。”

“好啊，你报啊。”青年似乎胸有成竹。

夏夕低下头掏手机的时候才发现手机不见了，然后抬起头的时候看到青年正得意扬扬地拿着她的手机炫耀。原来手机在自己不注意的时候被他偷了。

手机与光线反射出来的亮点晃得人的眼睛不能睁开，可夏夕的表情依旧没变。

“你们一起上来跟我一个人打怎么样?”

一个男人不知道从什么地方冒了出来。

“代课老师?”夏夕看到这个熟悉的脸孔忍不住叫道。

青年的目光似乎不停地打量着男人，若有所悟地思考着，刚开始那桀骜不驯的表情变得有些谦恭。

“老师，我们是来问她要不要帮忙的，您别误会。”说完，青年把手机递给了夏夕，又对后面一大堆人打了一个撤退的手势。

“慢着，顾新是你什么人?”男人的目光像一只虎视眈眈的猛兽。

青年并没有回头，只是无所谓地说了句“他是我弟”。

队伍慌慌张张地离开，像一群落败的逃兵。

“你没事吧?”

“嗯，没事。”

“你是要回家吧，我刚好下班，送你回去吧。”

男人的眼睛如棉花般温柔，像小时候抱着她的某个人。

“不用了，我可以自己回去。”夏夕迟疑了一下还是拒绝了。

“如果我跟你讲讲顾新的故事呢?”男人微笑着。

夏夕一脸惊愕地看着眼前这个男人——语文代课老师。他三十多岁的样子，五官端正，给人一种干净的感觉，眼睛里仿佛充满了孩子气，却又给人一种智慧的感觉。

夏夕默许地指了下左拐的小道。

小道冗余的湮没在远处聚焦的亮光处。

天气阴得有些惨淡。

男人和夏夕的背影被镶嵌在这幅平淡无奇的风景画里，然后背影在里面渐渐变小，缩成两个大小不一的黑色斑点。

[六]

每次月考前的晚上，整栋教学楼灯火通明，无数个黑点在灯光下不能自拔。

站在外面，听不到平时晚自习因为嬉戏说话而发出的喧闹声。

桂花的香味顺风招摇过市。

夏月破天荒地看到苏成雨用手拔着头发或者用手掐着自己的大腿卧薪尝胆地奋斗。就连林平这样平常不用功的学生也在埋头苦干，眼睛瞪得圆圆的，仿佛是想把书本他妈叫出来臭骂一顿。

只有夏夕用手撑着下颌在想着什么。

在每个人都迎着朝阳努力的时候，而你依旧一副不以为然的样子。

你很特别，特别得让人猜不出你到底在想什么。

一直想要走进你的世界，一直以为可以走进你的世界。

原来，我错了。

我从不曾触碰过你的世界。

哪怕是那扇旧得快要坍塌的大门。

“夏月。”声音很小，若不是夏月在开小差，她也不会注意到有人在窗户边叫自己。

乔子纯被钴蓝色的玻璃隔开，蓝色的色调笼罩着脸庞，妩媚了许多。

乔子纯示意夏月出去一下，手指有节奏的舞动着。

“找我什么事啊？”

“没事不能找你啊。”

“呵呵，当然可以。”

“我有事跟你说，我们出去走走吧。”

“可是我还有很多没复习好，你复习好了呀？”

夏月说完这句话就后悔了，她看到乔子纯逐渐黯淡的表情，看起来心情不好，果然是有事。

“不过，明天还有一个上午可以临时抱佛脚。我们走走吧，请你喝奶茶。”

乔子纯蜻蜓点水般微笑了下，心情似乎好了许多。

“夏月。”

“嗯？”

“是不是答应做别人的女朋友，以后就要嫁给他做老婆啊？”

夏月稍微愣了一下，忽然想起上次看到乔子纯和一个男生在一起，男朋友应该就是他了。

“傻瓜，当然不是啊。女朋友和老婆不是一码事。”

“可是我觉得女朋友就是要做老婆的啊。”

乔子纯果然单纯得像耳边善意拂过的微风那般惹人怜惜。

夏月突然不知道说什么好。观念这种东西是扎在脑海里的树根，一旦存活，就再也拔不掉了。

“你以前怎么没跟我说你有喜欢的人?”

“我并不喜欢他。”

“那不喜欢他，干吗做他女朋友啊。”

“他喜欢我，我爸在他家公司上班，我妈叫我跟他好。”

“你妈叫你跟他好，你就听啊?”

“从小我就最听我妈的话了。”看来这已经是一种习惯都无法抹去的东西。

夏月又是一阵无语，不过听着“我妈”这样的词语后心中还增加了几丝荒凉。

“夏月，告诉你个秘密。”

“嗯?”

“其实我喜欢的男生是苏成雨。”

咦？居然是他。不对，应该说，是他啊。

毕竟他是一个干净英俊的男生，有着孩子气却俊朗的笑容。乔子纯喜欢他并不奇怪。

“还有，我第一次接近你，是因为你跟他很熟，所以……”

乔子纯没有继续说下去，头微微的低了下，眼睛扫视着地面。像个因做错事忏悔的孩子。

夏月本来想怒气冲冲地说句“你怎么可以这样”，但是想起自己也是因为她跟顾新是一个班的才跟她熟络了起来，心里一下顺畅了很多——原来不只是她一个人这样做。

“都过去了。子纯，我们现在已经是好朋友了对不对?”

“嗯，当然。”

学校的奶茶店，人来人往。

夏月拉着乔子纯找到一个人少的角落坐下，乔子纯把心事说出来后心情似乎格外的好。

“夏月，讲个笑话给你听。”

“好啊。”

夏月把头侧了过去。

“下课了，老师叫住小明问他，你上课为什么不敢回答问题。小明说，我害怕。老师说，你怕什么啊。小明说，我怕嘴里的糖掉出来。”

哈哈，一个放肆的声音传了过来，原来是班上男生的声音。

“你们笑什么啊？”乔子纯的眼神想要杀死这几个在旁边偷听她们说话的男生。

“不好意思，我们就在旁边，没办法不听啊。”其中一个穿格子衬衫的男生看着乔子纯说道。

“你看人家顾新都没笑，不觉得你们笑点好低吗？”

原来顾新也在，不知道什么时候在的，估计是刚来吧，不然不可能看不到他。夏月假装不在意地转过头。

顾新跟往常一样安静，嘴巴微微闭着，头发温顺地趴在额头上。只是在喝奶茶的时候，他的嘴巴才优雅地张开。这个画面唯美得一塌糊涂。夏月呆呆地看着。

“夏月，快帮我说一下我们班这帮男生。”

夏月尴尬地笑笑，没有说话。乔子纯见状没有再搭理班上的男生，牵着夏月的手就往外面走。

出来的时候，她们碰到了苏成雨和夏夕。这段时间他俩天天腻在一起，像是一对相见恨晚的老朋友，所以碰到他们一点也不意外。

苏成雨手中握着两瓶买来的矿泉水，然后递给夏夕一瓶。

夏夕很淑女地把盖打开，喝了一口，然后把盖子拧上，随手把矿泉水扔进了垃圾桶。

苏成雨也跟着做出同样欠扁的事情。

“苏成雨，你这个败家子。几天不熏陶一下你，就堕落了啊。”

“对啊，这样也太浪费了。”乔子纯也跟着附和道。

“这是哪家的小妹妹？”苏成雨嬉皮笑脸地看着乔子纯。

乔子纯“唰”地脸全红了。幸好是晚上，黑暗掩盖了她脸上泛起的红晕。

“这是我的好朋友乔子纯。子纯，这个就是我常跟你提起的长年累月跟着我狼狈为奸的死党苏成雨。”

夏月费力地介绍着，竟然没发觉自己冷落了夏夕。

“那这位美女呢？”乔子纯指着夏夕。

夏月还是感觉被雷击了一下。

“我是她姐。”夏夕没等夏月说话就爽快地答道。

“你有姐啊？亲姐姐？”乔子纯像所有刚听到这件事的人一样的惊讶。

“嗯，以后跟你说这事。我们先闪了。”

四个人在夜色中分成两拨，然后变成两坨巨大的黑影。

[七]

“你确定要这样做?”

“嗯，我很喜欢她们。”

女人翻身把男人抱住，头贴在男人的胸前。

“亲爱的，明天再聊，睡觉吧。”

“嗯，亲爱的，晚安。”

第二天，语文课，依旧是那个代课老师。

这次夏夕不像往常一样看漫画，而是全神贯注地听讲。

“下面，请哪位同学讲个冷笑话给大家轻松一下?”

林平主动站了起来。男人微笑地示意他开始讲。

“某文科班有四十个学生，其中有三十八个女生，两个男生。然后，然后，然后……”

“然后怎么了?”

“别卖关子了。”

有几个男生受不了林平故弄玄虚，心急如焚地想知道结果。

“然后这两个男生就幸福地相爱了。”

哈哈，果然很多人还是觉得这种稍显低级的冷笑话还是很好笑的，不过仍然有许多人不懂。

“为什么男生也能相爱啊?”有个女生一脸纯真地问道。

男人的表情并没发生变化，用手势示意大家安静。

“还有同学愿意讲吗?”

讲台下有几个人在讨论刚才的冷笑话，显然要解释清楚这种略显深奥的事情并不是那么简单。

“老师，你讲个呗。”有人开始起哄，其他人自然也跟着。

“这样吧，那我问大家一个问题，海水为什么是蓝色的?”

“不是蓝色的还是黑色的啊。如果有一天把船开到海中发现水是黑色的，那多恐怖啊。”

“因为它喜欢蓝色不喜欢别的颜色呗。”

“因为天是蓝的。”

“我怎么见过很多海水是黄色的、绿色的、黑色的，就是没见过蓝色的啊。”

一群人七嘴八舌地议论起来。

“夏月，你知道吗?”夏月意外听到男人喊自己的名字。

“海里的鱼发出的声音是布鲁、布鲁、布鲁的，而布鲁发音跟英文单词bule（蓝色的）一样。”

“不错，很厉害嘛，你们语文老师说你很有潜质。嗯，我也觉得是。”男人连连赞叹道。

夏月不敢相信地坐下。

语文老师说我有潜质？夏月大脑一片空白。也许是被这种难能可贵的欣赏暂时性晕眩了，她脸红了。

“老师，你也懂英文啊。”林平总是问一些不合时宜的问题。

“呵呵，其实老师原来是学英语专业的，过了专业八级的。”

众人一片哗然，然后用一种膜拜的眼光看着眼前这个男人。

“夏月，你好厉害啊，这几天吃的什么，脑白金还是黄金酒啊?”苏成雨悄悄问夏月。

本来想告诉他自己只是无意中看到了这个问题才会这么快想到答案的。

“去死。”夏月简单而干脆的回答。

“刚才讲了一个关于海的问题，今天呢，我们就学习一首有很多海的诗。”

夏月把书本往后翻着，今天应该要学海子的《面朝大海，春暖花开》。

“上次有叫大家预习这篇课文，那有人能现场把这首诗背一遍吗?”

很多人跟着话音有节奏的把头低下，害怕老师叫到自己。夏月没背也跟着低着头。

男人用眼睛扫过一个班，发现只有两个人没低头——苏成雨和夏夕。

“夏夕，你试试吧。”

夏夕从容地站了起来，沉默地看着男人。

“她肯定背不出。”旁边有人小声地嘀咕着。毕竟像这种上课看漫画的人，应该不会把老师说的话当回事吧。

“从明天起，做一个幸福的人。喂马、劈柴，周游世界。从明天起，关心粮食和蔬菜。我有一所房子，面朝大海，春暖花开。从明天起，和每一个亲人通信，告诉他们我的幸福。那幸福的闪电告诉我的，我将告诉每一个人。给每一条河每一座山取一个温暖的名字。陌生人，我也为你祝福。愿你有一个灿烂的前程。愿你有情人终成眷属。愿你在尘世获得幸福。我只愿面朝大海，春暖花开。”

男人鼓起掌来，全班也跟着鼓掌。刚开始所有的鄙夷和疑问化成掌声中的欣赏和钦佩。

夏夕没等男人叫她坐就自己坐了下去，好像并不沉醉在众人的掌声中。

夏月侧过头看夏夕，发现她那白皙的皮肤在光线的衬托下显得更加迷人，像透明的水晶球。

你永远不会在乎这些对我来说可谓难能可贵的掌声。

你永远是一个骄傲的公主。

而我不是。

从小时候起，我就在羡慕你。羡慕你能受到这么多人的喜爱。羡慕上天赐给你美貌却给我平凡。羡慕无论平时看起来多么绅士的男生都会为了你打架而变成野兽的模样。

而你被父母抛弃的那天，我还享受着亲情，这是我唯一一天感觉自己优于你的时候。你歇斯底里地哭着，把眼睛哭得又红又肿。我心怀恶毒地享受着，从未如此快乐过。

那一年，我跟你一样。

我们都是十岁。

男人讲完诗人海子是卧轨自杀后，苏成雨突然想起前不久看过的一个故事。上帝答应满足一个人的任何愿望，那个人左想右想觉得能像猫一样有九条命那肯定很爽，于是上帝如他所愿给了他九条命。为了验证是不是真的有九条命他去了铁道上卧轨。等火车开过去之后，他还是死了。在天堂他去找上帝算账。上帝告诉他，虽然他有九条命，但是火车车厢刚好有十节，于是他就死了。

想到这里苏成雨一个人偷偷地笑了起来。

“海子卧轨自杀，苏成雨同学，你觉得很好笑吗？”

夏夕回过头看着男生问道。显然，偷笑的声音已经努力地爬到了这个疾恶如仇的女生的耳朵里。

男生迅速收起笑容，装出一副庄重、深沉的样子。

“节哀顺变。”

窗外。

蝉儿努力地扯着嘶哑的喉咙哀鸣。

小道上两排香樟树仿佛也正低着头默哀。

如果非要选择一种方式自杀。

也许卧轨自杀会是最有诗意的。

[八]

乔子纯穿着一件鲜艳的红裙向正在聊天的夏月和苏成雨走来。

“哇，小妹妹今天好漂亮啊。”苏成雨赞叹道。

“我有那么小吗？”乔子纯开心地露出两排整齐的牙齿。

“你是不是觉得多啦A梦特帅？”

“对啊。我觉得它无所不能、无所不有，超帅的。”乔子纯眼睛在放光。

“好吧，那你承认了。”苏成雨露出一副狡黠的表情说道。

“对了，我要去打球了，刚有人叫了我。夏月，等下你把数学笔记放我桌上等会儿我带回去。如果你帮我抄我也不介意的，课代表姐姐。”苏成雨匆忙交代完就离开了。

乔子纯眼睛跟随着苏成雨的背影一起跳跃着，直到消失在拐角处。

“你什么时候喜欢他的？”

乔子纯这才感到有些失态，尴尬地微笑着看了看夏月。

“开学那天。我书掉地上他帮我捡起来，还帮我系鞋带。”

“哦，就这样喜欢上了？”

“嗯。”乔子纯陷入了沉思，应该是在回忆那一幕，否则脸上看起来不会那么甜蜜。

喜欢到底需不需要理由？

相貌、金钱、才华、幽默还是别的什么？

喜欢一个人到底需要多久？

一秒、一分钟、一个月、一年，还是要一辈子？

当所有的事情都有了一个明确的指示或者规范之后，也许就很难喜欢上一个人了。

毕竟，喜欢就是喜欢。

不为笑容，不为名字，不为相貌，亦不为其他。

这才是最单纯的喜欢。

就像夏月对顾新的喜欢，没有任何理由。

[九]

放学后的教室像一头很久没打理、清洗的乱糟糟的头发。

和夏月一起值日的夏夕因为父亲的事情不得不提前离开。

苏成雨帮夏月打扫了一半，便被几个男生拖着去球场打球。

夏月用手擦拭着脸上渗出的汗水，头发因为劳动而有些凌乱，脸上像熟透的红苹果泛着红晕。教室虽然很大，但经过半个多小时的努力，还是被打扫得焕然一新。刚开始横七竖八的桌椅也被夏月摆得整整齐齐。黑板干净得有些过分，仿佛新买的一般。

学校的垃圾场离教室有些远，在平常包干区小树林的附近。

夏月有些费力地提着两大桶垃圾行走。

傍晚的空气柔和得像一堆棉花，夏月大口大口地呼吸着。偶尔有几只不知哪来的野猫从旁边的墙角钻出来。夏月坏坏地学着猫叫，吓得野猫感觉有危险似的四处逃窜。

垃圾场。各种各样的垃圾。垃圾的海洋。

夏月倒完垃圾往回走，看到小树林里有个白色身影正蹲在一棵树前不知在做什么。她忽然想起上次打扫卫生时看到自己名字的那棵树，差不多就是在那个位置。于是她充满好奇地往那个身影走去。

随着她一点一点地接近，仿佛能听到自己心跳的声音。

那个身影仿佛发现了女生，很快就从另一边跑开了。夏月走到树前，在那棵写了好几个自己名字的树上，发现多了一个刚刻上去的名字——夏月。

依旧是刻着这两个字。

醒目的，自己的名字。

那个身影到底是谁呢？

看不出是男是女，不知道是出于什么原因刻自己的名字。夏月迷惑的想着。

“啊。”夏月发出一声惨叫，已发现自己因为太入神撞到电线杆了。而垃圾桶也顺势往不同的方向滚动。

“活该。”苏成雨走了过来，被夏月的模样逗笑了。

“去死！有没有同情心啊？”

“想什么这么入神，不会是想他吧？”

“去死！”夏月摸着自己的头，看着苏成雨从不远处把垃圾桶捡起来。

“用不用去医疗室看看？”

“不用，这才像句人话。”

“我一直讲人话的好不。”

“这个——”女生故意拖着诡异的音。

“不信？那我现在讲句人话给你听。”

“这个真不用。因为人讲的不一定是人话。就像骑白马的不一定是王子，还可能是唐僧；烧香的不一定是和尚，还可能是熊猫。”

“幸好我生命力顽强，内功深厚，不然真要被你这小妮子伤了。”

“简称‘脸皮厚’不就好了。”

“您抬举了。哎，人心不古、世态炎凉啊。”

两人像是辩论赛一样不停地调侃着。

刚才刻名字的事情以及那个诡异的背影也被夏月抛之脑后。

最后的几缕夕阳把两个人的背影拉得老长老长。几只飞鸟似乎正在回家的路上。

果然，在眼前的这个男生面前，夏月也会变得无拘无束、能说会道。

[十]

清晨，万物苏醒，又是美好的一天。

昨晚因为看书睡得太晚，夏月今天没赶上早自习。

推开门的时候，夏月莽撞地冲了进去，却发现很多人都用一种复杂的目光看着自己。

班长站在讲台上，不知道正在说些什么事。有个哭泣的声音传来，一大群人围着，不知道是谁。

“夏月，你来得正好。”班长一脸的沉重。

夏月惊愕地看着班长，等待着他的下文。

“金小月的 P4 丢了，昨天是你值日，你有看到吗？”

“没。”除此之外不知再说些什么好。夏月以为没事了，准备收拾好书本和文具，因为下午要月考。

“我就放在抽屉里，P4 不见了，值日的怎么会不知道？”

夏月立即明白了，昨天是自己一个人值日，金小月应该是在怀疑她。

“我真不知道。”夏月无奈地看向金小月。

“那你如果把钱掉在路上了，交警叔叔是不是要知道掉哪了啊。”苏成雨显然不满金小月对夏月的怀疑。

夏月看了苏成雨一眼，示意他适可而止。夏月知道金小月的 P4 对她有着非凡的意义，据说是她过世的爷爷送给她的生日礼物，着急也在情理之中。

“要不我们搜抽屉吧？”林平提议道。

大多数人都觉得这个方法行，只有苏成雨不答应。

“这样吧，不愿意搜的同学就不搜。”班长果然聪明。

于是几个班干部开始帮忙搜了起来，金小月的哭声也停了。耳朵少了那种尖锐的哭声的骚扰也跟着轻松了不少。

就在几个班干部手忙脚乱地搜了一番以为搜不到之后，学习委员却突然说了句“在这里”。

从打开桌子就能看到的明显位置找到 P4，学习委员也有点儿不敢相信。他把 P4 递给了班长，班长拿到金小月的面前，问道：“这是你的吗？”

“是。”金小月兴奋地接了过来。对失而复得的东西显得怜爱有加。

“夏月，你能给个解释吗？”

所有人都把目光聚焦在夏月瘦弱的身体上。好像在说你是小偷。

夏月感觉血液仿佛已经凝固，大脑被两块巨大的木板拼命地挤压已经不能思考。

“我……我。”然后是一阵长久的沉默。

说我没偷吗？证据就摆在眼前。

说我不知道怎么回事吗？昨天是你一个人值日，除了你还会有谁。

那我该怎么办？

我不是小偷。

不是。

苏成雨的嘴巴似乎想说些什么，可微微地张开又闭上了。他虽然相信夏月，但这种情况，他也不知道怎么为夏月解围。

很显然是有人嫁祸给夏月的。可是是谁呢？为什么要嫁祸给夏月呢？

事实胜于雄辩。在事实面前，任何理由都只会被人认为是狡辩。

“好吧，是我嫁祸给夏月的，我只是想跟她开个玩笑而已。金小月对不起啊。”苏成雨笑着向金小月道歉。

“我知道你跟她关系好，不用为她背黑锅。”金小月一口咬定是夏月偷了她的 P4。

夏月感觉胸口有一股灼热的气体想要喷涌而出，只好努力克制着。

“这样吧，这件事查清楚了再开个班会。先上自习吧。”

班长从台上下来，示意夏月跟他出去一下。

“夏月，我相信你什么都不知道。如果你是小偷怎么可能傻到把 P4 放在桌子里这么显眼的位置。”

夏月感激地看着眼前这个男生。他虽然个子不高，却给人一种大人般的安全感。

“这样吧，你好好想想，是不是平常跟哪个同学闹矛盾了？”

夏月沉思了会儿，答道：“好像没有。”

“嗯，好吧，那你进去上自习吧。这件事我会查清楚的，你别感觉委屈。”

夏月回到座位的时候，夏夕刚进教室。

夏夕今天穿着一条蓝色的裙子，天空般的蓝。脸上带着一贯的骄傲神情，对刚刚发生的事情毫不知情。

“夏月，他要坐三年牢了，因为贪污受贿。”

“哦。”

“大姨叫你有空去家里吃顿饭，她说想你了。”

“嗯。”

苏成雨向夏夕使了个眼色，聪明的她，很快就明白有事发生，没再跟夏月说话。

窗外的阳光渐渐的溜进了教室，在地板和桌子上嬉戏着。

教室里的空气像钢筋水泥一样沉重。

夏月安静地打开书本，埋着头看着。

脑海里依旧重复着一句话：我不是小偷，我真的不是小偷。

第四章

[一]

总是有一种无形的、叩击心中最柔软的湿地，我们称之为“幸福的东西”存在。

露水在叶间徘徊，如同时光缱绻幻化出的雏形。

雾气在空气中朦胧出一片仙境，有鸟儿为之载歌载舞。

“妈，我帮你扫那条路。”男生乖巧懂事地从笨重的垃圾车里取出一把扫帚。

“雾这么大，看着点。”女人有些不放心地叮嘱道。尽管男生脖子上日益突起的喉结证明他已然长大了，但在母亲心里他永远是个长不大的孩子。

“嗯，我会的。”说完，男生消瘦的背影一点一点地被浓雾吞噬。

城市的每一天都不同，在不知不觉中蜕变着。而城市的清晨都大抵一样，没有了白天的喧嚣浮华、人来人往，没有了晚上的灯红酒绿、车水马龙，而是一片安静祥和。

男生喜欢这样的氛围，就像自己的内心世界一样，有一个巨大的黑洞吸附着所有钻进去的声音，然后榨干只剩下静止的残骸，满目狼藉。这是一种饱和的状态。如同水缸蓄满了水，如果要抽干里面的水，必然要用另外一个容器承载，哪怕是来自地狱的声音。

扫帚在男生有节奏的挥动下像是被赋予了生命，尽情地舞动着只属于它的奇迹。路面被它抚摸得忍不住笑出声来，刷刷刷，像下雨一样清澈灵动的声音。偶尔有几只流浪狗从旁边走过，带着像是刚睡醒才有的呆滞目光，迈着慵懒的步伐。有的胆子大点，跑到男生身边就是一顿猛嗅，并不把这个拿着扫帚的少年当回事。男生似乎一点儿也不害怕，继续做着自己的事情，不去理它们。

道路两旁的商店都紧闭着门，有的门上还挂着一个巨大无比的锁，在微凉的清晨显得冷漠无比。有的隔着一层厚重的防盗门，像穿着盔甲一般令人感到沉重不堪。

尽管隔着雾气，男生还是发现不远处有一个粉红色的小本子。他走过去，蹲下身子把它捡了起来。打开后发现是日记本，男生没有再翻，不过还是看到第一页写着失主的名字：金小月。

金小月，因中考成绩全县第一而家喻户晓。

男生拨了一下被汗水和雾水打湿的头发，顺手把扫帚放到一边，一丝不苟地把日记本装进书包里。

天空被熠熠发亮的光线扯开一个巨大的口子，浓雾在行人渐渐增多的时刻悄然褪尽。太阳在不远处升起，像是一个被打碎的蛋黄。

“妈，那条路打扫完了，我回家换衣服上学去了。”男生站在女人的身后说道。女人的身影有些佝偻，甚至转身都有些费力，汗水把她的背部与衣服粘在一起露出了刺眼的肉色。

“嗯，记得吃早点，早点放在厨房。还有别忘了喝杯牛奶，热着呢。”女人一边擦拭着汗水一边说着。

“嗯。”男生把扫帚放进了垃圾车，往回家的路上走。

家里。卧室的门敞开着，从大厅可以看到里面的一举一动。男人还没睡醒。男生像生怕吵醒他，又仿佛是因为很怕他，蹑手蹑脚地走进厨房。有只蟑螂正在锅盖上耀武扬威。男生挥了下手，它就做鼠窜状开溜，钻进一个阴暗的角落。

吃完包子，喝了杯牛奶，又在自己的卧室换好衣服，男生准备离开。

“怎么，这就走?”一个男人粗犷的声音响起。声音像雷击一样劈过来。

男生被吓一跳，脸色有些难看。不情愿地往卧室走去。

“我们再喝一会儿，来，干。”又是男人的声音。男人估计是在说梦话。男生深深地吸了口气，走到卧室门口，轻轻地把门带上。门关上的时候有股讨厌的酒气袭来，男生捂着嘴巴躲开。

扶完一个残疾老人过了马路，男生才发觉时间可能要不够了。不远处，公交车有种随时离站的冲动。十字路口的信号灯还是绿色，不过只有两秒。男生毫不犹豫地冲了过去。像重获自由的笼中鸟一般，义无反顾。

交警一个劲地吹哨子示意他回来，两边的车辆已经缓缓启动。

阳光给路面涂上了一层光鲜亮丽的黄色。

男生并没有停住敏捷的步伐，也没有理会交警急促的口哨声，像一个会轻功的武侠飘了过去。有辆车从他身边急速划过，透过玻璃可以看见车主正张着嘴巴，赘肉一闪一闪的，应该是在骂男生不要命。

公交车正在加速，司机看到男生挥手就停了下来。准备上车的时候有个女生也急匆匆地跑了过来，男生回头看了下她。

女生穿着一件天蓝色的上衣和一条只到大腿的牛仔裤，头发因为奔跑而蓬乱着。

“这个是你们班金小月掉的。”男生把本子递给女生，车子一个踉跄，女生被惯性抛了过去，不小心撞到男生身上。女生迅速离开，并没有过多的尴尬。

“嗯，我会给她的。”女生接了过来。

“最近想了你的那个计划，我觉得还不是时候。再等一阵子吧。”男生露出一副若有所思的表情。

女生愣住了，然后会心地微笑了一下。

“嗯，我也还有些事没做好。”

两人的目光默契地对视了一眼，然后移开。

两旁的风景在眼睛里无休止的闪烁着。

似乎里面蕴藏着一个天大的秘密。

秘密的背后只是为了寻找。

寻找梦里、现实中的渴望。

无形中叩击心中最柔软的湿地是我们称之为“幸福”的东西。

[二]

“金小月，居然是你嫁祸给夏月的。”

金小月一进来的时候就有人迫不及待地喊着。声音里充斥着快感。

不知道谁在黑板上贴着一张粉色的纸。

金小月走过去看了下，脸部立即皱成了一个煮过的核桃，有些生气地把纸撕了下来。

“谁把我的日记贴在这儿的?”金小月像是被开水烫了一般暴跳如雷道。

“是我。”夏夕面无表情地看着金小月。

“你为什么要这么做?”

“那你为什么要这么做?”夏夕反问道。

就像所有脑海里浮现场景一样。

夏月没有说话，低着头，而夏夕挡在她面前为她打抱不平。

周小诗也会这样。

不过有些人生来就是弱者，生性胆怯。

比如夏月。宁愿自己打碎了牙往肚子里咽也不愿意还击。

最终受伤的往往是自己。

夏月没有因为真相水落石出发泄自己的不满，而金小月又再次哭了一场。

事情就这样不了了之。

［三］

乔子纯来找夏月的时候，夏月刚好去交数学作业了。

“小妹妹，你找夏月什么事，跟我说也一样的。”

苏成雨笑眯眯地看着她。

“我有悄悄话要跟她说，你要听吗？”

“如果你不介意的话，其实我也不会那么勉强的。”

“好啊，你把耳朵凑过来。”

“不是，你还真说啊。”

“怎么，不敢了啊？”

“我看你居心叵测，不会想借机谋害老夫吧。”

“放心，我怕弄脏手。”

苏成雨把头微微侧了过去，似乎不放心地看着她。

“再靠近点，对，再近点。”

“可以开始说了吧。”苏成雨有些不耐烦。

“那听好啊，我要说的悄悄话就是……”

天边的白云逐渐停下了脚步，道路两旁的香樟树弯下了腰。

呐，我喜欢你呢。

听到了吗？

声音被光线聚成一束寂寥的白，乔子纯感觉胸口闷得有些难受。

“到底要不要说啊？”苏成雨显然对乔子纯这种吊胃口的手法很不满意。

“我已经说了啊。”

“原来你耍我。人心不古、世态炎凉啊。”

乔子纯一脸得意扬扬地笑着。

“小妹妹，你把鞋带都笑松了。”

乔子纯低着头看到松开的鞋带，并没有急着去系，而是在等待着什么。但苏成雨却把身体转了过去，给她留下了一个落寞的背影了。

“不跟你说了，我写会儿作业，你在这等夏月吧。”

“嗯。”

然后脑海里全是苏成雨帮自己系鞋带的画面，一遍，两遍……永无止境。

[四]

大姨家。

饭桌上应该是一副其乐融融的景象，却因为姨夫住院让整个气氛都不对。

“大姨，姨夫得的什么病，严重吗?”夏月觉得有必要打破这种冰冷的僵局。大姨这才发现因为情绪不好把难得来一次的夏月冷落了，一脸歉意地说没什么，就是老毛病犯了，然后让夏月和夏夕夹菜吃。

夏月完全能感觉到大姨其实是非常担心的。平常每次来大姨都笑意盈盈地嘘寒问暖，说“她又瘦了，要注意营养”之类的话，而这次菜炒咸了也没发现。

夏夕吃了两口说肚子不舒服就走了，留下夏月一个人。夏月觉得尴尬，也想找个借口离开。

“大姨，我吃饱了，您慢吃。”

“你多吃点，千万别像夏夕那丫头一样，为了保持身材就不吃饭。”大姨叹了口气。

“不是，我是真吃饱了。”夏月有些无力道，顺便摆出一副真的吃得很饱的样子。

“嗯，我知道你很乖，你姑父和姑母总夸你呢。不像夏夕，一天到晚在外面疯。”

“夏夕其实也很乖的。”

夏月没想到这句话会引起大姨如此强烈的反对，大姨开始如数家珍地数落夏夕的不是，还说这次姨夫住院也要怪她，若不是她的到来姨夫这些年也就不会那么辛苦，也就不会犯颈椎病。

刚开始和蔼可亲的慈祥大姨让夏月感觉有些可怕。

原来，你在这过得并不好。

原来，我比你幸福很多。

这些都跟以前截然相反。

夏夕每次考试都满分，每个人都抱着她夸她聪明伶俐，以后一定会很有出息；而夏月基本每次考试都是不及格。大人会为夏夕买来很多的糖，然后每次都跟夏月说，如果你跟你姐一样考那么多分也买糖给你吃。夏月羡慕地看着抱着一大堆糖果的夏夕，羡慕的情绪在内心日益滋长，然后生根发芽，开出嫉妒的花朵。

夏月小时候发水痘，让原本就不怎么好看的脸蛋被形状各异的疤痕折磨得惨不忍睹。没有人愿意去跟她玩，说她是个丑丫头，和她玩也会变得跟她一样丑。而夏夕水灵灵的像个公主，每个大人都说夏夕长大以后可以当明星。

这样的往事历历在目，就像是烙印在心口的疤痕，永远不会褪去。

“夏夕，你这个死丫头，怎么不下来洗碗啊，难道还要你妹妹夏月这个客人洗啊。”大姨朝着楼上喊道，口气恶毒。

“大姨，我来就行了。”夏月挤出一个笑容。

“乖，你好好休息，让她做就行了。她一天到晚闲着，我怕她以后什么都不会做，怎么嫁的出去。”

夏月无奈地看着大姨往楼上走。

夏夕很快跟着大姨下来了，面无表情地走到桌前，开始收拾碗筷。

“我帮你吧。”夏月起身，准备帮夏夕。

“你好好坐着，无聊了就去那边看电视。”大姨插话了。

夏夕无奈地朝夏月瞥了一眼，然后端着碗筷往厨房走去。脚步丈量着离开，似乎能听到内心麻木的声音。

要是以前，夏夕肯定会把碗摔了一地，然后气冲冲地离开。可是现在的夏夕不能再有生气或者不爽就摔东西的习惯了，人在屋檐下，不能不低头。夏月心想。

夏月感觉无聊，把电视打开，大姨端来几盆水果，说女生要多吃水果，对皮肤好。夏月敷衍地笑着。大姨明明这么好，为什么会对夏夕这样？这样的问题就像是一道无论如何都无法解决的世界性难题。就像一加一为什么等于二，据说还没有哪个科学家能够证明出来。

过了一会儿，夏月感觉眼皮有些沉重，迷迷糊糊靠在沙发上睡着了。

“哐啷”一声响应该是碗打在地上的声音，清脆极了。

然后是大姨骂骂咧咧的声音。

夏月惊醒之后睡意全无，看着厨房门口闪着一团寂寥的白光发呆。

怎么会这样？

整个世界像是颠倒了一般繁复交错。

是什么，无情地修改着眼前的生活轨迹，湮没了你与生俱来的骄傲。

[五]

月考成绩的红榜上没有夏夕的名字。而夏月的名字却出现在了红榜的末尾——年级第一百名，不过已经算是很好了。夏月又特意注意了一下顾新，年级第一，好厉害。

这对夏月来说不能不说是一件跟世界末日来临般天大的事情。记得当初夏夕就是以全县第二的成绩进了她家附近的一个高中。夏月想不明白昔日成绩优异的夏夕居然头一次落在自己的后面。

“恭喜你啊，上一百了。”苏成雨一脸阳光地走了过来，并不在意旁边熙熙攘攘的人群。

“呵呵，是啊，我帮你看了，你还是年级前三。”夏月若不是因为夏夕而思绪重重，肯定会调侃苏成雨上课睡觉还能考年级第三。不过这已经不是件让人意外的事情了。从初中开始，无论竞争多么激烈，考试题目多么令人匪夷所思，苏成雨都是稳居年级前五；而自己每次考试都像进行了一场浴血奋战一样才能看出一点甚至微乎其微的进步。

“苏成雨，快去帮我看看，多少名来着？”乔子纯不知从哪钻了出来。乔子纯今天穿着跟往常一样的白裙，头发没有像以往那样扎起，而是垂了下来。

“小妹妹，你今天很有女人味啊。”

“去死，以后别再叫我小妹妹。”

“我不去死，我去帮你看看。”苏成雨像一条鳗鱼“嗖”地钻进了人群中。看成绩的人实在太多，苏成雨一边喊着“这是我人生中最后一次看成绩，若是没进前十，看完就死”，一边微笑着往红榜下挤。很多人为这个诡异的怪物让着路。

两个女生看着男生默契地笑着，然后不停地在人群中搜索他的身影。

夏夕和顾新同时从一个拐角处走过来。两人看似一起，但是互相没说话，也没有更多默契的行为，也许是碰巧走到那里。

而两人唯一的共同点就是，他们都没看红榜一眼就往教室走去。

“夏月，夏夕认识顾新吗？”

“不知道，应该不认识吧。”

“刚才好像是走在一起，又好像不是。”

“嗯，那估计是碰巧。”夏月解释道。

旁边跑来一阵急匆匆的脚步声。

“你们在聊什么呢？”苏成雨跑到两个人身边问道。

“快说，我多少名？”乔子纯有些急不可耐地问。

“这个数。”男生用手势摆了一个“六”。

“第六名？”夏月错愕地看着苏成雨，然后又有些惊讶地看着乔子纯。

“再加一个零。”

“啊，六十名啊，完了，我的礼物又去见马克思爷爷了。”乔子纯做出一副痛不欲生状。

“什么礼物?”苏成雨的好奇心果然更重。

“我爸说，如果我考入年级前五十名，就带我去市游乐园玩。天要亡我啊。”

“哈哈，谁让你小小年纪不认真读书谈恋爱来着。”

“你怎么知道?”

“这么招摇过市，我能不知道吗?”

乔子纯忽然想起那个男生每次都带着自己在窗外的那条小道上散步，似乎是为了宣告乔子纯成为了他的女朋友。这样一来，已经是满“校”皆知了吧。

“那你什么感觉?”乔子纯在字眼离开喉咙的万分之一秒就后悔了，本来潜意识是想问“你吃醋了没”，不过眼前这个苏成雨还不至于会吃自己的醋。

“这么多年，我一直想早恋来着，可是发现已经晚了。哎，人心不古、世态炎凉。”

“还有别的感觉没?”

“嗯，有。虐心的感觉。”

“啊?”

“看着你被那个男生虐，心有一种畅快的感觉。哈哈，谁让你上次耍我来着。”

两人说得正起劲，丝毫没发现夏月已经悄悄走开。

“对了，她人呢？刚才还在这呢。”

“快跑啊，还有一分钟上课。”苏成雨边说边往教室跑。

乔子纯依旧沉浸在两人刚才的对话中。

虐心的感觉。

确实很虐心。

[六]

新来的英语老师是个打扮很艳丽的妇女。一张硕大无比的圆饼脸上还有青春期已过却仍然不肯离去的痘痘，脸上永远抹着厚重的粉底，长得并不好看。说她艳丽，是因为她几乎每天都要换三套衣服，仿佛她家是开服装店的。她喜欢做头发，几乎每个礼拜都能看到她换着一个夸张的发型来上课。总之，这是一个爱美的女人。

不过唯一值得庆幸的是，她不会炫耀这些。

她身上还有一股很浓的香水味，可以把整个教室覆盖。或许空气的密度也会随着增加，不然男生不会觉得空气如此沉闷。

“What’s the most unforgettable thing in your life（你生命中最不能忘记的东西是什么)?”

“your（你的）香水。”林平在下面轻声地说着。因为他的英语不好，所以并不知道香水的单词怎么说。

笑声很快填满了充满香水味的空气里。

“You can call it perfume（你可以叫它香水)。”看来女人并没有生气。

“老师，那你用的是什么香水呢?”

“香奈儿五号。”“香奈儿五号”是适合成熟女性用的香水，适用年龄在三十岁以上，怪不得味道这么浓。

“夏夕，你用什么牌子的香水?”

旁边一个女生转了过来搭讪。夏夕的身上总是有一股令人羡慕的淡淡的幽香。

“我不用香水哦。”夏夕浅浅的微笑了下。然后又埋头看着手里的动漫，依旧是一副满不在乎的样子。

［七］

灯光是夜晚最好的点缀，不管在多么阴暗的角落，不管心情多么的糟糕，只要抬起头就看见万家灯火从窗口像无数射线一样发出，夏月的心情顿时会愉悦很多。

夏夕站在阴暗的地方，抬起头看着二楼窗户里那昏黄的光线喷薄而出，学着布谷鸟叫了两声。

然后就听到楼上咯吱开门的声音，一阵骂骂咧咧的声音，下楼的声音。

这些声音像是一起掉进火锅的大杂烩，震耳欲聋。

男生从黑暗中剥离出来，一张英俊的脸有几分憔悴。手捂着胸口，让人看不清他的表情。

又走近了些。男生露出一丝笑容，把手从胸口拿开，从容地停在夏夕面前。

“他又打你了?”

“嗯。”

“敷药了没?”

“还没，怕他看到，我妈叫我晚点回去敷。”

“我想出去走走。”

“好。”

[八]

穿过巷子左拐，一片漆黑只有远处微弱的路光照进来。

一大群冒着火星的嘴巴堵住了出口。火星忽明忽暗地闪着，像是快要烧成炭的干柴。

“让开。”夏夕朝挡在她前面的手吼道，像是一只凶猛的野兽。

“别那么大声嘛，有话好好说。你这么大声要是吵到了正要睡觉的哥哥、姐姐、弟弟、妹妹怎么办？就算没吵到他们，把已经睡着的叔叔、阿姨、爷爷、奶奶吵醒了怎么办？这我可担待不起。”青年的声音很熟悉，夏夕一点也不意外。

“我说，让开。”夏夕的声音比刚才还要大很多，像是一只愤怒充满胸腔的猛兽。

“呦呦，还起劲儿了。我还没怎么的，就叫得这么响了。要是……”

一群人听着青年这种下流的话，一脸龌龊地笑着。

青年把烟扔在地上，不紧不慢地用脚在上面捻。

“先给我打这个狗杂种。”青年指了指夏夕后面的男生。

许多根烟头从半空中抛下。一大群黑影逐渐暴露在有些黯淡的光线下。

男生似乎有准备的蜷缩下来，双手抱着头。

然后一大群人对着男生像踢足球一样拳打脚踢。夏夕往那边走去，青年拦在她的面前。

“男人的事，你就不要插手好了。我就奇怪，你怎么会跟这样的窝囊废好了。”青年嬉皮笑脸地看着夏夕。

“他是你弟弟。你觉得有意思吗？”夏夕的语气有些冰冷，不再像开始那样暴跳如雷。

“语气好多了，很好。顺便告诉你，就因为他是我弟，我才要折磨死他。”

青年的声音咬牙切齿，令人胆战心惊。

“别害怕。我不会对你怎么样的。我只是要他在喜欢的人面前丢脸。什么痛苦的滋味都让他感受下，一点一点地折磨死他。”

“你就这么恨他？”

“谈不上，就是要他付出代价。”

“可是，当初……”

“不要再说了。”

青年打断了夏夕的话，并打了一个响指，一大群人停了下来。青年走到躺在地上一动不动的男生面前，蹲下身子看着他，然后厌恶的扔给他一小包东西。

“我们走，今天的月亮好美啊。”

“可是今天没月亮啊?”人堆里有个人看着天空疑惑道。

青年走到那个人面前指着天空。

“看，就在那，那个地方。”

“没有啊。”

青年给了他一记响亮的巴掌。

“跟你开个玩笑，笨蛋。”

一大群人哄笑了起来。笑声汇成一个巨大的浪潮，然后退去，消失不见。

“你还好吧?”

“嗯。”男生喘着粗气答道。头发凌乱得像一窝的草。

“他给你的小包是什么?”

“跌打扭伤的药。”

“为什么?”

“第一次他给我药的时候说，要按时敷药，下次才能抗住，他不想我那么快就倒下。”

“哦，那我来帮你敷吧。”

经过刚才的喧闹，周围恢复了原本死一般的沉寂。

附近有几家的灯光熄灭了，让原本暗淡的环境更加漆黑。

两个人的背影被黑暗包裹成两团亲密的浓雾。

不离不弃。

[九]

“你这个死样，不如早点去死。”男生迎来了男人响亮的一巴掌。男生一个踉跄就摔倒地上了，挣扎了几下，还是没站起来。

“你别打了。求求你别再打他了。”女人赶紧从厨房跑出来，推开了醉醺醺的男人。

“要是他当初死了，我们也不会成今天这个样子。”男人的胡须茂密，长满了嘴巴周围，随着嘴巴不停地蠕动，像一把正在扫地的扫帚。

男人手里攥着一把钱往外面走，女人惊恐地跑过去拦住他。

“这是我们这个月最后一点生活费了，你不能拿走。”

近乎哀求的声音在空气中回荡着。

“滚开。”男人用力把女人推到地上，匆匆忙忙地离开了。

女人起来之后过去扶男生，男生起身到一半又倒在了地上。

“你脚扭了，等着，我去拿药。”女人的话消失在卧室里。

该怎么去描绘眼前的这幅画面呢？

混乱不堪的家具充斥着这个狭小的空间。

没有电视，没有明亮的灯光，没有家的温暖，只有一个微微泛白的灯泡极其寂寞的被悬在空中。

偶尔还能听到老鼠的叫声。

卧室里，女人的脸色苍白，似乎从一场噩梦中醒来后还不清楚局势一样没有安全感。眼睛是一口装满苦水的泉。皱纹已经不足以展示岁月对她的残忍。

她好像忘了这个男生，不过已经不重要了。

[十]

如果非要为喜欢体育课找一个借口的话，苏成雨的借口就是可以光明正大地打篮球。而夏月则是因为体育课刚好是和三班一起上，可以看到顾新。

可是这次，夏月在三班的队伍里扫了一圈又一圈，还是没发现这个平时只要随便瞟一眼就能捕捉到的男生。

“夏月，找我什么事啊？”一散队，乔子纯就飞快地跑了过来。

“没事。”夏月看着这个精力充沛的女孩有些羡慕。

“没事你干吗一直瞟我啊，是不是想找我玩了？”

“哦，是。呵呵。”夏月想到刚才找顾新，应该是被乔子纯误会了。

阴差阳错，夏月忽然想到这个词语。

“走，我们看苏成雨打球去。”

“哦，你这坏蛋，脚踏两只船。”夏月故意调侃乔子纯。

“才不是。”

“是吗？”

“你再说，我挠你痒痒，怕不怕？”

“好怕啊，我更怕乔子纯脚踏两只船。哈哈。”

“这是你逼我的。”

花坛边，两只黄色的“蝴蝶”尽情地嬉戏着。

乔子纯追着夏月往球场的方向跑去，夏月本以为只要小跑一阵就好了，没想到乔子纯却越追越紧，夏月只好不管形象豁出去了。

“啊。”夏月感觉拐弯的时候碰到了什么东西，尖叫道。回过头看到了教导主任，她居然把这个号称“死马都能被他教育得再次吐血身亡的、学生的终极杀手零零七”的书撞到了地上。

看来要悲剧了，而且不是一般的悲剧。

夏月跑过去一边致歉一边帮他把地上的书捡起来，内心祈求教导主任能够大发慈悲放她一马。

不过从他开口的一瞬间连就在不远处的乔子纯都知道她这是痴心妄想、痴人说梦。

“作为一个女孩子就要有女孩子的样子，作为女生起码的淑女形象随时要保持。不能大大咧咧的，这样不符合事物发展的客观规律。”诸如此类的话像是念经一般从夏月的耳朵爬进去，然后又从另一个耳朵钻出来。

如此反反复复二十分钟后，若不是教导主任要去开个会，他说还有好多伟人的故事要与夏月一起分享。

教导主任转身的一刹那，夏月对乔子纯说好像看到了观音菩萨现身。

然后两个人跑去看苏成雨打球。

“喏，那些都是你的情敌。”顺着夏月的目光，乔子纯看到一大堆女生围着刚下场的苏成雨献殷勤。

“嗯，看来我要浴血恶战了。”乔子纯故作深沉的样子有些可爱，脸上的肌肉鼓鼓的像皮球一样胀起来，把夏月也逗笑了。

苏成雨喝了口水又重回战场。

苏成雨在场上像是一个伟大的音乐家，篮球是他手下的琴键，手指在上面舞动着，身体宛若重新灌注了能量一般活力四射。他时而华丽地转身运球，时而潇洒地投篮上篮。

两个女生目不转睛地看着苏成雨带来的表演。乔子纯更是被花痴两个字蒙住了双眼。

“子纯，你说顾新今天怎么没来？”

“没来吗？”乔子纯还沉浸在苏成雨精彩的表现中。

“哦，对了，好像是请病假了。我也不清楚。”乔子纯又补充了一句。

原来是这样，就知道肯定是发生什么事了。

不然，眼睛还没扫视完整个队伍的时候，就应该找到你了。

第五章

[一]

照顾小孩是一件极需耐心和智慧的事，还是一种需要集精神与肉体的努力为一身的高难度的挑战。

当小孩再次哭泣的时候，夏月才发现玩具和零食并不能成为照顾小孩的制胜法宝，于是她打开电视，将其调到少儿频道。在小孩对动画天生的毫无免疫力产生了一会奇特的效果之后，又开始哇哇大哭起来。夏月看着他肆无忌惮地哭着，没辙了。

“乔子纯，你在哪？能不能来我家一趟。”对方一接电话，夏月就迫不及待地问道。

“我刚起来，呵呵，怎么了，你一个人在家吗?”对方发出女生刚起来时特有的慵懒的声音，像一只懒洋洋的猫。

“两个人。”女生无奈地撇着嘴巴。

“还有谁?”

“隔壁张阿姨因为有事临时出去，让我帮忙带她两岁的儿子一上午。姑父、姑妈很早就因为一个手术出去了，所以家里就剩下我们两个人了。”

“你是要我过来帮你带小孩吧？我好像听到小孩一直在哭呢。”

“姐姐，不，神仙姐姐，求你了，赶紧过来。我实在不知道要怎么办了。”

乔子纯被夏月故意压低的声音逗笑了，说了句“马上过来”就挂了。

过了五分钟左右，有人敲门。夏月有些惊讶，心想乔子纯不可能这么快就来的。

敲门的声音持续了三下，然后停了会儿，又是三下。

夏月透过猫眼看到门外一个人也没有，有些奇怪。姑父、姑母交代过不要给陌生人开门，不管有什么事情，叫对方写个字条放在门口就行。夏月准备往回走。

小孩不知为什么也没哭了，气氛异常得诡异。

“咚咚咚”，熟悉的敲门声。夏月毫无防备，心脏像是被几千伏的电击中一般抽搐了一下。

“是谁?”

没人答应。

夏月忽然想起科幻片以及恐怖片里的画面：一般敲完门后，怪物就突然出现在屋子里。

从玻璃外面射进一簇令人胆战心惊的阳光。

血液开始凝固。

夏月干脆站在猫眼附近，听见敲门声的时候就迅速往外面看。声音持续着，不过仍然看不到人。

时间一点一点地过去。

“砰砰砰”，声音比之前又大了许多，像是在砸门。

屋里的小孩又再次哭了起来。

夏月不知道顾哪边。恐慌地看了一下手表，心想乔子纯应该到了吧。

“夏月，快开门。”敲门的声音变成原来的咚咚声，乔子纯那让人熟悉的声音响了起来。

夏月悬着的心终于找到了归宿。

这是世界上最有安全感的声音。

打开门，乔子纯大大汗淋漓地抱着一个小孩。

“夏月，你怎么可以把小孩关在外面？我上来的时候他还一直在敲门。”乔子纯显然是带着责怪的口吻说道。

一时不知道怎么解释，夏月指了指屋子里。

一阵震耳欲聋的哭声飘了过来。

“那这个孩子是……”乔子纯错愕地看着怀里的小孩。

小孩一脸无辜的表情，水汪汪的眼睛像月亮一般漂亮。

楼上传来一阵大人找小孩的声音。

夏月刚要说“我也不知道”又立即咽了回去。

原来是这个小孩搞的鬼，难怪自己在猫眼里看不到人。

真是人小鬼大。

[二]

乔子纯果然是个厉害的角色。虽然她使着跟夏月一样的手段，小孩却被她逗得很开心，活蹦乱跳的，一脸灿烂的笑容。

不过有一点必须承认，乔子纯确实比自己更有耐心。小孩几次把玩具扔在地上，乔子纯都去捡起来玩给小孩看，还不停地笑，不停地夸他，不停地教小孩玩。虽然小孩听不懂她在说什么，但奇怪的是小孩只要看到她张着嘴巴便也露出一副很开心的样子。

“子纯，我觉得你真的很厉害。”夏月递了一块毛巾过去。

“呵呵，我只是比较喜欢小孩而已。”乔子纯接过毛巾后说了声“谢谢”。

“怎么会出那么多汗，不是跑过来的吧？”

“嗯，对啊，我是跑过来的。”

“我记得你有辆很漂亮的自行车，为什么不骑车过来？”

“因为下个礼拜就开学校秋季运动会了，所以我得趁现在多锻炼锻炼。”

夏月打量着眼前这个女生的身材：身体并不瘦弱，手臂修长，应该是个运动能手。

“夏月，我跟你说，我们班今年肯定要拿学校第一，因为我们班有很多体训队的运动健将。”乔子纯有些自豪的看着夏月，随手捡起了小孩丢到地上的玩具，把脸凑到小孩面前做了一个鬼脸，把小孩和夏月都逗笑了。

“嗯。那顾新会参加吗？”夏月还是不经意就把心里话说了出来。

原来她最关心的只是这个。

“当然啊，别看他身材瘦弱，初中时的运动会，他每次都拿短跑冠军。对了，你参加了吗？”

“没，我一直都被苏成雨取笑没有运动细胞。”夏月尴尬地笑笑。

“那他参加了吗？”

“嗯，他肯定参加。”

窗外的街道上，阳光从树木的头顶投下一片明媚，顺着树叶间的缝隙落到地面上形成许多个光怪陆离的斑点。

湿热的气浪在斑点的交接处旋转出一阵轻风。

就像所有事情回到原点那样，我是为了他才接近你的。

［三］

“你们语文老师调动到别处去了，从今天开始，我就是你们正式的语文老师。”男人的声音洪亮且自信满满。

似乎经过这几周的接触，大多数人都喜欢上了这个有些另类、搞怪的老师，所以当男人说出这句话的时候，同学们连一点点对原来老师假装的留恋之情都没有，继而是对新老师充满欣喜之情。

夏月自然对此没多大的意见，毕竟这是唯一一个曾经表扬过自己的老师。虽然她跟苏成雨一样还是会怀念那个爱讲笑话、爱问脑筋急转弯的前语文老师，不过当某种情绪占了上风之后，这些也就随风而逝了。

“老师，讲个冷笑话给我们听。”有人跟着起哄。

一群热锅上的小蚂蚁，似乎急需一瓢冷水将他们从水深火热之中拯救出来。

“要听冷笑话可以，不过，你们得先把上节课学的古诗默写一遍。”

刚开始躁动狂热的浪潮像是遇上了一块巨大无比的暗礁，无可奈何地平静了下来。

很多人为了听冷笑话开始埋头苦写，只有夏月没有。

夏月瞟了一眼旁边那张落寞的桌子，不禁叹了口气。

夏夕又没来。她已经有三天没来上课了。

以前，有事的话夏夕肯定是第一个通知自己，或者笑嘻嘻地拉自己过去说要告诉她一个天大的秘密。虽然只是“我有包零食放在你包里”或是“我买了一本漂亮的本子给你”之类的不能算秘密的再简单平凡不过的话。

夏月内心有一种纠结的情绪在呈几何级般增长。

当初，我会不会做得太过分了。

只是因为夏夕的一句“夏月，你怎么就是不愿意承认自己是野种呢”，自己就莫名其妙地发火了。

“你再说一遍，我就跟你绝交!”

夏夕显然没被夏月的话吓到，依旧是一副笑嘻嘻的欠扁表情。

“我都承认了，夏月，那我就再告诉你一遍，你跟我一样，是没爹没娘没人要的野种。”

“从今天开始，我跟你绝交!”

夏月一副狼狈不堪的样子，脖子上暴起的青筋越来越明显。

夏夕有些错愕地看着气急败坏的夏月，没有再开口说话，而是安静地离开了。

一阵嘈杂混乱的声音在教室里四散开来。

“默写好了没？差不多要收上来了。”

夏月从发呆的状态立即转入紧张的书写状态。

“那我开始讲了。没写完的同学可一边听一边写。董存瑞牺牲七天后到了天堂，上帝问他，你是怎么死的？董存瑞说，为了炸敌人的碉堡，被炸弹炸死的。上帝听后勃然大怒，说道，胡说。你胆敢骗我？董存瑞说，我没骗您啊。上帝说，你以为我不懂科学吗？谁不知道，爆炸只会产生水和二氧化碳，你不是被水淹死的、就是被二氧化碳熏死的，怎么可能是炸死的呢？”

男人已经开始讲刚开始许下的冷笑话，而夏月依旧握着笔杆奋斗着。

很多人还是会被这样的冷笑话逗笑，虽然他们都知道男人大多数时候而只是为了给接下来的教学内容作个预热。

夏月以前也一样会因此无心无肺地笑着，不过这次没有。

当她写好拿起作业本的时候，无意中看到上次夏夕写的字。虽然过了那么多天还被橡皮擦拭过，仍然依稀能够看清这行带着毛边的字：妹妹，那次对不起。

［四］

夕阳并没有因为厚厚的云层而被覆盖，而是恰如其分地把光亮给它们镶上了一层鲜艳刺眼的金边。

没有云朵飘浮的地方，像是一块被挖空的饼干，露出湛蓝的深邃天空。

以为恶毒的话语会一辈子如影行随地出现在头顶能够触及的地方。

以为那次之后两人就不会再有交集，就像是两条刚经历过相交的直线，朝着两个未知的方向越走越远。

我以为再也不会看到你。

我以为再也不想见到你。

你却用尽一切力气想要与我和好，就像最初那样。

［五］

收到周小诗的信时，夏月还是忍不住惊喜了一下。尽管还在上课，她依旧偷偷地看着周小诗的信。

和猜想的没有多大的出入，周小诗在另外一个城市住上了宫殿般富丽堂皇的别墅，上着穷人望尘莫及的贵族学校，吃着从未见过的高级西餐，过上了公主般的奢华生活。她唯一想念的就是以前的朋友，不知道她们过得怎么样了。

信中还提到了恒子。因为周小诗的妈嫌恒子穷又没文化还是个厨子，说什么也不同意周小诗和恒子交往，于是他们两个就只能悲惨地搞地下情。不过，好在恒子志向远大，说要自己开餐馆做老板，等有钱了再娶周小诗。

读到这里，夏月微笑了起来，因为周小诗很幸福。

信中的最后，周小诗提到了那件让夏月和夏夕不愉快的事情。

“夏月，我知道你肯定还恨着夏夕。因为她说你是个没爹没娘没人要的野种。其实事情并不是你想的那样，是我太任性。那天你被别人取笑是个没人要的害虫时并没有生气，我以为你不在乎，就跟夏夕打赌说，她再跟你重复那些伤害你的话，你也不会生气。然而，事情并不是我们想象的那样。我没想到你会那么在乎，在乎到跟夏夕绝交的地步。”

后面是一些歉意以及祝福的话。夏月往后翻着，是两张照片：一张是周小诗和恒子的合影。另一张是周小诗的自拍照。

照片上的周小诗一脸纯真地笑着。

有种莫名的想念从心底涌起，像是爆炸之后升起的浓烟。

“喂，夏月，夏夕怎么没来啊？”苏成雨从背后轻轻地拍了一下夏月，并没用多大的力。

“我也不知道。”

夏月并没转头，用手把看了好几遍的信重新装好。

“可是她是你的……”本来男生想说“可是她是你的姐姐你怎么会不知道啊”。可是想起她一直以来特别忌讳这个，然后就把“姐姐”这个词从句子里择了出来。

“姐姐，是吗？”夏月很快接了上去。而男生一下子愣住了，毕竟这是他第一次听到夏月叫出“姐姐”这两个字眼。

物理老师用一个长长的凌厉到足以吓退百万雄兵的眼神瞪着正在聊天的夏月和苏成雨，两人立即像老鼠见到猫般逃避着老师的目光。

“当这排的倒数第二个女生挡住了最后一个男生，我们就不能站在女生的面前看到男生。这是光的什么原理啊？”

“光沿直线传播原理。”许多人回过头看着夏月和苏成雨回答。

两人背脊一凉，头微微地低了下去。

“那如果站在女生面前，能通过镜子看到男生，这又是光的什么原理呢？”看来物理老师并没打算这么快就放过这两个在他课堂上不把他放在眼里的学生。

“光的反射原理。”苏成雨大声地抢答。

“那你说说入射角和反射角有什么关联？”

“入射角和反射角大小相等。”

“那为什么把一双筷子放进装满水的碗里，筷子看起来像是断了？”

“那就是后面要学到的光的折射现象了。老师。”

众人一片哗然。

熟悉的场景。熟悉的对话。熟悉的结果。

苏成雨，如果我也像你那么厉害多好。

[六]

清晨的雨水有一股特有的清爽。

两个背影，一大一小。大的在前面拉着，小的在后面推着。中间是一个垃圾车。

“你脚伤好了吧？”

“嗯。”

“妈，昨天爸又没回来。”

女人没说话，留给男生一个落寞的背影。

雨水在两人之间搭起一个巨大的屏障，像一条小型的瀑布。两人的视线在前进时被雨水蒙上了一片雾气。

女人把车停了下来，弯下身子拣起被遗弃在地上的矿泉水瓶，并娴熟地把它扔进分好类的垃圾车里。可转身的时候风还是趁机把她头上的斗篷吹到了地上。女人步伐踉跄，有些费力地弯下腰，不过还是够到了斗篷。

等她拿起来的时候，斗篷貌似已经沾了很多水，女人迅速挥了挥然后戴在头上。有雨水顺着额头落下，女人只是擦了擦然后再次去捡剩下的垃圾。

男生走了过去，手攥着头上的斗篷，似乎有跟女人换斗篷的意图，不过看着女人再次弯着身子捡垃圾的时候，只好也跟着去做。

雨越来越大，形成无数道雨帘。密密麻麻的交织在一起，闪着刺眼的白光。

女人在地上蹲了很久没有起来，手快速地捡着几张纸和几个吃剩的水果，但动作却越来越慢。男生故意靠近了些。

“妈，你怎么了？”

“没事。”

男生听到女人说没事，便站起身来准备把垃圾扔到垃圾车里。

尽管耳边响着很大的雨声，但他依旧听到什么东西倒在地上的声音。

这是一种不祥的声音。

仿佛能听到回音。

“妈。你怎么了？”男生焦急地跑过去，斗篷随着惯性以及风力飞到了一旁。

女人的身体被雨水肆意击打着，溅起一片片晶莹的水珠。男生捡起女人身上的斗篷挡着滴在女人头上的雨水。

“妈，你怎么了？”男生有些失控地喊着。

还是有一些水珠打在女人苍白的脸上，女人好像昏迷了过去，没有说话。

雨越下越大，只是在男生的耳朵里却没有了声音。

所有的一切开始在脑海里凝固。

男生的侧脸冷成一块巨大的冰。

然后他发疯似的把女人背在肩上，没再去管被雨水打湿的斗篷，也没管打在脸上不知是泪水还是雨水的液体，只是像一只捕捉猎物豹子一样狂跑着。

雨水依旧没心没肺地下着。

男生的背影被包裹成一个巨大的水球，滚出一道忧伤的风景线。

[七]

雨后的路面湿漉漉的。

男生的脚有节奏的踏在枯叶上，发出“咯吱咯吱”的声响。

他的脸部因为沉思而微微皱起的线条在微风下如寒冬般凛冽。

他的脑海里依旧是那段话：

“你母亲因为劳累过度而产生的大脑出血已经很严重了，需要尽快手术，否则有生命危险。还有，准备五万块钱手术费。回去跟你家大人商量吧。”

医生身上的白褂子闪着耀眼的白，晃得男生睁不开眼。

男生是知道的，就目前家里的情况，是不可能拿出五万块钱的。不要说五万块，就连……男生没敢往下想。

回到家里，男人在卧室睡觉，门像往常一样打开着。

男生正要关上卧室的门。男人突然坐了起来。

尽管隔着无尽的黑暗，男生依旧能看清男人满脸的胡须以及那张苍白无力的脸。

“死哪去了，这么晚回来。还有你妈，饭也不回来做。想饿死我啊？”男人面目狰狞，跟刚才看上去虚弱的样子完全不像一个人。

“妈，她……”男生支吾着。

“倒霉蛋，她怎么了说啊。”

“她住院了。”

“要花多少钱？”

“五万块。”

“那别去管她了，让她死在医院干净点。”

男生的腿一软，眼睛闪着绝望的光芒。男人像往常那样再次倒下，身子躺的笔直，看上去更像一具尸体。

早就知道会是这种结果。

楼下传来布谷鸟的叫声，男生透过窗户看到了穿着蓝色裙子的女生。

“今天见你没来上学，过来看看是不是发生什么事了？”

男生满身的泥水，头发杂乱无章的东倒西歪。走路有点艰难，一瘸一拐的。

“我妈住院了。”

“她生的什么病，严重吗？”

男生心里像被刀割了一下。

“大脑出血。”

女生看着男生因情绪低落而黯淡的表情，像天边还未散去的乌云。

“钱不够吧。我这有点，晚上我拿过来。”

女生仿佛能够看穿男生的心思。

“夏月他姑父、姑妈都是外科手术医生，上次你的手术也是他们做的。如果要他们帮忙的话，你跟我说下。”

“好。”

“那我先走了，回去还有点事。晚上见。”女生转过头往回走，步伐踩着因下雨而有些湿滑的地面，可以听到黏鞋声。

“夏夕。”

背后传来男生的声音。女生转过头。

“谢谢你。”男生迟疑了两秒，说道。

女生没有说话，云淡风轻般笑了一下然后转身往回走。

好像该说谢谢的应该是我。

一直以来想跟你说的话居然被你说了。

[八]

墙角下有一棵很小的蒲公英，附近都没有它的同伴。没有人知道它从哪里来，将来会到哪里去。

不知道为什么，整个学校都知道了顾新母亲住院的事。

消息传开后，像往常一样的，学校组织了捐款。在这个幼稚到看捐钱数而判断爱心值的年代，很多人是为了攀比而兴高采烈地捐上了一小叠平时攒的零用钱。只有夏月，以一副考试没及格的失魂落魄的样子出现在捐款箱面前。

“同学，你是帮你们班一起捐的吧。”一个学生会干部模样的男生问道。

“不是，就我自己。”

“叫什么名字。”

“不用留名字了。”女生边说边把一沓全是一百的红色钞票塞进了捐款箱。负责捐款箱的两个男生不解地望着女生捐钱后离去的背影嘀咕着。

“不会是她的什么亲戚吧？”

“还有一种可能。”

“什么？”

“不是疯了，就是傻了，你觉得还有什么可能？”

“呵呵，这倒也是。”

捐款刚结束。在学校的光荣黑板上就贴了一张红纸，上面写着这次捐款数较多的人的名字。放眼望过去，唯一一个让人感觉眼前一亮的是有一个老师的名字在红纸的最上面。原来三班、现在一班的语文老师傅亮，捐款三千元。

字字醒目。

从原地抬头仰望天空，数不尽的棉絮状云朵层层叠叠地挤在一起。

一直有人说，四十五度角是天空最寂寞的角度。

现在才终于明白这句话的意思。

“夏月，原来你在这。”乔子纯跑了过来。

“你说，我们语文老师怎么就这么有钱呢。坦白从宽，抗拒从严，快说，在我们语文老师伟大的光辉照耀下，你捐了多少？”

这么多年积蓄下的零钱，没数过，只是知道在银行兑换百元大钞的时候数了十三下。

“捐了五十。”

“啊，这么多，我才捐了二十。噢，我知道了，你是因为你那个喜欢顾新的同学，才……”乔子纯单纯得像深潭里的水。

夏月没有说话，不置可否地笑了下。

这一点也不像平时，平时她肯定会说“这都被你发现了，你好厉害、好聪明”等恭维乔子纯的话来掩饰自己的心虚。不过，粗心的乔子纯丝毫没发现这点。

两人在拐角的地方又看到了教导主任，乔子纯露出一个甜蜜的笑容跟他问好。夏月则用力地挤出一个笑容，像是雕像般笑得僵硬而且不自在。教导主任点了点头算是回应，随即眼睛直勾勾地看着夏月，仿佛又想狠狠地教育她一番。

之后，乔子纯一个劲地讲着自己在网上看到的稀奇事情，讲到自己都笑的前俯后仰的时候才发现夏月还是没笑，这才终于意识到自己是在对牛弹琴了。

“夏月，你怎么了，哪里不舒服吗?”乔子纯推了下发呆的夏月。

“嗯，没，没有。”夏月抱歉地笑了一下。

自己到底在担心什么呢。因为好多天没看到他来上学，因为他母亲生病了，还是因为别的什么?

“还说没有怎么，又发呆了。”乔子纯的眼睛瞪得大大的，反驳道。

是啊，我是怎么了。

[九]

我们生活的这个世界，阳光普照大地，到处鸟语花香，人们安居乐业。

当然，偶尔还是会出现一点小意外。

珠宝店有一个霸气侧漏的名字“珠光宝气”。

凌晨一点，月亮被贪吃的天狗咬得只剩下一点儿。

一个矫健的黑色身影，往已经大门紧闭的珠宝店奔去，肩上扛着一个五米左右的梯子。

月光像是一个摄像头，监视着这个身影的一举一动。

黑影到了门口，把肩上的梯子麻利地放下，看了下手表，然后把梯子靠在珠宝店二楼的窗户上。梯子撞在窗沿上发出一声清脆的响声。

黑影停下了所有的动作，上面有个人在窗户那动了起来。黑影屏住呼吸盯着。

有个东西掉了下来，稳稳的着地，然后“喵喵”两声从脚边逃开了。原来是只在阳台上睡觉的黑猫。

黑影深深地呼了口气，又开始了自己的行动。

架好了梯子，黑影并没有急着爬上去，而是从衣服里掏出一卷绳子，把它绑在不远处的一棵大树上。等所有的事情准备就绪后，黑影才悠闲地低着头，看着手表，好像在等待什么。

果然，有一大群人从黑暗里钻了出来。黑影朝他们摆了一个手势，然后开始往窗户上爬。

黑影用手想把窗户打开，可试了几次都没成功，显然里面反锁了。黑影并不着急，而是不紧不慢地从怀里再次掏出什么东西，然后对着窗户的中间捣鼓了一会儿，随后，黑影拉开窗户跳了进去。

外面的一群人焦急地在门口等着。里面突然传出一阵玻璃被杂碎的声音。然后听到保安喊报警的声音，黑影应该是得手了。外面的人不停地用带来的家伙砸着珠宝店的门。把门口堵得水泄不通。

珠宝店所在的整栋楼依旧漆黑一片，电源应该被破坏了。

一串警笛声划破了原本寂静的夜空。

旁边的屋子里陆陆续续亮起了灯，大家都迫不及待地想知道发生了什么事。

黑影在警车临近的时候用包架在绳子上面手扯着包的两条边从绳上滑到了附近的那棵大树上，慌忙逃走。

保安拉开门，却被一大群人堵住出不来。

看到警察挥着警棍过来，这群人立即作鸟兽散。

月亮在警察到来的时候害怕地躲进云层里，只有几颗星星疲劳地眨着眼睛。

我们所在的这个世界，阳光普照大地，到处一片鸟语花香，人们安居乐业。当然，偶尔还是会发生一场小意外。

男生半夜口渴起床的时候，男人刚好从外面回来。不过男人并没有像原来那样发酒疯，扑到男生身上就是一顿怒骂、狂揍，而是当作没看见男生，极其安静地把鞋子脱了下来，然后走进卧室，像僵尸一样笔直地倒在床上，没有任何多余的声音，甚至少了原先那种熟悉的刚躺下就会发出的震耳欲聋的呼噜声。

没有像以前一样挨打，男生却感到有一种不适应的情绪涌现出来，于是他抓起茶杯，一阵猛喝。由于不小心被呛了下，男生小声地咳嗽着。

走进自己房间的时候，男生发现旁边顾荣房间门的锁打开着，不过房门紧闭没有声音。男生不敢开门进去看他到底有没有回来。

他有多少天没回来了。男生小心翼翼地听着隔壁房里面的动静。

连刚呛着喉咙的疼痛也跟着忘记了。

一直没有声音，只有偶尔几声老鼠互相追逐声。男生转身，走进了自己的房间。

不管你怎么打我、恨我，我都是你的亲弟弟。这是任谁也无法改变的事实。

[十]

经过这次捐款，所有人都了解到了顾新家的情况。

据说他家曾经是一个大户人家，拥有数千万的家产，后来不知道什么原因变得一贫如洗，然后才会一家大小搬到这个站到山顶就能尽收眼底的小县城。

每一段历史只有包含悲情的成分，才能引得人们津津乐道。

“应该是犯法了吧，然后变得倾家荡产。”

“也有可能是被另一个兄弟背叛了，霸占了他家的家产。”

“可能是男人被外面的女人骗了吧。”

许多人看客般地躲在暗处后不分青红皂白地评论他人的是是非非，并对自己不知情的事情进行一连串的猜测和想象，并得出一个自认为绝妙的定论。

不过，也有人对这种不幸的家庭表示极大的同情心，在听到别人议论的时候挤出几滴眼泪来。

对于流言蜚语，顾新并没有发表只字见解。不过，并不是所有的人都明白“沉默是金”这四个字真正的含义。

有人甚至因为自己捐了钱而理直气壮地跑到顾新面前要求知道他家是怎么没落的，说是对自己所捐助者家庭拥有知情权。在遭到顾新的无视之后还要求退钱。

当然，我们并不把这种特例归结为一种现象，充其量这只是一次偶然事件。

“你有没有良心啊。”乔子纯疾恶如仇地看着这个纠缠顾新的男生。

“良心是什么，能当饭吃吗？我只想满足下我的好奇心而已。”

水至清，则无鱼；人至贱，则无敌。

如果你不相信“秀才遇到强盗兵有理说不清”这种流传千古的名言，那么只能吐血身亡。

乔子纯显然到了无话可说的地步。她努力克制住自己的愤怒，从桌子里拿出钱包，掏出一张红色的百元钞票，扔在了男生身上。

“你应该没捐那么多吧，不用找了。拿着钱滚。”

看到这，旁边看戏的人迅速增加。男生捡起了地上的钱，朝乔子纯笑笑，打算离开。

“把钱留下。”

顾新坐在座位上，刘海把他的眼睛挡住了，让人只能看见他棱角分明的脸庞。气氛里充斥着一种一触即发的火药味。

“哎哟，顾新，别以为我不知道，每次看到你被你哥打得半死都不敢还手，现在装什么汉子。以为声音大就能把我吓到吗?”男生喋喋不休地说着，嘴巴不停地张开闭合。

顾新像风一样站了起来，抡起坐着的凳子快速朝男生走去。他的脸上一如既往地没有表情，但是眼睛里散发出的冰冷却足以让每个人感到恐惧。

“我说，你还不扔了钱快跑。”苏成雨跑到顾新面前，拉着顾新抓着凳子的手。男生吓得有点六神无主，只好把钱还给乔子纯，撂下一句下次聊，然后猥琐地鼠窜。

众人见没有好戏看了，像一团雾气一般迅速散开。顾新回到了座位上。乔子纯拉着苏成雨往外面走。

“幸好你来了，不然真要出事了。”乔子纯终于又恢复了原先的甜美模样。

“我刚路过。”

“我以为班上的男生会拉住顾新的。”乔子纯有些失望地说着。

“夏月，今天好像没来，你知道吗?”苏成雨转移了话题。

“是吗？她没跟我说。”

“本来我还想问下你，以为你知道的。”苏成雨的神色有些黯淡，应该是在担心什么。

刚刚看到苏成雨的时候，就该想到的。

是有事才过来的，不是因为你。

[十一]

夏月来到大姨家的时候，夏夕并不在家。

大姨像往常一样热情地接待了夏月，大姨夫的病好了很多，大姨也不再愁眉苦脸。不过每每谈到夏夕，大姨就要如数家珍地数落她一顿。夏月只能小心翼翼地绕开这个话题。可是除了夏夕，两个人还有什么共同话题呢?

女生不想再聊，说想去夏夕的房间看看。

夏夕的床上堆着几个以前见过的洋娃娃，墙壁上挂着她喜欢的动漫人物照片，夏月怎么也叫不出这些人的名字来，毕竟她不是漫画爱好者。

房间里的摆设并没有引起夏月多大的兴趣，毕竟她以前也来过很多次。除了不知道什么时候摆放的那张全家福。那是夏月九岁那年，两家人因为照相馆打折去照的全家福。

夏月拿起来看的时候才发现了照片的异样——背面写着一个大大的恨字。

跟红色的血液一般刺眼。

夏月把全家福重新摆好的时候，不小心把旁边的一堆书碰倒在地。

夏月蹲下来收拾。有许多信从书里面掉了出来。

信封的落款是两个她再熟悉不过的字。

顾新。

怎么会是他？

你们到底是什么关系？

骚动的空气像蛇一般游离在空荡荡的房间里。

有无数的细微尘埃在阳光明媚处互相挠痒。

尽管有着无穷大的好奇心，夏月还是把东西摆回来了原样，包括那些顾新写给夏夕的信。

夏月深深呼了口气，关上了房门。

第六章

[一]

医院里。

药水刺鼻的气味和病人的呻吟声无处不在。

“医生，这是四万块钱，剩下的钱我尽快筹，你们赶紧给我妈做手术吧。”顾新用近乎哀求的声音说道。

“钱已经有人在收费处交了。我们医院已经安排了你母亲下午做手术。”

“有人交了？是谁？”顾新有些惊讶。

“他没留名字，应该是你家属吧，你回去问问就知道了。”

家属？他只有一个天天烂醉如泥的父亲，一个天天打架的哥哥，不可能是他们，那又是谁呢？

医生打断了男生的思路，说自己还有其他事情要忙，让他先去看他母亲。

顾新脑海里依旧想着是谁交的钱，在走道拐弯处完全没注意到推着车走过的护士。顾新被撞倒在地，护士满脸歉意地跑过来看他有没有摔到哪里，连连问要不要包扎一下。并露出了天使般的笑容。

男生看着护士直发愣，到底有多久没有人这样关切过自己了。

护士见他盯着自己，知道他没事后便推着车带着鄙夷的神情离开了，顾新这才回过神来。

病床上的女人在打了几天的点滴之后变得更加苍白，像护士服一样，闪着刺眼的白光。凌乱的头发散在枕头上，嘴唇开裂，男生转移视线似乎不忍心把目光停留在那嘴唇上。

窗外是一片阴沉沉的天。乌云把天空压得很低很低，仿佛伸手可触。

院子里只有几辆救护车在进进出出。

男生找了一把椅子坐在女人旁边。

女人这些天一直处于昏迷状态，顾新只好亲自帮女人继续着清洁工的工作，毕竟这是女人好不容易得到的工作，是女人的命根子。

偶尔有人从外面直接推门而入，笑着说句“不好意思，走错了”，然后离开。

男生感觉倦意一阵一阵袭来，眼睛渐渐合了起来。

[二]

这几天，天空像是一个打破的水缸，一直下着倾盆大雨。炎热被一扫而空。

夏月听着姑妈在房间里说着“这样下雨衣服也干不了，再不出太阳楼上的花估计会枯萎”之类的话，待在房间里写作业。

夏夕这几天每次都迟到早退，夏月找不到机会单独跟她相处。想跟她重归于好的愿望就像是姑妈希望不再下雨那般不现实。

姑父则是一个人抱着零食在电视前看足球赛。他是一个骨灰级的球迷。看到自己支持的球队输了之后还是会懊恼地喝啤酒。如果赢了，他则会像个小孩子一样尖叫发泄心中的兴奋之情。有时候夏月也会陪着他看，只是当夏月说另一个球队的某个队员更帅时，姑父会装出一种严肃的神情说“帅又不能当饭吃，长得帅的一般没本事”。姑妈就会在旁边反驳他“有本事的帅哥多了去了，比如说马克思、毛泽东、周恩来”。夏月便和姑父同时石化。

楼上传来咚咚咚的声响，女生无奈地抬头看了下，然后听到姑父问姑妈怎么了。姑妈扯着嗓子说楼上张奶奶的孙子要搬过来，正在装修房子。

夏月心烦意乱地把书推到一旁，站起来伸个懒腰，然后站在窗前看着窗外连绵不绝的雨。

灰蒙蒙的天空像是藏着很多不可告人的秘密。

就像夏夕。不过三个月左右，她就宛若一只锁着很多令人无法知晓的事情的保险箱。本来相依为命的两个人，却成了最熟悉的陌生人。

还有，她和顾新。从来就不知道他们认识。

好奇心在夏月的内心像爆米花般膨胀了起来。

[三]

夏月抱着一大沓数学作业本往办公室走去。走廊上很多人在享受着早晨的清新和凉爽，聚拢成一条长龙。女生灵活地穿梭着，生怕撞到人。

不过，事实说明，当心里越是担心一件事情发生，这件事情往往就最容易发生。

拐弯处一般都是多事之区，这不，一个男生像无头苍蝇般地撞向夏月。两人发生碰撞后都往后退了一大步，但并没有摔倒，只是作业本却像是天女散花般撒了一地。

“对不起。”男生的声音温和而圆润。男生手忙脚乱地蹲下来帮夏月把作业本都捡了起来。抬头的时候眼睛直勾勾地看着夏月，熠熠生辉。夏月有些尴尬的把头别了过去。

“好美啊。”男生的赞美直接而露骨。

夏月的心里拂过一阵诡异的风。

“哦，哦……”夏月犹豫着不知说什么好。她对这种突如其来的赞美不知所措，脸刷地就红成一片。

“其实……其实，我是说你的发夹。”男生无辜地看着夏月的发夹补充道。

这是夏夕上次生日送给她的生日礼物，蓝白相间。

蓝，如天空般的蓝，深邃到世界的尽头。

白，如天使般的白，阳光到宇宙的边际。

“能送给我吗?”男生居然提出一个这么无理的要求。

“你这人怎么可以无耻到这种地步”这样的话是心里另一个自己说的。

夏月打算以“这是别人送的生日礼物，有着非凡意义，不可能送人”之类的话拒绝他，然后赶快走人，远离这个怪人。

但事实是，夏月的话还没有从喉咙里冒出，男生便迅速把发夹从夏月头上拿了下来，原本被发夹夹住的一撮头发垂了下来。

“我叫陆之谦，有空儿找我。”男生的背影飞快地离开了夏月的视线。

夏月张大嘴巴，只好无奈地继续前行。一大堆男生在一边议论着什么。夏月顺着某个男生指的方向看到了夏夕的身影。

“听说这个女生是转校生，不知道有没有男朋友?”

“嗯，真的好漂亮，你敢去追吗?”

“这样的冰美人，谁愿意去自讨没趣啊。”

像看到的所有场景一样。夏夕路过的地方，仍然会有男生小心地议论着、赞美着。夏月每次跟她走在一起，都会感觉到有无数双爱慕的眼神瞟过来，不过自己只是衬托。

小学的语文老师讲过，作者之所以在赞美美好的事物时要写那些不够美好的，是为了更好地衬托美好事物的美，使这种美更加深刻、动人。

自己一直就是配角。多少次在梦里，夏月奋力地怒吼着“我要变成你，我要像你一样成为万众瞩目的焦点”。

然而我始终无法变成你，哪怕只有一次。

“喂，你要尸变了吗?”一个熟悉的欠扁的声音响起。

“正常人眨眼的频率是每分钟十五次，你是三分钟没有一次。”

“我在思考人生哲学，例如，为什么世上会有人，人是从哪来的，将来要到哪里去。”

“虽然第一个问题我无法回答你，但是我可以直接回答你第二、第三个问题。人是从肚子里来的，要到黄土里去。所以这样的问题不值得你苦思冥想三分钟。假设不成立。”

夏月瞪了男生一眼，决定再问个问题把男生困住。

“是先有鸡还是先有蛋呢？”

这种千古难题男生就算再聪明也不可能回答的出来。

“2008年，加拿大古生物学者泽勒尼茨基称，通过研究7700万年前的恐龙蛋化石，答案浮出水面：恐龙首先建造了类似鸟窝的巢穴，产下了类似鸟蛋的蛋，然后再进化成鸟类（鸡也属于鸟类的一种）。因此，蛋先于鸡之前就存在了。鸡是由这些产下了类似鸡蛋的肉食恐龙进化而成的。”

夏月突然想起男生有喜欢看科学类杂志的爱好，只好乖乖地听着男生的长篇大论。

“好吧，早知道是这样，就不问了。”夏月发出如退潮般低落的声音。

“哈哈，早认输不就好了。”

“先生，能稍微让开那么一微米吗？”

男生收回刚才的笑容，发现自己站在办公室的门口，挡住了夏月的去路。但他依旧是一副不肯顺从的样子依旧倚着门道：“你就不能从前门进去吗？”

“去死！”夏月把作业本往男生身上砸，但被他轻快地躲开了。

夏月心满意足地撇了男生一眼，微笑着走了进去。

［四］

办公室是一个集众多老师及各级领导为一体的超大型办公地点。

夏月目光扫描过后没看到数学老师，便从容地走到他的办公桌，把作业本摆在了桌上的左上角。若是平常数学老师在的话，肯定会一脸微笑地问女生“有没有哪个题把你难倒了需要我指点一二呢”，然后夏月通过多次的接触明白了数学老师的喜好，必须装出一副被一两个题目困扰很久的样子，需要老师帮忙解决，数学老师才会开心地让她离开。如若不然，数学老师肯定会说出“上课不认真听讲自然不会有问题”之类的话。

真是欲加之罪，何患无辞。

夏月庆幸的准备离开，突然感觉有个人在喊自己的名字，等她回过头看到来人是教导主任的时候，知道又要挨批了，便以一副愿闻其详的表情凑了过去。

原来是刚才和苏成雨在办公室门口喧哗的缘故。女生正准备闭上眼的时候，苏成雨跑了进来。

"报告，主任，校长找你。"

教导主任说了句"下次再找你们算账"，然后匆匆离开了。

"你刚说的不是真的吧？"

"你用脚也应该想到啊，笨猪。"

苏成雨幸灾乐祸地笑着，脸上阳光得一塌糊涂。

夏夕在下午第一节课上完之后就收拾东西准备离开。

"夏夕，我有话想跟你说。"

夏夕有些意外地抬起头，刘海随着飞起，然后微笑着看着夏月。

"嗯，好啊，不过要下次。今天我有事。"

夏夕说完便拿着书包从后门溜了出去。

门口。一团巨大的光线拥挤的照在地上。背影挡住之后的阴影很快就被吞噬。

"苏成雨，能跟我一起去做件事吗？"夏月用命令而不是商量的语气问道。

苏成雨跟着夏月走到小道的时候，才知道他们要去跟踪夏夕，看她每天都这么早回家到底是去干吗。苏成雨迅速装出一副侦探的模样把夏月逗笑了。

四点多的太阳恶毒的炙烤着大地，到处是溽热的气浪。男生早已汗流浃背。

夏夕并没有发现有人跟踪她，背着书包急匆匆地往学校后门走——这并不是她回家的路线。

苏成雨几次踩到瓶子之类发出声响的东西时，夏月都提醒他要注意隐藏，万一被发现了就不好了。男生看着夏月，露出一副复杂的表情，说道："我们这样好像也不大好呢。"

走了大概十分钟，夏夕停在了一个卖保健汤的店前，然后她从包里掏出钱包并从店员手中接过了一个白色的袋子。

"该不会是买给大姨夫喝的吧？"夏月自言自语道。

"要不我们回去吧？"苏成雨显然觉得没有必要再跟踪下去，并断言夏夕马上就要去离这里最近的医院，然后是去看望她的大姨夫。

夏月没有答应，男生只好跟着。果然跟男生断言的一样，夏夕走进了一家医院。

“现在你相信我了吧？”男生准备离开，但很快就被夏月连拖带拽地拉了过来。

不到黄河不死心。

夏月和苏成雨往医院里走。

很多穿白褂的医生在走廊里穿梭着。

桂花的香味在风中飘荡。

然后是一阵难闻的药水味。

“算了，我们回去吧。”夏月终于无奈地说出了这句话。

“早听我的不就行了，在下就是江湖中号称‘武林第一诸葛的金算子’。”苏成雨得意地学着武侠片里的腔调说道。

青春期特有的男生嗓子让这句话显得怪怪的。

有点像太监。夏月暗自偷笑。

却是柳暗花明又一村。

就在两人快要放弃的时候，他们在转身时用余光瞥见夏夕停在了一个穿白衣服的男生面前。

顾新。

虽然隔得很远，女生还是能认出这个独一无二的消瘦身影。

苏成雨俊朗的脸上也挂着几分惊讶。

“如果说顾新母亲在医院住院的话，那汤应该是给顾新母亲买的。”苏成雨有条不紊地分析道。那么说顾新和夏夕不仅认识，而且很熟悉，已经到了那种两小无猜的地步了。

两小无猜？女生有些讨厌男生用这个词形容夏夕和顾新的关系。

“那长官，我们是回去还是继续跟踪呢？”苏成雨看着夏月的眼神因为好奇而显得呆滞。

“回去吧。”夏月的柔和而低落，像是空气碰在地上的声音。

[五]

每隔一段时间，道路两旁的电线杆上就会贴着一张某个人的通缉令。通缉令的简单格式往往是贴着一张犯罪嫌疑人的自画像，然后下面是一段对此人的介绍。类似于“该男子于二十七号晚聚众打劫珠宝店，现悬赏十万元抓捕该犯罪嫌疑人；提供该犯罪嫌疑人信息的同样有奖。”

明显就能从上面看出一个矛盾。本来是B级的通缉令，却拥有A级通缉令的奖励金额。再次推理，珠宝店老板想拿这个小偷杀鸡儆猴。又或者这个小偷要悲剧了。

“我们去做赏金猎人吧。”苏成雨开玩笑地说。

“那你肯定会被杀的。”这是乔子纯的声音。

“何以见得？”

“一般抱着以金钱为目的去做事情的人往往都没什么好下场。”

“为什么？”

“电影里都这么演。”

果然是单纯得不食人间烟火的人儿。

“夏月，你觉得怎么样？”

“什么？”

夏月对着电线杆上的自画像发呆，根本就没注意苏成雨和乔子纯在说什么。她发现了一个天大的秘密，觉得画像上的人跟顾新长得很像。

他心里一阵恐慌。

奶茶店门口围着一大群穿着警察制服的人。

走到跟前的时候，他们才知道是戒毒所派人要把一个因吸毒倒在街上的人带回去。

男人的脸色苍白得吓人，流着鼻涕，散发着恶臭。一个一次性注射器针头还插在手臂上，针眼还在向外渗着鲜血。乔子纯看了一眼觉得恶心就没再看。

“吸毒真是恐怖。”乔子纯忍不住感慨。

“嗯，一般吸毒的人肯定是先祸害自己，然后祸害家庭，最后祸害社会。”苏成雨看过有关吸毒的报道，跟乔子纯讲着。

夏月没说话，只是待在原地安静地看着那男人。

“走啦。”乔子纯走过来拉夏月。

男人醒来后面无表情地看着围过来的“制服”，突然恼羞成怒地站了起来，拿着针头向旁边的人刺去。身强体壮的“制服”被吓得左躲右闪。

男人像是一匹脱了缰的野马。

男人朝离门口不远的乔子纯刺去，苏成雨发疯似的喊着快跑。乔子纯却吓得呆呆地没有动弹。就在男人近身的时候，夏月推了乔子纯一把，才让她躲过一劫。

后面有一个“制服”朝着男人挥了一棒，男人倒在了地上。

“夏月，你出血了。”赶过来的苏成雨担心地说。

刚才推乔子纯的时候，针头划伤了夏月的手，一条不深不浅的痕迹，渗着鲜血。

“我们立即去医院吧”。有个“制服”端来一盆水帮夏月清洗完，说道。

其他“制服”清理了一下现场，用绳子把男人绑住，放进车里，然后离开了。

医院离得并不远。

“大叔，很严重吗？”乔子纯问。

“如果刚才那个男人有艾滋病的话，她也会被感染。”“制服”无奈地摇摇头。

乔子纯毫无预兆地哭了起来。

“都是我害你的，对不起，夏月，都是我的错。”乔子纯不停地自责。

脸上的泪水形成两条曲线，顺着脸庞流下。

“没事，我命好，死不了的。”夏月安慰着乔子纯，心里一片空白，对刚才发生的事情似乎并没有反应过来。

苏成雨一脸沉重地思考着，雕像般严肃。

抽血检测后，苏成雨和“制服”走进了医生的办公室。

“检测结果为阴性，应该不会被感染了。不过要百分之百确认的话，窗口期过后再次检测一下才能知道。”

苏成雨凝重的表情这才有了些舒展。

“我回去就带那个男人去做血液检查有用吗？”“制服”根据他的经验问医生。

“这也不一定准的，也许那个男人正好在窗口期，也需要时间才能检测出来。”

苏成雨哭丧着脸走了出来，神色更加严肃。

“苏成雨，怎么样了？”

乔子纯擦着脸上的眼泪，焦急地看着苏成雨。

夏月仿佛听到了自己心脏急剧跳动的声音。苏成雨脸上的表情告诉她，自己应该是被感染上了。

“别卖关子了，快点告诉我们啊。”乔子纯走过去拉住苏成雨。

笑突然出现在男生的脸上。

“恭喜夏月今天重获新生。”

一边是乔子纯激动的尖叫声，脸上洋溢着快乐。一边是苏成雨淡定从容的笑容，永远是一副风一般随性自由的样子。

夏月夹在中间，捂着耳朵。

[六]

女人的手术很成功，而且恢复得很快，再过几天就能出院了。不过，女人不愿意在医院多待，生怕要用很多的钱，没跟顾新商量便独自回了家。

顾新到那的时候护士说病人已经离开。转身的时候看到夏夕像往常一样提着一罐汤走过来。

“我妈没跟我说就出院了。”

“嗯。那伯母应该是身体恢复得差不多了。”夏夕露出一个笑容。

“这段日子谢谢你来照顾我妈。”顾新感激地看着夏夕，女生回了一个迷人的笑。

“这罐汤你也带回去吧。”夏夕把手伸了过去。顾新不好拒绝，只好接了过来。

一阵触电般的接触，汤罐在空中摇摆出一个弧度。顾新用另一个手接住，有惊无险。

分叉口。

“你上次给我的三万块钱，我没有用，现在还给你。”顾新迎着夏夕好奇的目光说。

“不知道谁把我妈住院的钱给交了。”顾新解释道。

女生收回那张存有三万块钱的卡。

“这其实是我爸给我的。”夏夕笑着说，脸上满是嘲讽。

“你还恨他吗?”

“恨，而且是恨之入骨。”

[七]

时光溶解了外露的岩石，斑驳粗糙的表面化成的泡沫渐次消失。

日复一日的夕阳侵蚀了年轻乖巧的岩石轮廓，露出成年前光华而润泽的内里。

回忆逐渐荏苒成童年芭比娃娃的模样，可爱了一地。

曾经的你。高大威武、无所不能。

高，能举我高过你的头顶，小脚轻柔发梢如雪。

无，无形中内心的某个东西，锁在了致命的左心房。

能疼痛出斧头的形状，劈柴一样的惨烈。

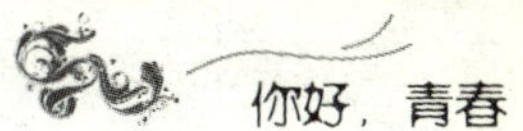

眼眸看湿了你的肩膀，你用背影陪伴我走过每一段青春韶华。

荒野天涯。海枯石烂。

那么，要多久，你才会用力地抱着我。哄着我。宠着我。

就像刚刚来到这个世界一样。

[八]

每届的运动会的开幕词都是以“在一个秋高气爽的好日子里”开头，就像是小时候的童话故事必须以“从此王子和公主过上了幸福的生活”这样老掉牙的句子结尾一般。

这是一种固定的模式和逻辑，尽管在场没一个人会喜欢这样的开场白。

开场白之后，是体育部长和运动员宣誓。

在拥挤的人群中，夏月感到燥热不安，只好用一张宣传单当扇子拼命地扇着。

天气太给面子，为了让这场运动会成功举行，它用刺眼的光芒猛烈地炙烤着大地。各种馊味到处弥漫，分不清哪个味道是哪个人的。

体育部长宣誓的声音刚通过扩音喇叭响起，浑厚而有力。这是第一感觉。夏月觉得这个声音异常熟悉，于是踮着脚尖看了一下。

原来是陆之谦，上次拿走自己发夹的那个怪胎。

不知道什么时候有机会找他要回发夹，毕竟那是夏夕送给自己的生日礼物。

夏月踮着脚没注意夏夕从旁边走了过来，苏成雨也在。

“夏月，夏夕参加了一百米和跳高，你不会什么都没参加吧？”苏成雨心直口快。这个是他一贯的作风，无论如何都不愿意把事藏在心里。

夏月回过头窘迫的笑道：“不好意思，你知道我没运动细胞的。”

“不过，我是你们最得力的啦啦队。”没等苏成雨插话，夏月又蹦出这么一句话。

“嗯，第一项就有跳高。我们去那边等着。”夏月指着不远处。

“我们也去。”另一个声音在旁边响起，原来是乔子纯。

乔子纯拉着顾新走了过来，夏月装作满不在乎地看着他们。

顾新穿着一件白色的T恤衫，在明媚的阳光下无比耀眼。

一大堆可有可无的程序完成后，比赛终于开始了。

夏月一直都不知道夏夕会跳高。甚至怀疑她那瘦弱的身体是否经得起摔。不过，夏夕很快就用事实推翻了夏月脑海中的想法。

在大家的加油声中，夏夕像一只羚羊一样欢快地越过了一个个高度。从她那矫健的身姿和下落时的轻盈样子，感觉不到丝毫的吃力。

最后只剩下一个高三的学姐和夏夕一决高下。

明媚的阳光洒在脸上火辣辣地疼。背对阳光的时候稍微会好点。

“夏夕，加油，你还有两次机会。”乔子纯的声音永远是那么不假思索便牵一发而动全身，手舞足蹈地给夏夕加油、打气。其他人也跟着说加油。

夏月也说着“加油”，但心里却有一种邪恶的想法：夏夕跳不过去。

一米七五，这是高三学姐的最后成绩。夏夕还有两次机会，如果跳过去了，就是这次运动会的跳高冠军。

夏夕深深地呼了一口气，然后是一个猛冲，接下来本来应该是做一个腾空的动作，却因为脚下一滑，做了一个自由落体运动，重重地摔在了地上。

一大群人拥了过去，像是回蜂窝的蜜蜂。

“夏夕，你放弃了吧，反正也是亚军。”苏成雨看着夏夕努力又艰难地站起来时劝道。

“嗯，夏夕，你已经很厉害了。”乔子纯附和着。

夏月心中感到一阵内疚，原来自己黑暗的一面是那么令人讨厌。

只有顾新一个人说着“加油”，然后就没有别的话了。

尽管夏月强忍着不在意，但心里还是忍不住产生了“他们肯定关系不一般”的想法。

周围的加油声和呐喊声震耳欲聋。

夏夕强忍着疼痛说想再试一次，高三的学姐说“反正你只会横跨式不会背越式，再怎么挣扎都是无济于事，为了不受伤还是不跳的好”。

周围的目光似乎想把眼前这个有些骄傲又有些狼狈的女生杀死。

夏夕准备起跑的时候，周围安静得仿佛能听到阳光碎片涤荡的跳跃声。夏夕的起跑姿势优美而灵动，碎片在她身上恣意划着痕迹。

三。女生优雅的身姿已经穿透了光线包裹起来的巨大晕眩。

二。周围的人目瞪口呆地看着夏夕。

一。女生瘦弱的身姿定格在半空，下方是阻碍她穿越的铁杆。女生轻轻一晃，整个人开始做自由落体运动。

赞叹声和掌声同时响了起来。

“好厉害！”高三学姐走到夏夕面前，对她的深藏不露表示佩服。

顾新看得有些出神，夏月在看着他的时候发现了这一点。

刚被压下去的情绪又涌了上来。

心里好像打翻了的醋坛子。

[九]

由于夏夕受了伤，手臂又被擦破了一块皮，所以要去医务室擦点药，这样一来夏夕就没法参加一百米项目了。经过很久的商量，夏月答应去跑个过场。这样也就不会影响团队的总分。

苏成雨轻轻松松就拿了四百米和八百米的冠军，他甚至在八百米的时候还调皮地从正在旁边为他加油的乔子纯的手里拿走一瓶矿泉水边跑边喝。男生羡慕的眼睛走火入魔，而很多女生那无比花痴的眼睛里则写满了“帅”字，这其中当然包括乔子纯。

“夏月，你刚一百米好像跑的是最后呢。”乔子纯笑得花枝乱颤。

“明明是倒数第二好吧。”夏月不服气地看着乔子纯。

“嗯，真是倒数第二，你这人怎么说话的。”苏成雨拿着乔子纯的矿泉水出现在旁边。

“哦，是吗？我说最近眼神不怎么好使。夏月，我错了，你是倒数第二。”乔子纯默契地接住了苏成雨的话头。

“狼狈为奸。”

两人相视而笑。

能和你狼狈为奸，感觉真好。

顾新送夏夕从医务室回来后，一百米的比赛已经结束了。刚好班上一个本来应该参加三千米的同学没来，让顾新顶上。

三班的体育委员看顾新没说话，算他默认了。

乔子纯对夏月说顾新真老实。

夏月心虚地笑了笑。

由于三千米比赛安排在下午，乔子纯提议中午一起出去吃顿饭，算是给苏成雨和夏夕摆庆功宴。

大家没有任何理由拒绝。

饭馆里，苏成雨提议每人讲一个冷笑话或者脑筋急转弯给大家去去火。乔子纯举双手赞成。

“那我先讲，上高中的时候，一次听力考试，老师刚按下听力磁带，坐在前面的一个男生便开始奋笔疾书。望着他自信的背影我们都自叹不如。就在录音机里的声音停止时，他也潇洒地放下了笔。这时录音机传来‘听力试音时间结束，现在开始正式考试’。我讲的这个冷笑话是真实的故事。”乔子纯补充道。

其他人都只是微微地笑着，只有乔子纯自己边讲边笑，比其他四个人加起来的声音还大。

“有你这么讲笑话的吗？讲的比听的笑得还厉害。”

苏成雨说完这句话，其他人反而笑了起来。

“那我说个脑筋急转弯吧，什么情况下你更确定自己是中国人？”夏夕问。

“外语考试的时候。”夏月抢答道。

两人相视一笑。忘了以前讲过的。

难怪会有那么快的速度。

“你们俩姐妹在干吗呢？”乔子纯瞪着眼珠子问道。

“那接下来我也问个脑筋急转弯，为什么青蛙可以跳得比树高？”

“因为那是只青蛙精。”

“这棵树被砍到了。”

“因为只是棵小树苗。”

“怎么可能跳得比树高？”

一群人猜得津津有味，只有顾新仍旧摇头。

夏月看着顾新的样子发呆，心想终于可以这么近地毫无顾忌地看着他了，心里一阵畅快。

“因为树不会跳。”夏夕公布答案。

原来是这样，一群人若有所悟地相互看着。

“夏夕，你太聪明了，让我们多想想嘛。”

“夏月，你也来一个。”

随即，一大群人的目光转向夏月，期待她能带来更多的精彩。

夏月拼命地回忆着曾经有那么一丝丝印象的笑话。

“嗯，我想到了。有一天，老师让小明用难过造句。小明说，我家那条河很难过。”

女生看着大家一副无语的表情后窘迫无比，尤其是顾新，她突然想找个地缝钻进去。

“原谅我妹笑点比较低。”夏夕说。

“我妹？”好像很熟络的样子。

现在听起来怎么那么怪异。

“苏成雨，你还没讲呢？”乔子纯盯着苏成雨。

“有个王子受到诅咒，一年只能说一个字，但是他很喜欢一个公主，所以忍了五年没说话。存够了五年之后，他来到公主面前说‘请你嫁给我’。公主愕然地说：‘啥’？”

“那这个王子肯定会被气死了。”

“不会，会吐血身亡。”

“我觉得应该买个钻戒公主就懂了。”

“那时候怎么会有钻戒？”

“不会用草编一个啊？”

窗外的溽热和高温并没有因此而退去半毫。

几堆棉絮状云慢慢停止了运动。

夏月在众人的笑声中眯着眼。

好喜欢这种其乐融融的感觉。

那是我从来没有过的奢望的幸福。

[十]

三千米长跑并不是顾新的强项。它不像短跑，光有爆发力还远远不够，这种长时间的体力大作战更依赖的是持久力和忍耐力。

几个人看着顾新瘦弱的身板用一种担心的目光目送他到起跑线。

在一群矮小健壮的人里，顾新显得格格不入。

午后的阳光并没有因为角度的改变而变得温柔。

顾新像一团耀眼的白光在赛道上驰骋。

“顾新，加油！”

顾新路过的时候，夏夕和乔子纯大声地喊着，夏月不敢大声喊，她的声音被其他人的呐喊声淹没了。

顾新就像一个巨大的黑洞，让夏月越陷越深，难以自拔。

夏月默默地为顾新数着圈。

八圈，六圈，三圈……

还有两圈。

顾新排在第三，步伐依旧矫健仿佛是为了冠军在跑。

不过每次经过离裁判很远的地方，总是有一两个人故意在顾新跑过去的

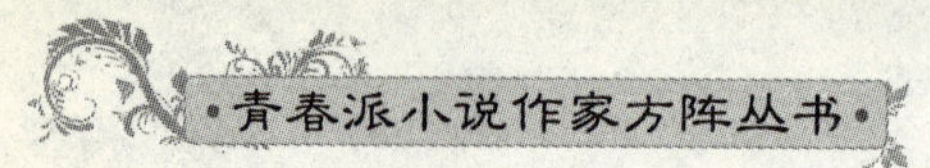

时候挡在他前面。苏成雨若有所悟地跑了过去。

这次，顾新没来得及绕开，为了不撞上人而摔倒。苏成雨在不远处看着那几个故意捣乱的男生抱头鼠窜。

顾新像一具白色的尸体一样躺在地上一动不动。

主席台一片骚乱，不清楚发生了什么事情。裁判火急火燎地赶过去一看究竟。

所有的人都把注意力放在那抹白色上。

顾新，你究竟是怎么了？

第七章

[一]

“顾新，你不要紧吧?”裁判跑过去的时候，发现那抹白色被阳光照耀之后愈发刺眼。

一些人陆陆续续跑来，围在顾新身边。裁判让苏成雨看一下顾新是不是中暑了。

顾新依旧在昏迷中，几个人抬着他往医务室的方向走去。

三千米的比赛并没有因为顾新的离场而终止，仍旧如火如荼地举行着。结果一个穿着红色篮球上衣的矮胖子得了冠军。

夏月和乔子纯跑去医务室看顾新。

顾新已经清醒过来，不过样子很虚弱，脸色也不怎么好，像是刚大病初愈一样。

“他怎么了?”乔子纯问站在门外的夏夕。

“医生说是重力性休克，因为运动突然停止出现脑缺血。”

夏月在脑海里想起刚才那个挡住顾新去路的黑影，应该就是他们拦住他的去路才会使顾新运动停止形成脑缺血。她好像想到了什么，眼睛跟着内心萌发的想法一起闪烁。

夏月往运动场走去，没有理会乔子纯后面一直喊“夏月你去干吗”。

运动场人山人海，像一个巨大的蚂蚁窝。

陆之谦还在奋力地维持秩序，让观众离跑道稍微远点。汗水早已经打湿衣服，露出一片肉色的背部。

“陆之谦。”夏月沿跑道走了一圈才找到这个拿他发夹的没礼貌男生。

陆之谦似乎并没听到女生的声音，因为那声音被周围的呐喊声吞没了。

夏月只好放开嗓子喊男生的名字，陆之谦这才顺着方向看到了夏月，笑容满面地跑了过去。

“怎么，几天没见想我了，还是想来赎回你的发夹?”痞气十足的语气让夏月很不爽。

“你是体育部长是吧? 刚才跑三千米的时候，难道你没看见有几个男生捣蛋，害得顾新休克了吗？”夏月没有理会陆之谦的问题，而是将酝酿已久的话说了出来。

“嗯，我知道啊，而且我还认识那几个捣蛋的人，其中一个以前跟我还是兄弟呢。”

夏月一脸惊愕地看着陆之谦，眼睛不自觉地睁大。她还以为陆之谦会以“我没看到，你找裁判”之类敷衍的话来打发自己。

这是一种近乎可怕的诚实。

“你居然知情不报。身为体育部长，却纵容这种事情发生。”夏月不满地语气跟着额头上皱起的眉头一起上扬。

“如果你做我女朋友，我就帮顾新洗刷冤屈。”

陆之谦的话像是一阵高温下突如其来的凉风，“做梦，去死”之类的话在夏月的喉咙里犹豫、徘徊了很久，却最终没有出来。

像是在梦里预演过无数遍的场景。

有个少年，踩着桀骜不驯的脚步，带着足以融化一切的笑容，站到女生面前，用一种羞涩却温柔的语气说：“我喜欢你很久了。”

如果你是顾新，那么我会毫不犹豫地答应。

只是，你不是。

“开玩笑的，看你认真的，看在以后我们就要朝夕相处的份儿上，这个忙我帮了，你回去吧。”陆之谦看着夏月发呆的神情说道。

朝夕相处。从男生话语里抽出一个唯一好奇的成语。

朝不保夕还差不多。

[二]

陆之谦的承诺很快就兑现了。

广播里陆续传来几个男生作检讨并向顾新致歉的声音。

内幕则是，那几个男生是为了自己班上那个穿红色篮球上衣的矮胖子拿冠军，才故意这样做的，所以矮胖子的冠军资格也被取消掉。

这原本只是一场闹剧，不过闹剧的确是生活中必不可少的部分。

回到家中，顾新看到女人在哭泣，这跟往常不同。以前，尽管男人喝得烂醉如泥不去做事，甚至拿家里仅剩的一点儿生活费去赌博，女人也不怎么在意，最起码不会哭泣。

在顾新的印象中，女人从不在自己跟前哭的，顾新心中仿佛有只无形的手在揪着自己的心。

女人的坚强就这样随着眼泪散落一地。

顾新有些六神无主地看着她。

“你爸被戒毒所关起来了。”

女人的话音已经努力不带任何感情，但身体仍在微微颤抖。

顾新的头顶一阵发凉，他突然想起乔子纯在餐馆上讲过的夏月、苏成雨和她的恐怖遭袭事件。

男人。吸毒。被抓。

如果乔子纯讲的是真的，那么……

男生没敢往下想。

“还有，”女人停顿了下，“他用注射器弄伤了路人，要以故意伤害罪被起诉。”

“哦。”

这是一场不折不扣的闹剧。

［三］

姑父吃早点的时候像往常一样看着晨报，看到男人被戒毒所抓的新闻之后，一个人在那感慨道：“那个无辜被刺的路人真是可怜。”夏月无奈地抬头看了他一眼，心想，要是告诉他们那个人人怜之的路人就是自己，他们估计得手忙脚乱了。

反正已经检查没有事情，虽然不知道苏成雨为了不让她担心并没有告诉她要到窗口期之后才会真正知道结果。

夏月想起上次那幕有惊无险的事件，心里一阵发冷。

出门的时候，有个脚步声在楼梯间产生急促的回音。

由远而近。

“还不知道，你叫什么名字呢？”

目光朝声音传播的方向交织在一起。

“陆之谦。你不会是楼上张奶奶的孙子吧？”

尽管听着“孙子”这两个字有些刺耳，男生还是微笑的默认。

“现在可以告诉我你叫什么了吧。”

“我叫……”

“夏月，是吧。”陆之谦又像往常一样无礼地打断女生。

“以后我就陪你一起上学、放学，请多多指教。”

夏月暂时没想到拒绝的理由。

她一直都不会拒绝别人，正好让眼前这个男生钻了空子。

尽管相见不过两次，眼前这个男生似乎跟自己很熟络一样，跟自己讲着小时候的趣事。夏月爱理不理地听着。

两人路过一个工业园的时候，见有很多房子正在拆除，听到很多哭闹声。

夏月对这样的拆房事件也略有耳闻。听姑妈讲，有户人家不愿意搬走。结果，晚上还在家睡觉，第二天起来，就发现一家人睡在大街上了。

走近的时候，看见几个人被绳子绑在木桩上。女人哭得很凶，嘴里不停地骂着。旁边的小孩应该是她的儿子，也许是年纪小，并不懂的这意味着什么，依旧兴高采烈的看着周围。男人的脸阴沉沉的，乌云覆盖一般，没人知道他在想些什么。

夏月刚想说“真可怜”，男生便一个箭步冲过去。

背影被一大捆未知的光线拉成一片空白。

施工的工人看到男生在帮这家人解绳，几个离得近的工人赶紧跑过去拉住他。

“小兔崽子，你想干吗?”陆之谦在两个工人手中挣扎着。

“你们怎么可以这样对他们?”陆之谦像是一头野兽愤怒地叫道。

“这栋房子是上面让拆的，会给他们大量补贴金的。其他人都答应了，就他家不肯，我们先是求，然后劝，他家就是不愿意。如果再不拆，上面就要怪罪了，这才把他们绑起来的。”

有个工人叹着气答道。显然，他们只是按照上面的指示办事而已。

“小男孩，你去上学吧，别多管闲事，没用的。”

陆之谦愣了一下，低下了头。工人看他情绪稳定了一些，便把手放开了。

一路上，男生并没有像刚才那样滔滔不绝，而是一副被灌了麻药般死气沉沉的样子。

校门口。

“陆之谦，能问你个问题吗?”夏月小心翼翼的试探。

“你是想问我刚才为什么这么激动吧。”

他像苏成雨一般能够洞察别人的心思。

“因为我家就是被这群人拆的。”

原来是这样，她早该想到的。

一阵清凉的风拂过，学校两旁的香樟树笑意盈盈地弯下了腰。

[四]

对于这种看马戏一般的消防演习，学校规定每个人都要去看。

中心广场。

这是学校唯一一块能够容纳这么多学生的空地。

夏月和苏成雨坐在后面，抬起头只能看见一片黑压压的后脑勺。前面有对情侣在聊天，女生问男生如果我和你妈掉进水里了你先救谁。男生说不会游泳不知道。女生不同意，说一定要选一个。男生为难地说谁近我就救谁。女生依旧不满意。

“你应该这样回答，你喜欢我救谁我就救谁。”苏成雨听不下去了。

情侣回过头，男生感激地看着苏成雨。

女人何苦为难男人。

消防演习进行到一半，只是看到很远的地方有消防官兵在教如何使用灭火器，却根本闻不到汽油味。

然后是互动的环节。有个穿着消防制服的官兵说有谁想上来试试灭火器。

苏成雨劝了夏月很久，遭到拒绝后便拉着夏夕上去了。他俩在台上亮相之后，台下一片嘘唏。

“那个就是转校生夏夕呢，据说还拿了运动会的跳高冠军，连高三的那个考体校的学姐都败在了她手里。”

“嗯，长得也很漂亮呢。”

“关键是名花没主。”

有些男生已经按捺不住，在台下起哄。偶尔还能听到有人在喊夏夕的名字。旁边的女生则是以“有什么了不起的，不就是个跳高冠军，至于嘛”之类的话语掩饰内心的羡慕。

夏月的视线被许多站在凳子上的男生挡住了。

这种熟悉的场景不再像以前那么刺眼，却依旧能让心里泛起嫉妒的涟漪。

夏月感觉整个人要被周围的声音淹没了，不禁捂上了耳朵。

“夏月，你怎么了?”乔子纯出其不意的到来似乎已经成为一种习惯，夏月并没有感到意外。

“没……没怎么，就是太吵。”夏月一副烦躁的样子。

“哦。我看夏夕好受男生欢迎呢。好羡慕啊。”乔子纯从不善于掩饰自己的心情，就连这种不合时宜的话也能说得这么从容。

这与夏月完全不同。

夏月不知道该如何回答乔子纯的陈述性语句，只好挤着脸上原本扭在一起的线条笑笑。

“夏月，我失恋了。”

毫无预兆，甚至连暴雨来临前的一个小雨点都没有。

天上的白云聚拢成一堆，散发着刺眼的亮光。

抬头的动作僵硬在半空，然后是无线延长的目光停顿在身上。

“啊哈？你跟那个小男朋友分手了？”

“嗯，我想通了，不能什么都听我妈的。我要大胆地去追求我喜欢的人。”

看不出她有丝毫的难过，或者有哪里不对的地方。但夏月始终觉得不对劲。

呐喊声萦绕在耳边并未远去。

时间在年代久远的墙角噼里啪啦的剥落。

也许这就是乔子纯特别的地方。没心没肺的单纯、善良，如果用世俗的心永远猜不到她在想什么。

什么东西都能毫无顾忌地放下，哪怕一无所有。

[五]

夏月和夏夕一起值日时并不像她原先以为的那样会安静到只字不提。

“你跟顾新是什么关系？”正在搬正桌子的夏月装作不经意地问道。夏夕正在扫天花板，因为多次值日都是夏月一个人的缘故，她自告奋勇做这件比较累的活作为补偿。

“我跟他是朋友。”夏夕说完又安静地擦着天花板，没有再多说一个字，偶尔掉下一小簇脏东西，她都用优雅的姿势闪开。

夏月能听到心脏碰到地面的声音。

夏月把桌子摆好后，发现有个桌腿短了一小截，于是往下面塞了几张厚纸片垫平。

夏月没有开口再问，尽管内心有种强烈的好奇在兴风作浪。

“你上次跟我说，有事跟我说。就是说这个？”夏夕打破了原本的僵局。

“不是。我是想跟你说，以前的事情我都知道了。”

“哦。正式和好吗？”

夏夕的眼睛里闪烁着期待的光芒。

“当然。”

[六]

是不是该承认呢？

一直以来以为编织的完美无缺的神秘谎言。

一个巨大的从来没有人涉足的秘密地带。

我和你真实的世界并没有所谓的相依为命、相濡以沫。

那些只是我凭空捏造出来的。

我向来与你不和，会因为一件小事而吵得昏天黑地。姑父、姑妈才会商量把你送到大姨夫家以避免我们两人的争斗。

周小诗的出现，无数次的和好与决裂，才让遍体鳞伤的亲情开始慢慢愈合。

天与地，有雨水将它们连为一体。

我和你，才开始和谐共处。

这是一段不愿也不敢提及的往事，像是把怪物装进瓶里扔进大海的魔瓶。

[七]

夏月提着垃圾桶往小树林旁边的垃圾场走去。

夕阳把她的影子拉成一根落寞的竹竿。

野猫偶尔蹦出来在屋檐上玩耍，夏月没像往常一样学着猫叫把它们吓跑。于是它们便更加大胆，跳到离夏月很近的地方搔首弄姿，小丑一般乖巧地讨好。

夏月不小心踩在了一个矿泉水瓶上，发出“啪啦” 声脆响。野猫并没有急着逃跑，而是用锐利的目光直愣愣地盯着女生，然后慢悠悠地离开。

倒完垃圾，夏月往小树林里走去。

她每次打扫包干区都要过去看一次，基本上每周都会发现上面多了一个自己的名字。其他的什么也无法知道。

斑驳粗糙的树干。已经有一大圈刻满了字。夏月用手抚摸着自己的名字。

像是被太阳烘烤的感觉，手指的末梢有一丝温暖。

校门口，陆之谦侧着头笑眯眯地看着女生。

旁边无数的行人来来往往。陆之谦的面容消失后又出现，反反复复。

“这边请。”陆之谦很有绅士风度地摆了一个“请”的姿势。

“应该走那条路的吧？”陆之谦把回家的方向搞错了，夏月纠正道。

“哦，那这边请。”陆之谦尴尬地笑笑，对刚才的错误并没太在意。

陆之谦是个典型的路痴，虽然离自己奶奶家很近还曾经被夏月带着走过好几遍，可依旧能记错。

两人一边讨论着怎么分辨东南西北一边在回家的路上走着。

夕阳一点一点地沉了下去。

离校门口一百米的距离。

陆之谦和夏月经过一个杂货店的时候，旁边走出一群混混模样的社会青年。

“打……打……打劫。”一个红发青年歪着嘴学着电影里的台词。

“那你接下来是不是要说，大哥，劫个色先呢。”陆之谦的从容和微笑惹恼了红发青年，气氛紧张得像是一颗随时会爆炸的炸弹。

“没你什么事。我问你，你是不是顾新的朋友?”

一个穿着风衣的青年从人群中间走了出来，盯着夏月问道，并示意头发青年退下。

无论如何还是能感觉到风衣青年的气场。这是一个英俊的男生，眉宇之间有一股恐怖的狠劲。

“是。”看到这么一大群人，夏月的心脏都快要跳出来，她半天才挤出这么一个字。

“那好，给你两个选择：一是不再做他的朋友，我放你走；二是每天都在这交二十块钱的保护费。”

“那如果我选三呢。”陆之谦丝毫没有畏惧，脸部表情跟风衣青年一样洒脱。

夏月拉了拉陆之谦的衣服。

她被陆之谦逞能的样子吓坏了。

“嗯，除了这两个选择之外，确实还有第三个选择，就是见一次打一次，然后依旧每天要交保护费。”

风衣青年收回了原来随意的笑容，面无表情的样子显得异常凶狠。

“那我还有一条选择。就是如果你们让开，我就既往不咎。如果不让，那见你们一次打你们一次，其他倒不用了。我是文明人，不跟你们这些小流氓一般见识。”

“有没有人告诉你，话太多不好。”风衣青年已经没有耐心，打了一个响指，一群人往陆之谦面前冲。

远处，染得通红通红的彩霞告别了留恋不舍的夕阳。

天空终于黯淡下来。

[八]

夏月一边扶着陆之谦踉跄地走着，一边苦思冥想着要找个什么借口才能逃过此劫。

男生的嘴巴受了伤，笑起来的时候微微有些疼，只好对夏月说“你找的借口肯定不够用”。夏月想起刚才的一幕。陆之谦游走于七八个混混之间，并将他们一一打倒，最后还把风衣青年打趴下，然后看着他们灰溜溜地离开。

她心中顿时升起对他的崇拜。女生拿出包里的纸巾给陆之谦擦拭嘴巴上渗出的鲜血。

“你刚才怎么这么厉害?”夏月一脸花痴道。

“我练过跆拳道。”陆之谦云淡风轻地微笑道。但他并没有告诉女生他从九岁就开始练跆拳道，现在已经是黑带三段了。

天空像是近视加重的眼睛，越来越朦胧。

快到家门口的时候，夏月仍然没为陆之谦找到一个很好的借口，像“摔了一跤，被陌生人撞了一下”这样的借口刚说出来就遭到了陆之谦的否决。

陆之谦说了一句“没事，你进去吧”然后飞快地消失在夏月的视野之外。

一串脚踏在楼梯上的回音在脑海里盘旋。

姑妈正在做晚饭，夏月进去后听到一句“赶紧把书包放了出来吃饭”就钻进了房间。

透过窗户还是能听到楼上有人一句“你爸死了，你是不是也不想活了”把女生惊出一身冷汗。

厨房飘来红烧肉的香味，口水不停地往肚子里流，肚子也跟着不争气地咕咕直叫。端菜出来的姑妈笑意盈盈地让夏月洗完手先吃，说姑父今天在外面吃。

女生一直觉得减肥是人生中最无奈的一件事，如果面对着山珍海味却只能远观而不下肚是多么残酷。所以才会第一次看到网络上流传“不吃饱怎么会有力气减肥”这句话的时候感激涕零。

于是夏月狼吞虎咽地吃了起来，姑妈开心地叫她别急。

偶尔能听到楼上有人哭泣的声音，应该是个老人。

“估计是张奶奶刚搬过来的孙子不乖，惹张奶奶伤心了。”姑妈叹着气并不忘告诉夏月最好不要去招惹张奶奶的孙子。

夏月乖巧的答应，用好奇的语气问着有关陆之谦的事情。

知道陆之谦刚出生妈就跟个有钱人跑了，他爸就在前不久因为阻止拆房的时候被建筑掉下来的钢筋水泥砸死之后，夏月震惊了。

在震惊之余，夏月突然觉得陆之谦比自己还可怜。

晚上，夏月躺在床上翻来覆去睡不着，决定出去走走。

小区楼下是一个花园模样的小型广场，是为了满足老人们散步的需要而建的。

夏月找了一个没人的石凳坐下。

黑暗用一种悠闲的姿态侵蚀灯光散发出的明媚。

能闻到许多含混在一起叫不出名字的花香。

心情好了很多。

“夏月，这么晚了还没睡?”

夏月抬头看见了陆之谦，不过看不清他的表情。

“嗯。”想到刚刚姑妈跟自己讲的男生家的故事，女生不自觉地拉低了声音。

陆之谦走了过来坐到了旁边，夏月往旁边挪了挪。

“我又不会吃了你。”陆之谦笑眯眯地看着夏月，露出了与苏成雨一样干净的笑容。

夏月吓了一跳，差点儿就把他当成苏成雨了。

“我的发夹什么时候还我？那是夏夕送我的生日礼物。”夏月瞪着陆之谦。

“这个嘛，要看我心情。呵呵。”陆之谦那欠扁的脸像一朵花一样绽放。

“说真的，那天为什么拿我发夹?”夏月的表情有点严肃。她想求证一件事情：若是陆之谦暗恋自己，那么小树林里的名字估计也是他刻的。

“好吧，其实我之前就来过奶奶家，听奶奶说你跟我上同一所学校，就想跟你做朋友。”男生一脸的坦诚。

虽然夏月对这样的回答还是微微有些失望，不过这早就在意料之中。

简单、平凡而且普通的人，是不会被他人明目张胆地追求的。

不像夏夕，优秀、美丽、骄傲。

趋之若骛的人比比皆是。

“你现在心情好不好，可以还我发夹了吗?”

“这个问题比较复杂，我要回去睡一觉才能想清楚。”

男生的背影像雾一样消失在空气里。

［九］

夏夕和苏成雨同时踩着钟点走进教室。

语文老师见人齐了之后便把门关上，然后说这个礼拜六组织一次自愿登山游玩，可以带亲朋好友去，如果带家长去也行。

跟所有语文老师上课的场景一样，总是会有一段时间的骚动。

而这次，用激动人心这个词语或许更合适些。

夏月在脑海里全是“把乔子纯拉过去，顾新自然也会被乔子纯拉过去”这样的绝妙计划而沾沾自喜，丝毫没注意侧着头看着自己的苏成雨。

“夏月，你嘴巴都快笑歪了，有什么事情说出来让我们大家高兴一下？”

夏夕没像往常那样看动漫，而是转过头看着夏月。

夏月一时不知说什么好，以一句“我正在想”打发了败兴而归的苏成雨。

语文老师要夏月上去默写上节课学的宋词，可是夏月发现刚才因为太激动，把本来已经背好的词一下全忘了。

丢脸的时光总是慢得静悄悄，在内心却又惊天动地。

自尊心会随着时间流逝而被践踏。

不过这次，夏月被刚才盘算好的计划冲昏了头脑，并没有像往常一样感觉自尊心受到重创，反而是有些兴奋地等待语文老师叫她下去。

语文老师见夏月半天没动静的站在那，只好让她默写上上节课学的词。

头脑里早已被喜悦冲刷的一片空白，夏月依旧站在黑板面前一动不动。

夏月被语文老师叫下去。

“夏月，你是不是跟那个体育部长好了？”苏成雨看着面无表情的夏月。

“为什么这么说？我跟他只是普通朋友。”

“普通朋友天天腻在一起。”

“他住我家楼上。”

夏月丝毫没注意苏成雨涨得通红的脸，留着一个落寞的背影给他。

是因为死党的原因，是因为担心我被带坏，还是别的什么？

［十］

人满为患的食堂门口，一大群人围成一个不规则多边形围观着什么。

乔子纯显然对这种八卦类型的消息特别感兴趣，硬拉着夏月往人群里挤。陆之谦说了一句“我在外面等你们”就优雅地离去。

自从那件事情以后，陆之谦无论吃饭还是上学、放学都黏着夏月。对于这样一个身强体壮又有苏成雨一样幽默性格的“保镖”，夏月实在无法拒绝。

离张贴的白色纸张还剩五米左右，已经能听到有人在大声地议论。

“这不是一班的英语老师吗?”

“这个人肯定对她恨之入骨，不然不会做这种事情。”

“估计要声名远播了。”

溽热的气浪像翱翔的雄鹰盘旋而上。

用眼睛扫视完纸张上的字，两个女生的好奇心得到了满足。

一个不知道有多恨英语老师的家伙，在纸上写着“英语老师是个老妖精，这么丑还喜欢化妆，很骚、很喜欢装”之类让人不忍心往下念的内容。

尽管英语老师确实是个爱打扮的女人，每天喷着浓浓的“香奈儿五号”，不停地换着发型和服饰。不过她确实是个很可爱的女人，有着大海一样宽阔的心胸以及从未停止过的明媚笑容。

这张纸是谁贴的?

夏月发呆时眼睛一眨不眨，宛若睁着眼睡着了一般。

不管怎么用力去想，班上都没有过跟英语老师有过哪怕一点过节的学生。

她还教三班的英语，这么一来三班的嫌疑最大了。夏月问乔子纯是不是她们班贴的，乔子纯却摇着头说不可能。

人满为患的食堂门口。

天空上的云朵越游越慢。

远处斑白一片的光线像是酝酿着一场不为人知的悲情碎片。

尽管只是看到背影，乔子纯依旧能够无比迅速地叫出男生的名字。

习惯用笑容回应的苏成雨有些严肃地回头说：“你们也看到了。我和班上几个同学已经揭了几十张这样的纸。食堂这里是最后几张。”苏成雨晃了晃手上的小叠纸张，麻利地把墙上的纸张扯了下来。

跟心碎一样刺耳的声音。

食堂里到处是议论声。夏月百无聊赖地听着打饭。

因为太过出神，夏月没发现卡并没有刷上。食堂阿姨紧张地叫着女生回来刷卡，苏成雨走上去“我帮她刷”才稍微缓和了阿姨脸上的神色。

“要不要我帮你查?”陆之谦还是听到了这个消息。

“怎么查?”夏月一脸惊愕地看着他。

“这个不用你管。”

“好吧。”夏月只能无奈答应。

“不过我有一个要求，如果我查出来的话，我只告诉你一个人，而你不能告诉别人。”

“这是为什么？”

“你答不答应？”

“好。”

无尽的好奇和不快在五脏六腑里排山倒海。

看起来跟你并不熟络的人，只是因为她是你的老师，你还是会莫名其妙地在意和难受。

毕竟，人是感情动物。

这是唯一区别于低等动物的地方。

你说呢？

第八章

[一]

尽管竭力地在掩饰一切风平浪静上课还摆着一副前所未有的乖巧模样。

尽管苏成雨早已带领男生把所有的纸张都撕成碎片。

尽管这节并不是英语课。

当女人拿着一张纸进来的时候，苏成雨才想起还有办公室没去，悔恨地挠着头。

女人的脸上挂着眼泪，眼睛红肿，完全不似平时那个爱美的女人。

教室里的气氛像是零度的水开始结冰，然后凝固。

所有人都在低着头想着女人的开场白怎样的一个愤怒或者惨烈。

“报告。”林平因为前几天感冒住院刚来学校，似乎并不知道发生了什么。

“come in（进来）”这是夏月在心里盘算好了的单词，不过，女人并没有按照夏月所想的那样，她只是静静地扫视班上的每一个人并没有搭理林平。

林平没有得到老师的默许，依旧站在门口。

“这里没老师在，不会自己进来吗?”女人的声音很平静，与愤怒根本没有关联。

林平依旧是一脸的错愕，犹豫了几秒，还是快速往座位上走去。

“我，在这里教书十几年。你们是第一次把我弄哭的学生。你们好厉害啊!”女人的声音一顿一顿的，颤抖的时候声音也跟着含混不清。

班主任进来的时候，女人忽然又哭了起来，像是一个受了极大委屈的孩子。

几个男生忍不住喊了句“不是我们班做的”。

好吧，可是已经没有意义了，不是吗?

“虽然我受到如此大的侮辱，但是我仍愿意接受这个人的私下道歉。期限是明天中午之前。”女人说完这句话，一边用班主任递过来的纸巾擦拭着眼泪一边往外面走。

落魄的背影经过门口的时候挡住了外面照过来的光线，像是暴风雨前夕的乌云。

班主任并没有过多地说什么就走了。

猜疑的目光在彼此之间交错。

［二］

礼拜五是一个让人比平常更加放松的日子。

当然还有一件更加值得开心的事情——第二天就是班级集体登山游玩的日子。夏月按计划邀请了乔子纯，乔子纯果然叫上了顾新。女生为自己的计谋得逞而暗自欢喜。

下午放学后，夏月拉着陆之谦去学校外面的店里买登山要用的装备、药物之类的东西。在学校出口处，他们碰见苏成雨骑着自行车载着夏夕，苏成雨居然招呼也不打就加速离开了。夏月气得咬牙切齿，从初中开始做死党这么多年，苏成雨居然能薄情寡义到如此地步。

陆之谦被夏月生气的表情逗笑了，说这是世界上最可爱的样子。

“那么，你查出来是谁了吗？”夏月侧着头看着笑得有些夸张的男生，心想就算是笑起来都那么让人有安全感的男生，也还是和自己一样有个不幸的家庭。

“嗯。也许你并不想知道他的名字。”陆之谦把语速放慢，似乎有什么更加神秘的事情要告知。

夏月不耐烦的想要满足喷薄而出的好奇。

“顾新。那个你帮他在运动会主持公道的那个男生。”

果然是一万个不愿意在这个时候听到的名字。

“你确定是他？”夏月的语气充满怀疑。不过想起上次约定好不过问经过，就没继续问下去。

陆之谦点点头，刘海儿向下拉扯出更长的弧度，眼睛迅速地眨了一下。

夏月的心里面依旧不愿意相信，那个喜欢穿着白衣服的少年，那个自己默默喜欢了很久的少年，那个看起来善良淳朴的少年，会是这件事的主角。

胸口闷住的气体在喉咙哽咽，是一种快要窒息的感觉。

怎么可能会是他？为什么是他？他为什么要这么做？

无数的疑问蜂拥进原本狭小的脑中。

夏月的思绪在一个登山用品店门口被打断。

“请问，您需要什么？”一个中年女人问。

夏月在抬头的瞬间，身体像触电一般战栗起来。

正在挑选器材的陆之谦被夏月连拖带拽地拉离现场。

“怎么了?”

“我们去其他的店看看吧。”

总是有那么多自己不愿提及的事情展现在跟前，逃避还是不逃避，的确是一个问题。

[三]

楼上的灯光透过窗户乖巧地落在阳台上。

夏月像往常一样能听到楼上的争吵声，然后是某个人的摔门声。

听姑妈说，陆之谦的奶奶和他的伯伯住在一起，而他和他爸单独住一起。他爸向来和他伯伯不和，现在如果不是因为他爸去世了，他伯伯肯定不会愿意让他搬过来住。

所以，夏月能猜测出那个摔门的应该是陆之谦了。这样的男生，从不懂得退让，喜欢据理力争，像头牛一样倔强。

至于为什么每天都能听到楼上的争吵声，姑妈说自己也不知道。不过，她依旧没有忘记警告夏月千万别和他打交道。

夏月只能乖乖地做出一副温顺的模样，知道要是被姑妈知道她和陆之谦一起上学、放学，天天腻在一起，后果肯定不堪设想。

姑且把夏月的欺骗当成一种善意的谎言。

那么夏夕呢。

夏夕开门进去的时候，大姨夫和大姨妈在看电视。

“夏夕，回来啦。”

他们的儿子常年在国外出差，一年才回来一次。所以，大姨夫对夏夕一直很好，待她像亲生女儿一般。

姨妈在旁边附和地嘘寒问暖，夏夕却感到一阵恶心。

大姨夫特意为夏夕做了她喜欢吃的蔬菜沙拉和火腿寿司作为晚上的加餐。大病初愈的大姨夫并没有想象中的虚弱，而是一脸精神焕发的笑容。夏夕喜欢眼前的这个男人，他有着所有男人应该有的品质，勤奋吃苦、善良有同情心、浪漫有幽默感。有时候夏夕会想，如果某个人也能像他这样，那该会是多好。

大姨夫被大姨妈以“病刚好，要注意好好休息”之类的话打发去睡觉之后，空气像是镶嵌着冰块的固体。

电视的声音故意被姨妈调得很大，是为了遮掩她接下来要发出的尖酸刻薄的咒骂声。

“每天都这么晚回来干脆不要回来了！你像不像一个女孩子，一天到晚待在外面。还有，你姨夫做的沙拉和寿司别吃了，等一下我送给楼上张部长的女儿吃。”

“嘭！”夏夕没等姨妈把话说完，就把房间的门关上了。

夏夕早已习惯了这样的情境，不会再像第一次时那样，像是受了莫大委屈似的躲在被窝里哭泣。

眼睛曾是一口温暖的泉，到现在干涸的只能哭出血来。

不喜欢钩心斗角，不喜欢表面一套背地一套，不喜欢做一个小人。

这些都是夏夕不喜欢的。

可是，怎么说呢。她毕竟没有权利要求每个人都尽善尽美。自己走自己的路，别人过别人的桥，谁又管的着呢。

一会儿工夫，姨夫出来喝茶，顺便敲夏夕的门问她寿司和沙拉好吃吗。

尽管隔着厚厚的门，姨夫依旧能听到一句响亮的回答——真好吃。

姨妈从楼上下来，一脸假笑地对夏夕说，还不出来洗碗。

姑且把这种现象当作电视里拍的情感纠葛戏。

那么乔子纯呢。

乔子纯刚刚走进家门把鞋子脱好，就穿着一双拖鞋直奔沙发。

书包被乔子纯扔出一个巨大的抛物线。

“哎哟，我的小祖宗，书包都掉地上了。”女人看到乔子纯回来一脸的慈祥。她把乔子纯扔在地上的书包捡起来，并一边说着“书包里的书要好好整理好”一边帮乔子纯整理，然后把书包挂在乔子纯房间的挂钩上面。

乔子纯像往常一样抱着布娃娃打开电视。

“在学校没跟同学吵架吧？你从小就喜欢跟男生吵架，记得有一次有个男生用铅笔盒夹了前排女生的头发，你偏要把人家整到老师那并跟那小女孩道歉。”

“妈，这都多少年的事了，就别念叨了。乖。”乔子纯知道女人唠叨起来话肯定没完没了，赶紧说道。

“妈，爸什么时候回来？”

“应该快了吧。”女人抬头看了一下客厅的钟。

说曹操曹操就到。当一个男人的身影出现在门口的时候，乔子纯迅速跑了过去。

“爸，我可想死你了，简直想得昏天暗地了。”乔子纯靠在男人身上撒娇道。

“我看你是更想这个吧。”男人变魔术般地从背后拿出一个乔子纯期待已久的限量版公仔。

“老爸，你真好。”乔子纯凑到男人脸上亲了一个，然后回过头跟女人开玩笑说：“老妈，你不许吃醋哦。”

女人让男人和乔子纯去洗手，说晚餐已经好了。

三个人其乐融融地坐在餐桌前。

“爸、妈，明天我跟同学还有语文老师要去登山。”乔子纯宣布了这个让她欢喜了无数次的消息。

“嗯，好。记得把家里那个百宝箱带上。上次我和你妈登山觉得这个特管用。”

“在哪里啊？安全不？”女人不放心地问道。

窗外，许多烟花在空中划过然后爆炸出各种五颜六色的形状。

慢慢地，有几家的灯亮了起来。有几家的灯暗淡了下去。

城市的夜晚被一块巨大的幕布蒙上了眼睛，却阻止不了心脏跳动时，内心呐喊的声音。

温暖如初。

［四］

城市的每一个早晨都好似一个刚起床的孩子，正用一种似醒非醒的姿态迎接新的一天。

顾新起来的时候，母亲已经离开。昨天因为复习功课到太晚睡得太死，丝毫没听到闹钟声。他在穿衣服的时候，用余光瞥了下闹钟，闹钟好像停了。

从十岁那年陪伴到现在，男生已经习惯在每个早晨听着它发出的声音起床。早就有了感情。

自从男人被抓去戒毒所之后，日子像是一杯白开水淡淡的。

每天穿过小巷去上学，他都能听到有小孩说“他爸是坏人，他也是坏人。妈妈说不要和坏人玩”诸如此类的话。

每天在学校就是不停地写作业、听讲、写作业、听讲，他像一台输入了固定程序的机器，一刻不停地忙碌。

他每天清晨就听着闹钟醒来跟着母亲去扫大街，呼吸着一天之中最清新

爽快的空气。

偶尔的意外就是夏夕的到来。尽管每次两个人都只是聊聊天、散散步，然后碰到一个熟悉的青年挨顿打，夏夕会在旁边安静地看着。但是这些都是他的心里存放的唯一能当作幸福的东西。

男生来到大街的时候，发现远处有个人倒在地上。

他像豹子追逐猎物一般发疯地跑过去。

“妈。我背你去医院。”顾新把女人抱起，用手臂环抱女人的头。

“别。把我背回家休息下就好。”女人虚弱的声音比清晨的微风还轻。

顾新把女人背回家后，汗流浃背地把大街扫完之后回家冲了个澡，换好衣服便出门上学了。

公交车。

像是一个捅破的马蜂窝，人来人往、川流不息。

男生看一个衣衫褴褛的老人可怜便往他碗里投了一个硬币。老人突然直接走到男生的跟前拉着他的手，并用剩下的一只手指着碗侧面几个并不清晰的字迹。

碗反射的光线有些刺眼，不过顾新仍然清楚地看到了几个字：捐款五元起。

可顾新身上总共才带了三个硬币，捐了一个剩下两个要用来坐车。

老人依旧不愿放手，从刚开始的可怜模样一下子变得突兀吓人，像是一个流落人间的阴鬼蛇神。

顾新想要走开，老人却像是有所警觉拉得更紧了。

旁边的人看戏似地围着，男生只好把身上仅剩的两个硬币扔了进去。

可老人再次用手指了指那行字迹。

有这么一个冷笑话：有个人在火车站坐车，一个乞丐上来讨钱。那人看乞丐面容憔悴、衣着破烂便同情心暴涨，捐了一个硬币。乞丐生气地瞪着那人说了一句让那个人从那以后再也没给乞丐捐过钱的话“大爷，你当是在打发叫花子呢”。

这是一种莫大的嘲讽。

顾新的眼神突然少了刚开始的胆怯，冰冷起来，然后是以一种令人不敢直视的表情看着老人。

顾新用一只手慢慢地把老人的手拿开，并在碗里拿回了三个硬币。

旁边的人冷漠地看着，有人没忍住笑出了声。

不管怎样，作为一个专业并且有素质的观众。

他们已经做得很好了。

[五]

这次登山游玩并不像夏月想象的那么好玩，也不像乔子纯以为的那么有趣。

总之，当所有人气喘吁吁地到达山顶的时候，每个人都是一副被打败了的样子异常狼狈。

苏成雨看到山顶上的庙后却显得异常兴奋。难怪，对于他这种只在电视里看过庙的人来说，这确实是一个新鲜的事物。

夏月站在人群后面观察着顾新，他的冷漠让夏月好几次想上去搭讪的想法都被冷水浇灭。原先在心中排练无数遍的浪漫计划全部将要付诸东流，夏月一脸的郁闷。

稍微有几分笑容的是夏夕和苏成雨。一路上两人有说有笑，苏成雨还帮夏夕背着旅行包。这对夏月来说确实是莫大的不公。毕竟与自己同窗这么久的死党就为了一个认识才不过短短几个月的女生冷落了自己。

“我帮你背吧。”陆之谦把手伸了出来。

“不用了。”陆之谦不顾夏月的反对依旧把手直接把包从夏月的肩上拿了下来背在自己的肩上，夏月只好感激的朝陆之谦笑笑。

“我说，怎么没人帮我背呀？”乔子纯故意看着陆之谦。

“我帮你背吧。”乔子纯的声音太大，顾新也听到了，于是说道。

夏月心里想着原本属于自己的浪漫，差点被路上的一块石头绊到了脚。

语文老师说了一句“大家就进寺庙玩玩吧，今天中午在这吃饭”，就跟旁边一个和尚模样的人说话去了。

因爬山过度劳累的学生们顿作鸟兽散。

口渴难耐的乔子纯喝完了背包里的最后一点儿水。

两个女生在一个寺庙小师傅的带领下找到了一个古老的铁质自动饮水机。

有层白霉均匀地散落在铁壳的四周。

乔子纯和陆之谦咕咚咕咚地喝了起来。

两人兴高采烈的表情像是脸上布满了阳光。

“夏月，你把盖揭起来看下，怎么不出水了？”喝了一大杯水之后，陆之谦还是觉得渴。

夏月小心翼翼地站在一个小凳子上，身子微微前倾，并没花多大的力气便把眼前这个脏兮兮的饮水机盖子打开了。

“夏月，到底怎么回事啊？是不是没水了?”站在水龙头处接水的乔子纯见夏月傻傻地愣着。

“嗯，没水了。我们走吧。”夏月露出一张因惊吓过度才会有的脸。

陆之谦好像发现了什么，在夏月下来的时候，他一个箭步冲了上去。

然后他像夏月一样愣在原地，脸色跟覆盖着的铁皮白霉一样煞白。

乔子纯惊愕地看着两个人。

“到底怎么了?”

“自己上去看。”陆之谦动作有些僵硬地从小凳子上跳下。

乔子纯的身手明显敏捷得多，直接跳到小凳子上。

不过眼下的情景却不像女生的表现那么霸气。

有两只死了不知多久的蟑螂在饮水机里漂着，还有无数只活着的蟑螂在旁边为死者默哀。

她定睛一看，才发现还有很多只苍蝇也在死蟑螂的旁边殉情了。

乔子纯捂着肚子一阵作呕，背部激烈地颤动着，然后把口里的呕吐物吐进了夏月早已准备好的袋子里。

“夏月，蟑螂应该不会有小便、大便之类的排泄物吧。”乔子纯突然想到这么一个问题。

“这个你应该问陆之谦，我不知道。”夏月轻轻拍着乔子纯的背，让她好受些。

陆之谦石化的表情对上了乔子纯转过去的头，又是一阵昏天黑地地狂吐。

[六]

三个人摸索了很久才找到厨房——寺庙里唯一一个可以洗手的地方。

他们宛若发现了新大陆一般，欣喜之情溢于言表。

就像中国足球队永远踢不进世界杯一样，乔子纯永远改不掉鲁莽的习惯。

厨房的门口。一群老奶奶正围着一个大塑料盆洗菜，她们应该是这个寺庙的服务员。

乔子纯过去看到有个桶里装满了水，二话不说便把手伸进去。

吃一堑长一智。

陆之谦这次淡定的在旁边看着。

几个老奶奶正聊得开心，并没有注意乔子纯。

乔子纯的手欢快地在水中游离着、拍打着。

有个老奶奶无意中转了一下头，看到了这一幕。

“你这个千杀的哦，菩萨喝的水也敢弄脏。”

语气像是老师教育学生一般严肃。

“菩萨会责罚你的。你小心点。”

“唉，现在的孩子，真不懂事。”

其他人也开始数落还未反应过来的乔子纯。

“我帮你再打一桶水不就好了。”陆之谦有些看不下去。

“菩萨不会原谅你们的。”陆之谦把水打上来的时候耳边依旧是老奶奶迷信的唠叨。

三人只好悻悻离去。

乔子纯依旧还在为刚才的事情感到奇怪，无论陆之谦怎么跟她说“这是一种迷信”之类的话，她依旧无法理解。

直到夏月对她说，“你把菩萨当你爸妈你就明白了”。乔子纯居然觉得还真的明白了。

这个寺庙虽然坐落在山顶，但是面积却很大，三个人走了很久也没找到苏成雨和夏夕。

陆之谦提议去主庙找找看，那边的人多，说不定可以问到他们的下落。

寺庙的建筑大多是近几年重新装修的。三个人对着这些平常只能在电视里看到的建筑不停地赞叹着。

乔子纯说，如果以后爱情不顺的话就来这里做尼姑。陆之谦说，这里是寺庙不收尼姑，你应该去尼姑庵。结果乔子纯一脸天真地问：“这里有尼姑庵吗?”

几个人谈笑风生，不知不觉就到了主庙。

夏夕和苏成雨正虔诚地跪在佛像前在摇签。像是一对拜堂成亲的男女。

“原来他们也那么迷信。”陆之谦感慨道。

“他们两个是要干吗，不跟着我们走。”

尽管他俩只是跪在一起，乔子纯还是在意了。

空气中有股打翻了醋坛子的味道。

夏月笑而不语。

“反正无聊，我们也去求签。”乔子纯似乎想破坏夏夕和苏成雨的二人世界。

夏月被乔子纯拉着过去，陆之谦也有些不情愿地跟了上去。

五个人只有夏夕一个人求到了上上签。

与之形成鲜明对比的是，刚刚因为闹肚子去找卫生间的顾新，被拉着抽了一个下下签。

“反正我是不信这东西的。”乔子纯望着手中的中签说道。

“对啊，这种东西本来就是娱乐而已。”夏月附和道，其实她心里明白自己只是想安慰一下抽了下下签的顾新。

尽管顾新没有丝毫的反应，冷漠得有些过分。

笑容像是冬日里的阳光那般奢侈。

是什么，给你的内心上了一副如此难以打开的枷锁。

［七］

如果要给最好减肥的地方排个名的话，学校食堂可以排在第二，寺庙可以排在第一。

当夏月看着服务员把斋饭和素菜端出来的时候，饭菜看起来很好吃，于是肚子不争气地咕噜了几声。

苏成雨第一个下筷子，很多人看着他吃得无比香甜，纷纷吃了起来。可当他们把饭菜放到嘴巴里，这才知道苏成雨刚才的样子是装出来的。所谓的斋饭并不像想象中的那么好吃。

只不过是一盘没怎么放油、吃不出盐味的青菜罢了。

饭菜令人难以下咽，比食堂饭菜的口味淡了许多。也许这是一个错误的类比。毕竟寺庙是一个吃斋念佛的地方。

尽管有些人极力忍着，还是忍不住把嘴巴里已经嚼好的饭菜吐了出来。

只有语文老师一个人吃得最香。也许是大人才会做到入乡随俗。夏月无比羡慕地看着吃得津津有味的语文老师。这个男人到哪都儿是一道亮丽的风景线，心里作崇拜状。

最后，寺庙的老奶奶端出一些腌制的豆腐和辣椒，大家才勉强动起筷子。

吃完饭后，语文老师把人都叫到一块点人数，发现顾新不见了。

语文老师让班长带着其他人下山回去，留着夏月他们五个人找顾新。

“他不会又肚子不舒服去卫生间了吧？”

语文老师、苏成雨和陆之谦三个人手忙脚乱地找了起来，而三个女生站在一捐款记录本旁聊天。

“夏月，你看，有个人给寺庙捐了五十万元呢。”

“是吗？”

两人兴致勃勃地聊着天，把夏夕冷落在一旁。

夏夕掏出手机一个人在旁边玩俄罗斯方块，并不理会两人略显幼稚的对话。

这时，从门口钻出一个剃着光头的小和尚对她们说：“师父交代，佛门重地，切勿大声喧哗。”乔子纯则两眼放光地看着这个可爱的小和尚，不停地询问小和尚的名字、年龄。

果然是一个小孩迷，很快小和尚就姐姐的叫上了。这时有个老和尚走了出来，应该就是小和尚的师父。他惊恐万分地把小和尚叫走了。

面部是因恐惧而聚结在一起的曲线。

寺庙被三个人全都找了个遍，可还是没找到顾新。

顾新就像是随阳光蒸发的水蒸气一样消失得无影无踪。

语文老师从一个和尚的口中得知还有一个后山，不过一般游客是不去那儿的。

几个人急匆匆跟着和尚赶过去。

后山。

到处是高大古老的树木聚拢而形成的巨大树林。

只有一条小路蜿蜒其中。

几个人一边喊着顾新的名字一边欣赏着这里奇特的景色。

有片葱郁的竹林高耸的直指云霄，煞是好看。

幽深的树林通向一个山崖。

在靠近山崖的时候，他们看到了顾新的身影。

顾新的背影宛若一面镜子，反射着一大团寂寥的光。

［八］

星期一。

经过疯玩的学生像是随风而倒的芦苇，大多人经不住周公的诱惑，在空中犹豫了几次最终沦陷在梦里。

英语课上，每个人都小心翼翼地看着这个刚刚经历过如此重创的女人是否从阴影里走了出来。

女人面无表情地走到讲台说了一句“我已经接受了那个人的道歉，过去的就过去了，我们上课吧。”然后像往常一样讲课。

不对。

女人今天的发型十分乖巧，穿着简朴的套装，一脸严肃，跟以前很是不同，甚至也闻不到“香奈儿五号”那浓浓的味道。

当她经过林平旁边的时候，林平习惯性地捂着鼻子。

“我今天没打香水。”

林平尴尬地把手拿开。

无论如何，原本跟学生如此亲近的女人像是彼岸忧伤的紫罗兰。她与大家之间隔着一条巨大的水流湍急的河流。

时间在手指拨弄书本的时候悄悄溜走。

空气环绕在女人的身边，张开一双企图安慰的双手。

女人冷漠地把自己囚禁在属于一个人的孤单世界。

受过伤的心像是摔在地上的玻璃，无论怎么黏合都会留下伤痕。

那么，该用什么才能悄然拭去那块贴在心口的疤痕，而不是像现在这般血肉模糊？

［九］

顾新回到家里像平时一样把书包放在卧室里，然后出来做饭。

女人没在家，应该像往常一样出去捡破烂了。说到破烂，无非是一些女人视若珍宝的矿泉水瓶、饮料瓶、废弃的铁丝和衣物等。

顾新把篮子里放着的丝瓜切成一排好看的形状，并把早上没吃完的包子放在锅里热着。

以前男人在家的时候，喝得烂醉如泥时会发酒疯的吼叫、骂人，那时候家里还热闹些。现在男人被关进了戒毒所，据说戒完毒后还要坐一年牢。

顾全的卧室门永远是关着，所以顾新从来不知道他有没有回来过。

只有女人偶尔和男生吃饭的时候说几句话，顾新才觉得这里像个家。

啊。男生切辣椒时发了一下呆把手指弄伤了。虽然伤口不大，但鲜红的血液还是像泉水一般涌了出来。

他随便找了块布把受伤的手指包扎好。一个人包扎伤口确实有些费力，顾新用牙齿咬着线的一端。

“我来吧。”女人站在门口肩上扛着一个大麻袋说道。

矮小、佝偻的身躯和一个装得鼓鼓的大麻袋，怎么看都觉得别扭。

女人把麻袋放在客厅的一块空地上。

客厅很空，除了几个破烂不堪的二手家具和女人在外面捡来的垃圾，没有别的东西。

女人手脚麻利地帮男生包扎好，开始在厨房炒菜。

厨房没有除油烟的设施，油烟只能靠窗户排出去。逆风的时候，油烟只能往客厅跑。女人把门关上。

饭桌前。

“妈，问你个事，你老实回答我好不好？”

男生看着刚端着饭过来的女人。

“什么？”

“我哥是不是你亲生的？”

黄昏时分，晚霞总是有一种渗入骨髓的悲壮。

天际另一边游离的云朵聚成一坨相濡以沫的幽静山峰。

像是所有问题都应有的语调一样，男生的声音好奇又怀疑。

“当然是我亲生的啊。”女人无奈地笑道。就连这种挤出的笑容，在男生眼中也是那么难能可贵。

“可是……”男生顿了顿，没有再说下去。

女人把菜夹到男生碗里，示意他多吃点。

心里依旧是早上那一幕。

青年带着一大群人抢街上一个妇女的包子摊。

妇女无奈地看着一大群人离去的背影，骂青年只有野种才做得出这事。

而在家里，从小到大，女人和男人都更关心自己，对青年的事情从不过问，甚至有次青年被人砍伤进了医院，女人说了句“生死由命”却没去看他。

男生怀疑的目光在女人离开去洗碗的背影上逡巡着。

无论如何，他还是无法相信。

尽管是这个把自己带到世上的女人说的。

[十]

“怎么了？”男人一回家便看见女人满脸的愁容。

“今天吃豆子啊。”男人见女人没说话，岔开了话题。

碗里只有几颗已经剥好的豆子映入眼帘。女人手中拿着一个已经剥完的豆壳没扔掉。

“再发呆就变成一尊佛像了。亲爱的，笑一个。”男人用手把女人的头揽了过来轻轻地抚摸着。女人这才挤出一个微笑。

“到底怎么了？心情不好吗？要不老公讲个笑话给你听？”男人看着女人，表情温和地说着，并没注意桌子上放的两张白纸。

不过男人还是顺着女人心事重重的目光瞥到了那一片贴在桌上的白

纸上。

像粉刷墙壁的亮鲜白色，突兀地占据了眼眸。

男人稳重的脚步移到了桌旁，拿起白纸看了起来。

脸上的微笑随着消失，多了一层无法捉摸的淡定神色。

“就这个?”

“嗯。”女人的目光焦急地在男人脸上寻找着答案，等待着最后的宣判。

“这个不会是真的吧?”

“是真的。”

“你确定这个是真的?”

“嗯。”

“那好吧，我帮你剥豆子，你去切好辣椒，今天我下厨。”

女人面色凝重地往厨房走去，男人并没有对此表明任何的态度，反而让她心情更加沉重。

胸闷的感觉并不好受。

过了一会儿，厨房里传来了碗碎在地上的声音。

男人从外面跑了进来，女人正蹲着身子捡碎片。

四目相对。

男人把目光移开，问了句“没事吧”，然后若无其事地走开了。

客厅里，男人静静地把白纸撕成许多个不同形状的小块扔进桌下的垃圾桶里。男人一副沉思的表情看着厨房的方向。

“咚咚咚”，女人似乎故意把声音弄得很响，可男人依旧安静地坐在沙发上想着什么。

厨房的门轰地被拉开了。

“你以前不是说什么也不在意，只要我好好地跟你过日子吗？现在这是怎么了。”女人积蓄已久的话终于说了出来。

墙角的钟在女人声音的末尾接了上去咚咚咚的敲了十二下。

跟以往一样浑厚的钟声。

这是男人和女人结婚时买的。

不过现在。

你是怎么了?

第九章

[一]

结婚无须太伟大的爱情，彼此不讨厌就已构成了婚姻的资本。

男人第一次和女人相亲，女人打扮得并不妩媚，也不懂得搔首弄姿讨男人喜欢。

但男人喜欢女人安静的样子，惹人怜惜，也喜欢女人的眼睛，像泉水一般清澈。

就这样，男人和女人结婚了。

并没有所谓的爱情，有的只是父母之命、媒妁之言。

而现在女人有些惊恐地等待着男人的反应。

“不能生孩子那就不要孩子。有你陪我这辈子就行了。”男人脸上露出让人意外的笑容。

女人走过去紧紧抱住男人。

垃圾桶里，是医院检查女人身体时发现女人不能生育开的单子。不过已经被撕得粉碎。

[二]

当猜测变为现实的时候也能成为炫耀的资本。

乔子纯上次跟夏月预测她们班将要拿到这届运动会的团体第一的梦想终于实现了。乔子纯有些兴奋地让夏月看学校颁发的团队总分第一的奖章。

无论从色泽还是从设计上看，这都是一枚漂亮的奖章。

夏月忽然想起上次乔子纯因为怯场而没参加比赛。夏月本来想拿这茬儿事打击一下此刻自豪感泛滥的女生。

“啊。”女生的尖叫声并没有挡住顺势落下的奖章。乔子纯捡起来，小心翼翼地擦拭着。

苏成雨从门口进来，看见乔子纯在，打了声招呼，然后就在座位上一动不动地看起书来。

夏月有些郁闷。自从陆之谦来了之后，苏成雨这家伙像是着了魔一般，把自己这个死党抛到了九霄云外。

“我说，苏大公子，过来说句话不会浪费你多少宝贵的看书时间吧？”乔子纯边说边从苏成雨的手里扯过了语文课本。

“哟，还是在看徐小摩的词啊。‘轻轻的我走了，正如我轻轻的来。我轻轻的招手，作别西天的云彩。’”乔子纯拿着男生的课本绕着圈读着。

“是徐志摩。”苏成雨打断了正读得尽兴的女生，并把手伸到乔子纯面前示意对方把书还给他。

这场景跟初三刚开学时很像。那时候，老师问乔子纯暑假看了什么文学名著，乔子纯称自己看了《鲁迅漂游记》。老师上课上到一半时突然自言自语一句：“我怎么记得是《鲁滨逊漂游记》呢。”

苏成雨修长的手指几乎已经触到了课本，乔子纯的手往后缩了一下，并不愿意给他。

“这样吧，你满足我两个条件，我就把书给你。”

“我为什么要听你的？”

“因为你要是从我这里把书抢回去，我就说你非礼。”乔子纯见苏成雨没有搭理她有些失落。

“不会很难的。”她近乎哀求道。

“你说。”苏成雨沉默地看着女生满脸期待的表情，还是答应了。

“第一个条件呢，就是本姑娘好久没听到那种可以把我冻成冰棍的冷笑话了。我听夏月说你很擅长讲冷笑话的。”

苏成雨的目光闪烁了下，然后嘴巴动了起来。

“话说有一只企鹅，它的家离北极熊家特别远，要走的话，得走二十年才能到。有一天，企鹅在家待着觉得特别无聊，准备去找北极熊玩，于是它出门了，可是路走到一半的时候，它发现自己家的煤气忘记关了。虽然已经走了十年了，可是煤气还是得关啊，于是企鹅又走回家去关煤气。关了煤气以后，企鹅再次出发找北极熊，等于它花了四十年才到了北极熊的家。然后企鹅就敲门说，北极熊、北极熊，企鹅找你玩来了。结果北极熊开门以后你猜它说了什么？”

“你家的煤气没关？”乔子纯猜道，不过立即看到男生摇了摇头。

“夏月，你猜呢。”乔子纯扯着夏月的衣服央求道。

“他肯定说，我不和你玩。”

话音未落，乔子纯开怀大笑起来。其实，夏月早就听过这个冷笑话了，每次苏成雨不想理人的时候，他就会讲这个冷笑话。

我不和你玩。一语双关。

虽然夏月也好奇苏成雨到底是因为什么事导致最近和自己变得如此陌生，不过每次他都摆出一副“我要忙我有事”的样子。

死党，原来只是一个说来玩玩的词语。

乔子纯开怀大笑了一会儿之后才又回到正题上。

“第二个事情。你老实回答我，你是不是喜欢夏夕。”

“你问夏夕不就知道了。”苏成雨趁着乔子纯发愣的空当拿回课本，而此时夏夕刚好从门口进来。

“这个是我的位置。”夏夕微笑。

“哦。”乔子纯尴尬地站在了一边。

虽然心情低落，乔子纯依旧笑着说要回去写作业，然后就蹦蹦跳跳地离开了。像是一只放在脸盆的鲤鱼。

只有夏月知道，乔子纯的背影有多么的黯然。

[三]

这几天乔子纯一反常态没有过来找夏月，那个曾经无处不在、无所不谈的单纯女生像是消失了一样。

苏成雨依旧和夏夕腻在一起。两人依旧像平常一样买两瓶冒着凉气的矿泉水喝一口，然后扔进垃圾桶。每天，苏成雨会特意骑车送夏夕回家，连夏月也开始有些羡慕了。

陆之谦依旧每天和夏月一起上学、放学、吃饭，好像取代了以前苏成雨的位置。夏月听着不同的笑话和故事，心情也格外不同。

她原本以为自己和夏夕的关系会因此更进一步，却被苏成雨这个死党搅得一团糟。

像是打了几十个死结的绳索。

夏月有些烦闷地坐在奶茶店的长凳上。

盛夏已经悄然离去，已经能闻到秋天的气息。

奶茶店的生意也不像平常红火，空位子比以前好找很多。

尽管如此，女生还是很诧异地看着顾新端着两杯奶茶往这里走来。

“就你一个人吗?”顾新微笑着问女生。

笑容跟夏月梦里的少年一样。

女生感觉自己肯定有根神经断了，这才会显得如此不知所措。

“surprise（惊喜）!”乔子纯从一侧跑了出来。这才像是乔子纯，无论遇到多么令人伤心欲绝的事情，伤口都能在最短的时间愈合，虽然这次稍微严重了一点儿。

不过乔子纯还是回来了。

“夏月，你的跟屁虫呢？”夏月知道乔子纯指的是陆之谦。

“他出去看房子了。”夏月看着乔子纯惊讶的表情继续讲道：“他打算在外面租个房子，离学校近点儿。”

乔子纯似懂非懂地接过顾新递过来的奶茶。

顾新的鼻梁很挺，眼睛深邃。夏月不敢对视那双充满魔力的眼睛，只能在顾新看着别处的时候偷瞄一下。

能这么近距离地一起喝奶茶。

已经是莫大的幸福。

旁边坐着一对聊天的情侣。

女生说：“你跟我说话的时候怎么老是嚼着糖？”

男生说：“嚼着糖才能说出更多的甜言蜜语给你听啊。”

夏月看了看顾新，仿佛看到了顾新在自己面前嚼糖的样子。

[四]

乔子纯在下课的时候塞给夏月一张纸条，纸条上写着：放学后小树林见，落款人的名字是顾新。

内心惴惴不安地熬过了漫长的三节课，夏月心情有些激动地往小树林走去。

路上满是夕阳留下的余晖碎片，天空中飘着几朵自由自在的白云，露着一大片湛蓝湛蓝的天空。

苏成雨载着夏夕从旁边走过的时候按了下铃算是打招呼，而夏夕则只是瞥了女生一眼。

跟以往不同。

没有了那句熟悉的“夏月”。

虽然夏月也并不是那么期待。

陆之谦这两天也因为有事而没来学校，这对夏月去见顾新无疑是个利好。

像往常一样，尽管隔得很远，夏月依然一眼就能看到顾新瘦瘦的身影。

顾新一脸微笑地站在榕树下，跟以前的顾新很是不同。

“顾新，找我什么事呢？”夏月走到顾新面前，装出一副很轻松的样子。

顾新并没有说话，而是温柔地直视夏月。夏月脸上出现了清晰可见的红晕。

夏月的呼吸变得急促起来。

顾新又走近了些。

夏月已经能感觉到心脏要跳出去了。

梧桐树的叶子被风吹得哗哗作响。

“可以介绍我认识你姑妈吗?”

夏月心里似是有个苹果“扑通”一声掉进了水里。

“嗯，当然可以。”夏月往后边站了点，胸口闷得快喘不过气来。

“那明天我去你家，我先走了。”

顾新说完便转身走了，没有留下只言片语。

女生望穿秋水的看着男生逐渐消失在夕阳下的身影，身上抹上了一层金光，在余晖下越发的刺眼。

不远处。是那棵雕刻了很多自己名字的树木。

每周都会增加一次。

夏月的目光停留在那个新刻的名字上，像以前一样发着呆。

[五]

每个人小时候都听过一些那时候感到毛骨悚然现在想起来却觉得很傻的鬼故事。从最开始的“红脚鬼白衣长头发的女人”过渡到“一个哭着的小孩一个来自外星的异类”都标记着成长的脚步。

也许童年的鬼故事就像是夏天的冰激凌那么必不可少。

学校的每个人都说中心湖那有个女鬼，半夜三更还会发出惨叫。当然并没有人证实过，这全是有人为吓唬胆小的人编的故事而已。

不过，当三班的狄红茹真的漂浮在中心湖中的时候，这个本来只可以吓到小学生的鬼故事才真的被人相信。准确来说，尽管有些人不相信，但依旧会有一种类似于迷信的敬畏之心产生。

乔子纯目瞪口呆地看着一大群穿着白衣服和警察制服的男人围在盖着白色床单的女孩尸体周围。

然后一脸苍白的对夏月说，“前几天我还跟狄红茹手牵手去吃饭，还约定这个礼拜去逛街的。”

夏月赶紧把乔子纯的手拿开，一脸恐惧地退到三尺之外，嘴里说着“我跟你无冤无仇，你可别害我”。

夏月当然只是开玩笑，不过，当她看到女生的父母在尸体旁边痛哭的时候也忍不住流下了眼泪。

关天女生的死因，学校说是由于最近一次考试成绩差并跟某个同学吵了嘴，想不开自杀了。

答案永远是那么的千篇一律。

学校的小道消息有很多，比如，被民工先奸后杀然后抛尸中心湖，情杀。甚至有人说，这是中心湖的女鬼所为。

这种跟生命挂钩的事情往往会被媒体重视，如果报纸上出现“某校惊现女鬼杀人”这样的标题肯定能吸引人的眼球，各种商业利益也就会随之而来。

在这个人情冷漠到一定程度的世界，人们终究会因为心胸狭窄，把亲人朋友视作自己人，而把其他与自己不相关的人视作别人。

而恰好人命关天的事情最方便用来炒作，产生最大的利益，因此利用别人来为自己炒作也就在情理之中。

不过学校早有防备，用封口费堵住了这个信息的传播渠道。

每个班都被严厉告知不得在大众场所议论该事件。

最后这件事就以“某校学生轻生”作为结束。

乔子纯说，狄红茹是个可爱活泼的女孩子。她死得很冤。而她的父母据说跟学校闹了几次之后，学校出了很多钱也就不了了之。

有一天，夏月经过中心湖的时候，真的看到了传言已久的女鬼。

［六］

生命诚可贵，爱情价更高，若为自由故，二者皆可抛。

有一种随着时间流逝而逐渐缩短的我们称为生命的东西存在。

那是生育你的女人带给你最珍贵的礼物。

从出生的那一刻便如影随形。

像阳光下与你不离不弃的影子。

然后像沐浴所有的洗礼一般。

彷徨、烦恼、难受、恸哭、感动、仇恨、报恩。

才开始踉跄地长大。

有那么多令你无法了解、洞悉的事情和秘密。

同样有着那么多对你充满敌意的人和事。

你不懂我。

因此我开始叛逆。

无论青春多么疼痛、多么惨烈。

依旧义无反顾。

你不喜欢我，

所以我开始知道什么叫孤单寂寞，

我开始嫉妒能陪伴在你身边的那个人，

我开始明白了为什么会由爱生根。

因为我得不到的东西你也别想得到。

你不关心我，

我开始做着别人眼中的傻事，

只是为了得到你一个关注的眼神。

哪怕是鄙视。

然后的然后，

我成熟如你。

像你一样拥有天空般宽阔的胸襟，

像你一样冷静淡定从容的对待身边的每一个人每一件事，

像你一样面带微笑的迎接每一个美好的明天。

最后离别的时刻，

你说最好的生命，

就是趁着年轻的时候，

把一分钟当两分钟度过。

[七]

虽然夏月并不知道顾新是出于什么目的想认识姑妈。但能跟顾新一起回家总算是件开心至极的事情。尽管有陆之谦这个阳光帅气的男生做电灯泡，也丝毫不影响夏月的好心情。

陆之谦对顾新这个贸然闯入者并没有表现出太多的热情。夏月介绍的时候两人握了下手，然后便没有更多的语言。

三个人在一起无疑是最尴尬的，因为两个人聊天必然要冷落另一个。顾新像平常一样不爱说话，只有在夏月问起的时候，才客套地回几个字。

道路两旁的树木被风吹得哗哗作响。

三个人的头发飘起的方向虽然一致，但凌乱程度却各不相同。夏月一路努力地捂着头发不想让男生看到自己邋遢的样子。顾新没有去管翘起的头发，头发飞舞的样子有点像漫画里的男主角。而陆之谦因为留着短发，这种程度的风并没有太大的影响他的发型。

路边偶尔走过一群刚放学的小学生，有个调皮的小男孩跑过来问陆之谦：“大哥哥，你知道世界上什么鸟三只脚吗？”

什么鸟三只脚？完全不符合逻辑。不过，这些都无关紧要，不在小学生面前丢脸才是关键。于是，陆之谦像一个智者对那个小男孩说：“在一个神秘的国度，有一种神秘的鸟，它拥有三只脚。”

小男孩似懂非懂地问“是哪个神秘的国度，神秘的鸟叫什么”，陆之谦装作很生气地说“告诉你不就不神秘了”。

夏月把小男孩拉到一旁，告诉他世界上并没有什么鸟是三只脚。只有用拐杖的老人才会有三只脚。然后小男孩兴致勃勃地跑了。

夏月看着在旁边一声不吭的顾新似乎被自己的话逗笑，嘴角微微上扬着。

门口。“姑妈，有人找。”夏月说道。

“回来啦。”姑妈一脸的和颜悦色。当她看到夏月身后的男生之后，脸上浮现出惊讶。

“你不是……”

“嗯，是我。”上次替顾新做手术的就是夏月的姑妈。

“我有些事情想问您。”男生礼貌地看着女人。

“好吧，那我们下去走走。”女人果然善解人意，往楼下走去，男生朝女生感激地笑了一下然后也跟着离开。

明媚并且俊朗的笑容。

女生的专属笑容。

外面的天空开始暗淡，光线充斥在一片朦胧的视野中。

女人坐在了一个石凳上，并示意男生也坐在旁边，可男生并没有坐过去。

夏月通过窗口看到两人正在楼下的石凳旁交谈。

男生始终以一个姿势站着，没有多余的动作。

两人并没有聊很久，男生很快就离开了小区。黑暗已经笼罩大地，夏月虽然依稀可见男生消瘦的背影，但无法看清他的脸庞，也就无法知道他此刻的心情。

怀着极大的好奇心，夏月忍不住问了姑妈到底是什么事情。姑妈似乎并不大愿意提及，只是敷衍地说都是当年的陈年往事了。

男生回到家中的时候，女人躺在床上睡得很死，就没把她叫醒。

男生看到女人已经准备好了饭菜，便把包放好坐在桌子前吃饭。

一碗、两碗、三碗……男生似乎已经饿到了狼吞虎咽的地步，手快速地用筷子往嘴里送饭。

然后戛然而止，像是定格在某个瞬间的画面。

他的背脊因为剧烈的抖动而上下浮动。

某个身体部件已经损坏，整个身体跟着摇晃，男生恸哭起来。

声音很小，似乎已经在极力地掩饰。

房间里开始变得暗淡，男生没有开灯。只有外面的灯光照进来，泛着微黄的光。

女人在房间里咳嗽了一声，男生的身体恢复了平静。

然后开始像平时一样安静地吃着饭，只是偶尔拿手擦拭着眼泪。

男生走到女人的房间，女人依旧还在熟睡，偶尔咳嗽几声。

男生轻轻把门关好下了楼。

男生习惯了在这样的光线下微眯着看着夏夕的脸，眼睛跟夜明珠一样放着光，嘴角永远翘起一个骄傲、冷漠的弧度。

顾新走出来的时候，像平常一样走到跟前才说“你过来了”，不过声音较之前明显有些沙哑，夏夕没在意。

两人按照惯常出去散步、谈心。

路过小巷的时候，没有像往常那样碰到那个青年。很多天青年都没再出现，好像是在逃避什么。

“夏夕，我们开始那个计划吧。”顾新把头侧过来，急着捕捉夏夕脸上的反应。

女生果然错愕地看着他：“为什么这么快？”

男生犹豫了一会儿，头微微地低着。

“我不是我妈亲生的，难怪他们会这样对我。”

女生并没有感到吃惊，只是象征性地回了句“哦”。

其实她早就知道了。语文老师，那个神秘的男人，很久以前就告诉过她这个秘密。

但男生只是通过当年为家里女人接生的夏月姑妈知道了自己是捡来的，并非女人所生。然而，还有很多事情男生并不知道。

比如，当年的顾家在大城市也算是富裕。顾全四岁那年，女人从回家的路上捡到一个男婴也就是现在的顾新。女人决定把这个捡来的孩子养大成人，可是后来婴儿感冒的时候医生检查出了他有白血病。

顾家男人决定抛弃顾新，说他是个不祥之物。女人不肯，说把他扔到大街上肯定会冻死。就这样男人拗不过女人，天天带着婴儿去医院咨询怎么治病。

就如男人所说，顾新是个不祥之物，男人的公司没到半年就宣告破产。顾新两岁那年，找到了合适的骨髓。尽管那时候顾家已经穷得叮当响，还是在女人的坚持下为顾新做了移植手术。

之后，男人和女人带着顾全和顾新搬到了现在这个小县城。

这些事语文老师之所以会知道，是因为顾新家现在租的房子恰好是他姐家的老房子。

还有很多，顾新都不知道。

“你早已经知道了？”顾新看着夏夕并未做出任何反应的脸，问道。

“嗯。我听别人讲过。”夏夕并没有隐瞒。

“顾新，等你爸出来了，我们就去外面流浪。”

这是一直藏匿于她心中的美好计划。

顾新张了张嘴，没说话。黑暗已经把他脸上所有的线条都裹成一团浓雾，已经看不到任何的表情。

夏夕微眯着眼睛看着顾新，就像刚才一样。

[八]

夏月昨晚没睡好，起来的时候就有了一双“熊猫眼”。

夏月打了个长长的呵欠，想起了昨天姑父、姑妈坐在大厅里和她讲的事情。

“我和你姑父后天去美国看望小八。夏月，你这段日子就在姨夫家住，我们回来了就去接你。”

小八是姑父、姑妈的一个病人，小时候因为脊柱问题受到了姑父、姑妈的长年照顾而把他们当父母看待。现在，小八在国外发展得很好，说一定要接姑父、姑妈去外面看看。

姑父、姑妈一直就想着到国外看看外面的世界，这次算是一次不错的契机。

夏月脑子里装满了姑妈的叮嘱：“我们不在的这一个月里在姨夫家要听话，不要惹他们生气。”听得夏月耳朵都要长出茧子了。

她无论如何也不敢想象跟夏夕住在一起会是怎样的画面。

夏月有些失落地看着在外面兴奋地收拾东西的两个人。

姑父、姑妈商量跟医院请假事情的时候，夏月走了出去。

“夏月。昨晚失眠啦，熊猫眼这么重。”

姑父直接笑了起来，对于家里惊现国宝级动物表现出小孩一样的热情。

匆忙吃完早点，夏月顾不得那么多，便走到楼下等陆之谦。

陆之谦昨天似乎也睡得不好，黑眼圈也重重的。夏月忍不住笑了起来。

陆之谦看到夏月后也忍不住跟着笑了起来。

“你是因为什么?”

“姑父、姑妈要去国外看望一个朋友，我得在夏夕家住一个月了。”

“呵呵。好歹你也有地方住。我还没找到合适的房子。估计要天天在这里看别人脸色了。”陆之谦的笑容开始有些自嘲的意味，夏月没再笑了，而是有些同情地看着男生。

陆之谦偶尔还是会向夏月发牢骚，比如，洗澡的时候伯伯会过来告诫他别浪费水。甚至有一次他全身还是泡沫的时候伯伯就把水关了。

不过，每次男生都是自嘲地笑笑，然后就不再提了。他是一个阳光、乐观的男生。

“夏月，我想去当兵。”陆之谦微笑地看着夏月。

那是一张能够照出光芒的笑脸。

“怎么突然想当兵了?”

“想去磨炼自己，也算是逃避现实吧。”

“也不一定要去当兵的吧。”夏月把眼睛瞪得圆圆的，并不希望这个跟屁虫就这样离开。

“好吧，我承认我觉得兵妹妹特纯、特有气质，我才想去当兵的。”

男生开玩笑时，嘴巴歪着，一脸痞气。

“你什么时候去?”

“下次服役兵报名的时候。”

“哦。”

两人仿佛都有心事，安静地朝学校走去。

校门口。

一张熟悉的欠扁的脸，旁边是一张同样熟悉的美丽的脸蛋。

“夏月，听说你明天要搬过来。”夏夕脸上没有多余的表情。

没有表示不欢迎，也没有表示欢迎。

矛盾和矛盾结合依旧是矛盾体。

苏成雨在一旁没有说话。他今天穿着一件格子衬衫，却没有以往阳光，夏月总觉得变了个人似的。

夏月虽然还在为他的变化感到莫名的失落，但却从来没有单独找他谈过。女生也意识到这一点，毕竟两人是这么多年的死党，还是有必要互相沟通的。只是以往都是男生主动过来搭讪，现在要自己主动，无论如何还是有些难度。

敷衍地回答了夏夕，夏月不管苏成雨异样的眼神，拉着陆之谦准备离开。

苏成雨突然拉住夏夕的手说："我们走这边。"

所有的眼睛一瞬间满是惊讶。

原本担心的事情，原来是真的。

[九]

树叶隐忍在凋零或者生存的分叉路口。

心情是经年风干的躯壳，麻木出同样的心情。

你说，喜欢看着落叶缤纷的样子，好像大自然在跳舞。

只是，你不知道，再美好的东西也有烟消云散的那刻。

没有早一步，没有晚一步，你刚好赶上了。

九月，盛夏褪去惹眼的光芒，温和地爱抚着时光的尾巴。

[十]

夏月因为帮数学老师改测试卷忙到很晚。

教室里空无一人，安静到能听到女生收拾东西时发出的声音撞击墙壁后产生的回音。上午，她就跟陆之谦说过下午要改卷到很晚，让他早点回去。

夏月麻利地锁好门，往校门口走去。

经过三班教室的时候，夏月听到了一声响，吓了一跳。她靠近窗户的时候，看到里面有个猥琐的背影不知道在找什么东西。

夏月屏住呼吸，想要看清楚那个背影是谁，但那个人始终背对着夏月。

夏月知道下一个桌子就是乔子纯的，这样背影离自己近了很多。

并不算长的头发，略显宽阔的肩膀以及微微驼着的背部。这应该是一个男生。

一番搜索之后，他显然没有得到想要的东西，又继续往其他的桌子走去。

男生极其迅速且无声地打开桌子，然后镇定并且快速地翻着，翻完之后还重新摆放好。偶尔不小心弄出点声音，男生会往窗外看一阵子，女生看他要转头的时候就速度移开。

女生想去报警，但怕打草惊蛇，只好先看清他的脸再说。

男生似乎已经打算放弃了，背影往窗边完全的转了过来，这样夏月能无比清晰地看清他的脸。

居然是陆之谦！女生吃惊地张大了嘴巴，并努力把自己的情绪控制住。

浑身像是触电了般不停地颤抖。

看着陆之谦走路的方向，他应该是要出来了。夏月赶紧悄悄跑到前面的拐角处。

校门口。熟悉的身影等在那里。

“你今天好晚，改这么多卷子啊?”陆之谦若无其事地对着夏月微笑道。

神情让人看不出任何端倪。

心理素质好得惊人。

“你刚才在干吗，站在这等我这么久?”夏月试探性地问陆之谦，不知道他会不会撒谎。

“没，刚我去处理了一点私人的事情。”

“什么事情?”夏月觉得陆之谦不可能是小偷，继续问了下去。

陆之谦用深邃的目光看着女生，仿佛想要把她看穿。

“刚才那个在窗前的人是你吧。”陆之谦用若有所悟的语气问道。

这都能被你发现，我已经很小心了。

第十章

[一]

不管过去多少年，就算忘记曾经因为争夺东西而引发的争吵或者一次刻骨铭心的冷战。但有一点永远不会变。

已经像是深入骨髓深处的神经质一般，疏而不漏。

从懂事的那一天就已经存在，无穷无尽与你有关的对比。

一起放学回家的路上总会偷偷地看你考卷上的分数，然后想着自己卷子上画着无数个叉。

一直以来我都不如你。

你受到表扬的时候，我在黑暗里面壁。

你收到男生情书时，我还没有异性朋友。

你得到大人的拥抱时，我被孤立在人群之外。

似乎我努力做的每一件事，都是为了单纯地证明我也可以像你一样，并不是天生不如你。

然而，有些事情上天就已经注定，画上了不可更改的句号。

比如，羞于见人的容貌；比如，先天就遗传好的智商。

那些又要如何来改变？

[二]

因为大姨夫家的房间只有三个，其中有一个用作仓库，夏月被理所当然地安排在了夏夕的房间。

不算大的空间再添置一张床，相当拥挤。夏夕把东西都重新收拾了一通，原本狭小的房间被分为两半。

姨妈说了句“你整理好了，就下来吃饭”便下了楼。

夏月把带来的东西摆放好之后，整个空间稍显拥挤。

不过只有一个月的时间，忍忍就过去了。这是姨妈对夏月说的话。那时，夏夕正安静地坐在旁边。

姨夫永远是一副好客的样子，跟女生商量着晚上做他拿手的比萨和寿司。

现在的场景似乎有点颠倒。

姨夫和姨妈把夏夕像摆设一样晾在一旁，对夏月嘘寒问暖。

夏月的内心得到了空前的满足，她喜欢这种感觉。

有种报复的快感。

夏夕脸上并未有太多的表情，她是那种从不把心情摆在脸上的人。所以夏月根本无法知道她此刻的心情，对自己到来是否乐意。

夏夕一个人安静地坐在床上翻漫画，这是她乐此不疲做的事情。夏月也只好坐在旁边的桌子上写作业。两人似乎谁也不愿先开口说话。

跟钢筋一样坚硬。

大姨夫出去散步后，姨妈在楼下歇斯底里地喊夏夕洗碗。就像上次来的时候一样，令人厌烦。

夏夕收拾好书下去洗碗，随后陆陆续续传来姨妈的数落声。

夏月突然有些讨厌姨妈。在姨夫面前，她表现得温柔贤惠，现在便露出这副嘴脸。

隔了会儿又传来关门的声音，有人出去了，应该是夏夕。

在这里的每一分钟，夏月都感觉浑身不舒服。

在姑妈家里，她想做什么就做什么，偶尔还可以陪姑父一起看场虽然不怎么看得懂的球赛打发无聊的时光。也可以听姑妈讲着一些神奇的故事和“八卦”。

才第一天，夏月就怀念起在姑妈家的日子，心想剩下的一个月要如何度过。

现在的每一秒都过得如此缓慢，简直是度秒如年。

夏月准备听歌时听到了敲门声，只好穿上拖鞋跑了过去。

姨妈一脸笑容地说：“下面有电视和水果，别一整天闷在楼上，对身体不好。”

夏月只能无比乖巧地谢绝，却发现姨妈的眼神呆滞了一下。

夏月又打开课本，百无聊赖地重新开始写作业。除了语文实在是心有余而力不足以外，其他的“高峰”被一座一座的攻下来，她的心情顿时舒畅了很多。

晚上，夏夕在姨妈骂骂咧咧中上楼，哒哒哒，心里除了一种永无止境的邪恶满足感之外，更多的是对眼前情景所流露出的惊讶。

夏夕的性格一向刚烈，并不会安于压迫。很难想象她是经过多久才会麻木成如今的面无表情。一向优秀、骄傲的她，绝不容许有人给她抹上半点污点。

曾经有一次，班上有个人少了块橡皮说是夏夕偷的，夏夕居然偷偷把班上同学的文具盒翻了个遍，就是为了找到真正的小偷。

那么是什么让她安于现状，像一只温顺的小羊一样逆来顺受？

夏月偷偷瞥了夏夕一眼，发现她拿着笔，低着头在信纸上写着什么。

“夏月，你睡觉的时候关灯吧，我有台灯。”

夏月一愣，转过头去。

这是两人今天的第一句话。

［三］

早上，夏月和夏夕一起去学校，这是两人好久以来第一次这样做，可两人的步伐却并不一致。夏夕的步伐频率稍快，很快就与夏月拉开了很远的距离。

小时候，两姐妹上同一所小学。那时候夏夕走路像是个蜗牛一般巨慢。因为她对一切都充满了好奇，看到路旁开的艳丽的花朵长着大胡子的老樟树都要停下来细细研究。夏月走远了，夏夕会哭着要她等，而且还不能原地不动，必须走到夏夕身边和她重新一起。

不过现在，夏月望着夏夕的背影有种凄凉的感觉。

夏月稍稍加快了步伐。距离被不停的拉扯着。

拐角处，苏成雨骑着一辆自行车在夏夕前面来了一个漂亮的急刹车。

两人同时往后面看了一眼已经开始喘气的夏月。

“夏月，我们先走哦，你去站台坐公交车吧。”

夏月忽然有股强烈的冲动，想抓起男生的衣领问他怎么可以这样。

怎么突然之间，他就欠扁到如此无可救药的地步。

就算他喜欢夏夕，也不可以对曾经患难与共的死党这样。

就算再怎么重色轻友，夏月还是无法相信这句话出自苏成雨之口。

苏成雨没有过多地停留，跟夏夕说了几句话后，两人便给夏月留下了一个长长的背影。

夏月刚坐上车的时候，发现顾新正坐在里面。他似乎很累，眼睛微微眯着，并没看到夏月上来。

夏月找了一个靠窗的位子坐下。公交车报着“车辆关门起步，请坐稳扶好”启动了。

公交车没有平时拥挤，却也热闹非凡。

夏月坐着的角度刚好比较容易看到顾新。有个小孩不停地碰着男生的头。顾新惊醒了，把头抬了起来，然后把座位让给抱着这个小孩的妇女。

顾新看到夏月的时候，向她微微点了个头算是打招呼，夏月朝他笑笑。

下车的时候两人走到了一起。顾新绅士地往后退了一步，示意夏月先下。

车子突然不受控制，往后顿了顿，女生失去平衡，往车内倒去。就在以为要出丑的时候，一双有力的手臂稳稳地把她抱住了，这仿造偶像剧情的情节却依旧让夏月抬头看见是顾新的瞬间眩晕。

刚开始因为苏成雨涌起的郁闷，像是被一把能刷去坏心情的刷子一般，抹去了所有的不快。只剩下令人回味无穷的甜蜜充斥心间。

[四]

期中考试成绩出来了，夏月出乎意料地考了第五十名，幸运之神的眷顾让乔子纯也羡慕着。这次她又离礼物的距离差了几名，脸皱的跟烧饼一般，一边啃着冰激凌，一边听着夏月无关痛痒的安慰。

夏夕跟上次一样依旧没进前一百名，但内心的冲撞不再像上次那样强烈。以前因为成绩而嫉妒的情绪像是随风而散的香味一样销声匿迹了。

顾新依旧第一。唯一令人无法理解的则是苏成雨。这个热爱睡觉常年稳居第二的风云才子头一次掉到了五十名之后。

乔子纯似乎也不再像以前那么关心苏成雨，说到这件事时一副事不关己高高挂起的姿态。夏月有些佩服地看着乔子纯。

“苏成雨好像在和夏夕交往。”

“哦。”

“你不在意吗？”

“关我什么事。”

然后两人陷入了长久的沉默。乔子纯说最近奶茶店来了个帅哥，硬拉着夏月去那边喝奶茶。

乔子纯一脸花痴地看着端奶茶过来的帅哥服务员。

不过，她的眼神黯淡无光，尽管她努力装得活力四射。

夏月知道她是在假装。

喜欢就是喜欢，不喜欢就是不喜欢。

再怎么努力，都只不过是一种自虐的行为。

“夏月，你觉得他帅吗?”

“嗯，还不错。”夏月敷衍着，看着心情低落的乔子纯一阵心疼。

“对了，原来那个男生又来追我了。”

她像风轮车一样无脑的转移话题。

“你打算怎么办呢?”

“我已经接受他了。”

“啊!”夏月吸进口里的奶茶差点喷了出来，“为什么?”

“我想，也许我妈是对的，我要做一个乖孩子，听我妈的话。”

乔子纯玩弄着奶茶杯，用玻璃棒不停地搅拌着奶茶。

夏月心里一阵难受，大口地喝着奶茶，然后一边呛着一边笑着对乔子纯说：“就算没妈我也要跟你一样，做个乖孩子。”

就算是相识、相知那么久的朋友。

还是会在不经意间揭开伤疤。

露出一片血肉模糊。

[五]

男人喜欢穿西装、白衬衣，每次上课都是如此装束。今天，他突然穿了一件白色 T 恤，夏月一时接受不了，只好把眼睛重新看向了黑板。

这是个喜欢以表扬、鼓励为主的语文老师。在夏月的记忆里，上学时获得的所有表扬基本上都来自这个温文尔雅的男人。

像每次上课的场景一样，男人会讲一个笑话或者故事之类有趣的东西，引出这节课的内容。这已经成了他固定的套路。

尽管如此，每个人都喜欢这个捉摸不透的男人。

夏月更是如此。虽然两人并没有太多的接触，但夏月能感觉到男人对自己的肯定以及长久以来细小入微的关心和鼓励。而那次顾新母亲住院捐款，男人并没有像普遍人那样象征性地捐几块钱，而是竭尽全力帮助顾新。这是一般人都无法达到的慷慨。

虽然每个人都明白互相帮助的道理，知道其中的意义，但是当真正要付诸实践的时候，就显得困难重重。

苏成雨和夏夕上课的时候还在旁若无人地传着纸条，两人一脸幸福的模样。夏月努力让自己把目光投向黑板，可挣扎了很久，她还是被一种莫名涌起的情绪打败。

夏月回过头的时候，看到了苏成雨久违的笑容。苏成雨的刘海儿斜在眉毛处，并未遮盖住气宇轩昂的俊气。以前，夏月经常跟他开玩笑说，要是男生没了眉毛，肯定会有百分之百的回头率。第二天，林平真的把眉毛剃光了。夏月第一眼看到他的时候仰天长笑，随后又自责“罪孽深重的残害祖国的花朵就算是粉身碎骨都无法洗清自己手上的鲜血淋淋”。苏成雨则是做着一个可爱的鬼脸，然后把粘在眉毛上的透明胶拿开。夏月发现自己被骗了，一气之下狂追了苏成雨几条街。

而现在，能看到苏成雨的笑容都觉得是件奢侈的事情。苏成雨的脸面向夏夕，两人相视而笑、眉目传情。

夏月的内心里有个声音对着夏夕呐喊“苏成雨是我的死党，他是我的”。

不过夏夕没听见，苏成雨也没有。

两人的甜蜜灼伤了夏月失落的眼神。

“喂，夏夕，下课后小卖部见，请你吃冰。”

“好哇。”

夏月只能装作没听见，把目光再次努力聚焦在黑板上。

“下面大家一起把这一段读一下。”

男人的话音未落，林平把手举了起来。

男人微笑地示意他说。

“老师，我想‘三号’。”

众人诧异地看着他。

“几号？”一直以来只听过“一号”“二号”，从来没听过还有“三号”的。

“三号。”已经可以确信林平是说的“三号”。

男人也没懂，不过说了句“你去吧”，林平就屁颠屁颠地跑了。

“老师‘三号’是什么？”有个女生还是没忍住泛滥的好奇心。

“其实我也不知道。”男人耸了耸肩，坦诚地笑了一下。

“夏月，你知道吗？”男人把目光落在夏月身上，一脸期待的样子，仿佛确信她会知道。

夏月触电般地站了起来，稍稍迟疑了一下，说了句“我不知道。老师”。

“没事。正常人都不知道。”男人开玩笑道。

这分明是在给夏月一个台阶下，女生心怀感激地看着男人。

这时，出去“三号”的林平推开门喊了句“报告”然后往座位走去。

“林平，老师有个问题问你。可以吗？”

众人一片期待地看着男人和男生，企图从这两个人身上找到正确答案。

“‘三号’是什么意思？”男人问道。

林平有些吃惊地愣住了，似乎不太相信男人会问这样的问题。

“老师你不知道吗？一号就是大便，二号是小便，三号自然是等于一加二。也就是说，三号就是大便加小便。”尽管内容听上去并不让人舒服，但是林平还是讲得津津有味。

班上响起一片嬉笑声，似乎对男生这个创意斐然的“三号”给予了极高的笑点。

“好的。对于林平这个有创意的想法，以后谁要出去方便就说是去‘三号’，不然不让出去。”男人的玩笑再次让教室里充满了笑声。

而唯一不在乎的。只有默默翻着漫画的夏夕。

舍她其谁。

“老师，他身上有股烟味。”

“胡说，我这是香水味好不？”

“你才胡说，有这种烟味般的香水吗？”

林平和同桌争论了起来。林平果然是一个不消停的淘气鬼。

男人叫林平走到身边来，然后微微地嗅了下，就让林平下去了。

“老师会抽烟的，所以能够闻出烟味。通过刚才的鉴定，虽然林平身上的味道确实很像香烟的味道，但只是像，其实应该是香水的味道。不过，这么浓的香水，还是建议以后不要再喷了。”

同桌信服地听着男人的话，没有再跟林平争论。

刚才出去“三号”的林平若有所悟地看着男人，原因只有他和男人心知肚明。

有些事情，并不一定要说出来，给一个台阶下也许效果会更好。

［六］

顾新叫夏月出去的时候，夏月正埋着头写一道数学题。

除了上次因为要认识姑妈才找到自己，这是第二次顾新主动过来找自己。夏月一惊喜，把刚才那道本来想好思路的数学题全给忘了。

顾新走路的姿态像跳舞一般优美。夏月静静地跟在他后面，想着到底又是有什么事情要自己帮忙。不过，能和顾新说话已经算是比做出一百道数学题还开心的事情。

两人踩着阳光的碎片走到一块没人的空地。

顾新把身体转过来，与夏月四目相对。

夏月把不知不觉中涨红的脸扭了过去。

顾新开始说话了。

“夏月，其实我有件很重要的事情要跟你说。”

男生顿了顿，继续说道：“虽然我知道说出来很唐突，但它在我心里藏了很长时间。虽然我一直都不好意思告诉你，但今天我终于鼓起勇气。因为随着时间的流逝，我们之间也有了进一步的了解，于是我做出了人生中一个最大的决定。”

夏月的心情因为顾新的话语开始起伏不定，像是喝了酒一般开始兴奋。

远处那些平时觉得平凡的风景却显得格外美好。

光线照在男生的侧脸熠熠发光。

男生的声音富有磁性而且美好。

地球在旋转的时候晕眩在被夕阳染得通红的彩霞中。

“我听说你跟夏夕住在一起，所以你能不能帮我送信?”

“啊?”

夏月像第一次听苏成雨讲冷笑话般立即石化。

热气腾腾的血液再次从脑中以光速倒流回心脏。

“怎么?”

“我说相当乐意啊。”

“哦。你人真好，以后我们就是朋友了。”

以后我们就是朋友了。

以后我们就是朋友了。

以后，就仅仅是朋友吗?

[七]

“夏夕，你还不死下来洗碗。”姨妈像往常一样连催带骂地叫夏夕下楼。

如果大姨夫在场的话，那姨妈就会说：“夏夕、夏月，你们上去好好看书，洗碗这样的粗活就交给我了，反正我闲着也是闲着。”

姨妈像是一个双面人，不对，她本来就是双面人。

每个人都像硬币一样有两面，无法避免的另一个自己，总是会在不合时宜的时候出现。而有的人把这两面掌控得刚刚好，不过从另一个角度来说，这叫做老谋深算。

不过唯一令人奇怪的是，大姨夫跟姨妈结婚这么多年，居然都没有发现姨妈的真面目，这确实是一种莫大的悲哀。

有时候姨妈叫夏夕做事的时候，夏月如果自告奋勇地说“我来做”，必会被姨妈好像早已准备好的借口拒绝。这时，夏夕都会有意无意地瞥夏月一眼，仿佛是在说别多管闲事。

夏月自己也想不明白为什么会变成这样。两人的关系从那次冷战之后像是交叉后无限延长的直线，越走越远，越来越陌生。

原以为那次的和好会是一个新的开始，现在看来一切都错了。

像是在解一个方程式，如果正负号弄错的话就满盘皆错。

“来，夏月，多吃点水果。”姨妈热情地叫着夏月。

夏月把遥控器放在一旁，不想多费口舌拒绝，只好乖巧地拿了一个苹果啃起来。这时夏夕刚好从厨房出来，夏月本打算叫她吃苹果，姨妈便端着水果往外面走，应该是拿去送给楼上张部长的女儿吃了。夏月无奈地吃着苹果，感觉自己是个小偷一般。

晚上洗澡的时候，两个女生同时拿着衣服到达浴室的门口。

“你先吧。”夏月觉得夏夕在大姨妈家确实受尽委屈。

“不了。”夏夕说完就往回走。

留下一个落寞的背影。

夏月僵硬地站在原地，不知道要说什么好。

她刚开始来时，看到夏夕被姨妈欺负而产生的邪恶的快感，现在正在慢慢被莫名的同情和悲伤所取代。

知道你过得很好，我会像以往一样对你羡慕嫉妒恨。

然而，知道你过得不好，我却并没有想象中的快乐。我不是一个邪恶的人，绝对不是。

像每日的必修功课一般，夏月听到了夏夕出去时关门的声音。

夏月无聊地打开课本，不再去想夏夕，她应该又要很晚才回来。

而自己这次期中考试的飞越，让在国外游玩的姑父、姑妈兴高采烈地说要带很多礼物回来给自己作为奖励。夏月笑着想，就算考得不好，姑父、姑妈也会这么做的吧。

看书是一件费尽心思的脑力活，更重要的是要心情好。

夏月来来回回把资料书翻了几遍，然后烦躁地将其放进书包里。

夏月的心里有个控制不住的想法。

不知道上次顾新让她帮忙送的信还在不在了。

可是这是窥探隐私，不能这么做，要是被夏夕知道了后果肯定不堪设想。

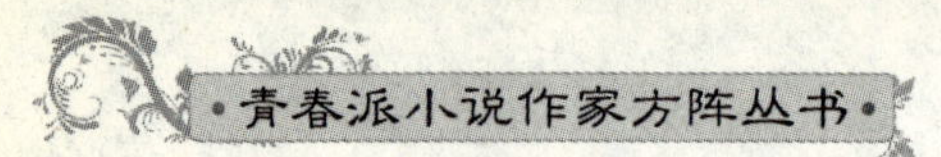

但如果我只是小心翼翼地看一遍，然后放好。不仅可以了解到她跟顾新之间的秘密，还能不被发现。

夏月心里面有两个小人在疯狂的厮打。

看还是不看，是一个值得思考的问题。

最终，理智战胜了冲动，夏月安静地趴在床上发呆。

眼皮像是注了铅一般越来越重。

夏月迷迷糊糊中听到夏夕开门的声音。

但眼睛被倦意束缚着睁不开。

夏夕折腾了一番，又重归安静。

夏月的大脑再一次意识模糊一片空白。

[八]

顾全再次出现，是在两年以后。

这两年里发生了太多的事情。

陆之谦去外地当兵了，偶尔还会打电话给夏月，说他在部队里过得很充实。

苏成雨和夏夕依旧整天腻在一起，就像是以前和夏月一样，死党一样的关系。

乔子纯很快又和那个有钱的男生分手了，找了一个跟苏成雨性格和长相都略有几分相似的男生。

姑父和姑妈已经双双从医院退休。

大姨夫因为颈椎病猝死在家里，大姨妈成了寡妇。

顾新的爸爸戒完毒从牢里面出来，正打算脚踏实地地做生意。

变化最少的，当然是夏月。除了考试成绩排在前十名以外，什么都没变，包括身高。

当然，还有一点值得一提，那就是她真的和顾新成了朋友。

你敢不敢相信，如果给我一个支点，我将撬动地球。

那么，你又敢不敢相信，在青春的无涯荒野里，你一直想要超越的人，并不是那个人，而是你心中萌生的臆想。

墙角的小草仰着头呼吸着夜晚特有的气息，星星是天上最醒目的路灯。

夏夕和顾新像以往一样出去散步。两人的步伐大小一致，这份默契大概要很久才能培养出来。

路过巷子口，一个头发乱糟糟的青年跑了过来。

“二位，好久不见了。”

两人先是被吓了一跳，然后情绪逐渐被惊讶占据。

“哥。”顾新叫道。就连顾新自己也有些不敢相信，从十岁那年起，他就没再叫过眼前这个青年。

小时候，顾新总是喜欢欢快地跟在顾全后面喊他“哥”，顾全带他去好玩的地方找很多的人一起玩。顾全从小就是一个人气王，总是能叫到很多的人。

有一次，顾新被高年级的一伙人欺负了，顾全就叫了几十个人把那群人打得落花流水。

虽然打架并不是件好事，但是对于有这样一个能保护自己的哥哥，顾新感觉很自豪。

但有一天，世界像是颠倒了黑白一般，顾全带了一伙人把顾新打了，并说“我不再是你哥”。

从那以后，挨打基本上成了顾新的必修课程。顾新的爸妈知道这件事，尽管他们从小就惯着顾新，对顾全严加管教，但对这件事情，他们却当作什么也不知道。

顾全早早就离开了家，和一群街上的人鬼混，顺便帮别人看场子、打架，成为了当地有名的小混混。

“别叫我哥，明天下午放学老地方见。”青年头也不回地离开了。

顾新沉默着，继续往外走着。

宁愿挨打也想要知道事情的真相，这是顾新一直渴望的。不过，每次挨打完，得到的都是失望——顾全并不告诉他为什么。

尽管顾新知道顾全是女人从外面捡回来的，可那又怎么样呢。

顾新思考时把夏夕冷落在一旁。

“小心。”夏夕上去拉住顾新。

前面是一个正在施工的路段，顾新因为想得太过投入差点儿踢到了警示牌。

顾新歉意地笑了一下，可黑夜把它包裹起来，不知道夏夕能不能看到。

“你会去吗?”

“嗯，当然。他是我哥。”

“你一点儿都不恨他吗?”

“不恨，我除了想过要逃避，真没恨过他，他以前对我很好。”

“可是以前的好并不能消除对他的恨。”

夏夕想到了曾经对自己很好又把自己抛弃的那个男人，不过她自始至终没有原谅过他。

顾新没有继续说下去。

两人往河道那边走。

虽然是夜晚，河道旁的小吃街却是灯火辉煌，像是一条巨大的火龙。

像往常一样，两人坐在了老人的水煮摊旁。

"是你们啊。今天跟往常一样吗?"

老人是个退休工人，闲着无聊在这里开了个水煮摊位，夏夕和顾新两人常常在这里吃水煮，已经算是常客。

"今天给你两个免费加了个蛋。"老人笑容满面地端来两碗水煮。

老人脸上的皱纹努力挤成一团，不过还是青筋暴涨的样子，初次看到的人会被稍微吓到。

"谢谢大爷。"两人礼貌地回应道。

老人从来不会过问他们的任何事情。无论两人的表情有多么糟糕，也从不好奇，依旧笑呵呵地弄着水煮唱着常年不变的京剧。

旁边有个人问老人："大爷活这么长，你觉得到底什么才是人生呢?"

很多人把头伸了过去，似乎觉得这个早已年过半百的老人有着不同寻常的答案。

老人像平常一样一边笑呵呵地弄着水煮一边回应客人的话。

"人生这么深奥的东西我不懂，只是希望每天不仅要为自己活着，还要为别人好好活着，能做到问心无愧。"

"顾新，你的理想是什么?"

夏夕听着老人跟客人讲着他年轻时候的故事，忽然想到这个问题。

顾新眼睛定格在一个瞬间，因为想起了某件事情入了神。

"其实也谈不上理想。我只想以后做个很有钱的人。"

"为什么?"

"因为我想让更多的穷人知道，穷并不是一种宿命，而是一种可以通过努力改变的事情。"

夏夕若有所悟地点头。

"你知道你哥的理想吗?"

顾新那刚刚因为理想而闪烁迷离的眼神又与刚才一样呆滞。

顾新当然知道他的理想。

很小的时候，顾全经常和伙伴玩警察抓坏人的游戏。那时候，他每次都要扮警察，并且饶有兴趣地对顾新说，“以后你千万别做坏事哦，否则我会毫不留情地把你抓起来。”

他的理想，就是做一名从小就向往的警察。

不过，时光是一把足够锐利的刀子，任何混沌初开的模型都会被它雕刻的富有棱角。

小时候拥有的正义感和善良，会被当作冗余而被剔除。

你渐渐地失去了原来美好的样子，不知不觉成为了你小时候最不想变成的人。

［九］

老地方是顾全小时候常带顾新去玩的地方，他对那有着常人无法理解的特殊感情。

顾新的整个童年好像都安稳无损地在那里度过。

下课后，顾新如时赴约。他故意躲开了夏夕，知道她肯定要跟着去。

所有的一切终归要有一个结果。就像老人说的那样，人不仅要为自己活，还要为别人好好活着。

不过，人终究是天性自私的动物，这是任谁都无法改变的事实。

顾新到达老地方的时候，顾全早已带了一大群人在那候着了。

夕阳出乎意料地压得很低很低，宛若伸手可触。

顾全蓬乱不堪的头发遮住了大半个脸，无法看到他的眼神。

顾新走到这群人跟前。其他人像往常一样蜂拥而上，对着顾新一顿狂踢猛揍。

所有的程序都跟以前一样进行着。顾新没有还手，而是用双手抱着头，在地上不停地来回打滚。

顾全打了一个响指，其他人都往后退。

刚才那幅血腥画面华丽谢幕了。

“顾新，想知道我为什么这么恨你吗？”

顾新用手擦拭着嘴角的血，期待地看着青年走过来的身影。

当然想知道，从开始就知道。

但那些都是奢望。每一次挨打都是在经历一次失望。

“今天我就告诉你。因为你才是我们家的野种，是我妈从外面捡回来的。”

这一字一句像是打在脸上的钢珠。

血液因为搁浅而逐渐凝固。

大脑一片空白，只有三个字像动画片一样有气无力地来回播放着。

不可能，不可能。

你才是捡回来的。你才是野种。

顾全继续说着，像是临别时的嘱咐一样凌乱无序。

“小时候我就知道你不是我妈的亲生儿子，不是我的亲弟弟，但我一直把你当亲弟弟看。可是你就是一个克星。自从你来了我家以后，我爸的公司就破产了，你又在这紧要关头得了白血病。我们整个家都被你败光了，可是我妈对你还是那么好，只给你买新衣服穿，只给你买零食吃。而我呢，他们真正的儿子，却因为一次考试不及格就要饿肚子，因为我没烧好水就用鞭子抽我。”

顾全顿了顿有些沙哑的声音。

“他们不爱我，一点儿也不爱我。而这一切，都是你这个野种造成的，所以我才会这么恨你。见到你就想打你。”

顾新从没有听到顾全一次说过这么多话，可是每一句话都像是银针一般往心里扎。

从来没想过的事情，从来不知道的事情。

为什么爸妈会对捡来的我这么好，却这样对待自己的亲生儿子？

就像是一个不符合逻辑的故事缺少开头和结尾。

看顾全的样子，他说的应该是真的。顾新默默地抬起头，挣扎着从地上站了起来。

“哥，我们回家吧。”

“回家？哈哈。”顾全哈哈大笑起来，然后声音很快就变成了哭腔。

“我早就没有家了。”

顾全绝望地仰着头。

“我会跟爸妈说，我们还可以像以前一样。”

顾全没有说话，只是把头发捋了上去，这样终于可以看到他那双特有的充满俊朗眼神的眼睛了。

不过他的眼睛泛着血丝，明显是没睡好。

时间一点一点地溜走，顾新的脸色渐渐好转。

“算了，老实跟你说吧，我因为躲避警察追查珠宝店的事情在外面东躲西藏了一年。我已经厌恶了这种天天逃亡的日子，打算回来自首。”

“当年妈住院做手术的钱是你交的。”

顾全没有说话，算是默认了。

“你好好照顾他们。万一要让我知道你不好好对他们，我在牢里也不会放过你。刚才那顿打算是警告。”顾全一脸凶神恶煞的样子。

“还有，别告诉他们我入狱的事情。”

毫无预兆的转折。

嘴巴随着惊愕张开成一个圆弧形。

“我会的，直到等你出来。”顾新有些欣喜若狂地看着顾全。

“对了，以前为了让你没有朋友，我故意为难过他们，让他们离开你，替我向他们赔个不是吧。”

顾全把身体转了过去，然后步伐平稳地向相反的方向走去。

夕阳把他的身影涂上一层金色。

顾新的血液开始从脑海里倒流，眼睛因为情绪波动而噙满晶莹的泪花。

最后再也忍不住痛哭失声。

[十]

余晖的碎片用一种落寞的姿态在舞蹈。

你一直孤独，我一直孤单。

你是一株带满尖刺的仙人掌，用浑身的利器吓跑想要靠近你的人。

而我则是角落那条倚在斑驳墙壁上的爬山藤。

我用手臂环绕在你尖尖的刺上，忘记了呼吸，以为你就是我全部的依靠。

血红的鲜血顺着空气散发出一股疼痛的味道。

一直以来我都不曾忘记过，

略显酸辣的味道。

第十一章

[一]

在草长莺飞的季节，总是有那么多烦琐的小事要忙。

有个心理学家通过做实验得出这么一个结论：用精神最集中、思维最敏捷的时候完成最重要的工作，往往会取得事半功倍的效果。

夏月手忙脚乱地收着数学作业本，脑海里想的是下节课的语文测试还没有准备好该怎么办。

收了一圈之后，只有苏成雨还没交。

“苏成雨，数学作业写好了没?”

她想习惯性地想听到“借你的给我抄下吧，伟大的数学课代表”，然后自己装出一副很严肃的样子回道：“自己的作业自己写这是原则问题。”

“嗯写好了，给。”苏成雨把作业本递了过来，夏月迟疑了三秒把手伸了过去。

这已经不是以前，男生每次都把作业完成得好好的，而且最近苏成雨的成绩又像原来一样能考年级第二了。

资质这种东西，若是加上勤奋、努力，那进步必然势如破竹。

苏成雨已经用行动证明了这句话的真实性。

“啪”，作业本掉在了地上，发出了一个响亮的声音。

“对不起。”夏月没想到苏成雨这么快就松手，没有接住。歉意地蹲下身子去捡作业本。

苏成雨的速度更快，他将作业本捡起，再一次递到夏月面前。夏月稳稳地拿过来，把它放在一叠作业本的最上方。

“对不起”是只有陌生人之间才有的客套。

不过自从两年前开始，两人之间的交流总共加起来不会超过十句话，已经算是陌生人了。

昔日的死党苏成雨，已经不复存在。

最近夏夕自己开始画漫画，连基本的素描都是自学的，所以不得不利用上课的时间勤加练习。

“成雨，帮我把试卷做了。”夏夕偷偷把试卷递给后面的苏成雨。

成雨，第一次听到这个称呼的时候还感到非常别扭。好在时间是最好的良药，他现在已经不觉得这样的称呼有什么奇怪的了。

苏成雨毫不犹豫地接了过去，迎上了夏夕花朵绽开般的笑容，苏成雨朝她眨了眨眼。

物是人非。

夏月和夏夕的角色好像换了过来。

不过任凭心里怎么不爽，也于事无补。

也许，慢慢就习惯了，也就不会去在乎了。

[二]

陆之谦的电话每隔一个月便会来一个，已经形成了规律。

熟悉的略显粗犷的声音。夏月喜欢安静地听着陆之谦讲着他在军队的点点滴滴，比如和班长的故事、训练的趣事、碰到的怪人等。

每次夏月都忍不住被他说的话或者讲的故事逗笑。陆之谦这时候会说：“夏月，快两年了，你的笑点还是这么低。”

夏月的笑点一直就很低。运动会那次五个人一起吃饭，夏月就在众人匪夷所思的眼神下讲完了那个“我家门前的那条河很难过”这样小学生级别的笑话。

如果本来就觉得很好笑，又何必装呢？完全没必要的。

陆之谦说“夏月，我想你了”的时候，夏月只是把他的话当成玩笑，偶尔也陪他开句玩笑说“我也想你了呢”。这时，陆之谦会像小孩一样开心地问：“真的吗？”

陆之谦说等班长上调了之后自己也要升班长了，对此，夏月一点也没觉得奇怪。陆之谦以前就是能徒手打十几个人的厉害角色，在哪都应该是众人瞩目的焦点吧，更何况是在军队。

夏月听着陆之谦开心地讲着，跟着微笑。然后过一会儿陆之谦会恋恋不舍地说“时间快到了，我们要去训练了，下次聊”。

一连串的陈述句。女生没有还口的余地，只能安静地听到对面的嘟嘟声之后无限舒心地挂上电话。

夏月从来不曾想过，要是陆之谦不再打电话过来，那该怎么办。

几乎没有几个朋友了。

乔子纯上次和那个长相、性格酷似苏成雨的男生分手之后，开始变本加厉地谈恋爱。

她每天化着浓浓的妆，与身边的男生一起招摇过市。

夏月已经对这样的场景麻木不仁。

夏月有时候想把她叫出来跟她认真聊聊，可总是有人不停地打电话过来，然后乔子纯就以“有人找我有急事我先走下次聊”这样的烂借口走掉。

夏月已经拿她没辙。

平日里，愿意像以往一样跟自己出去喝奶茶、散步的就只有顾新了。

顾新他爸又开了一家小公司，经营得不错，毕竟他爸曾经也是在商界呼风唤雨的人，有着聪慧的大脑，问题根本难不住他。

顾新依旧是众人可望而不可即的年级第一名。

不过，连夏月自己都无法清楚地说出从何时起，曾经对顾新朦胧出的情愫像是水池里日益蒸发的水渐渐泯灭了，直至销声匿迹。

夏月像往常一样回到家中，姑父依旧乐此不疲地坐在电视机前兴致勃勃地看着球赛。唯一有变化的是姑妈，她最近迷上了种花草和练太极。

天天一路紧张兮兮地跑进电脑室去查资料。也天天跟着小区里其他的老人在外面打太极。

两个人自从退休后，已经可以用悠闲自得来形容他们的全部生活了。

小八说他在外国找了个女朋友，准备过年的时候回姑妈家一起吃年夜饭。

得到这个消息以后，两人开始忙碌着为小八的到来做充分的准备。

这是两个可爱的已经马上成为老人的人。

夏月喜欢自己的姑父、姑妈。

[三]

每逢值日的时候，夏月像往常一样会去小树林里看那棵刻着自己名字的大树。

每周都会多一个名字。现在，那棵树已经不够用了，旁边的树也开始派上用场。

现在看来，并没有原先想的那么诡异，夏月不再在乎名字到底是谁刻的，也不再纠结此人的目的是什么。

把一切想得简单的时候，一切自然就简单了很多。

从某种意义上来说，人往往是和自己过不去。

现在每个人都担心忧虑的，恐怕就是高考。

高考是两个萦绕在耳边可以三日不绝的字眼。

姑父、姑妈说“夏月，你别压力太大，反正现在大学多，考不考得好都有大学读”。明明知道是安慰的话，可心里还是会感到有双手捣鼓着早已泛滥成河的内心。

我不想让你们失望。如此而已。

更多的时候，夏月觉得马不停蹄地写作业、看书往往比坐着发呆更让人有充实感。

男人依旧一直教着三班和一班的语文课，不离不弃。

“知道为什么鸡和鹅同时放进冰箱里，鸡冻死了而鹅没有？”

“因为是企鹅。”众人异口同声。

“老师，这个你已经讲过了。”有人小声把真相告诉男人。

已经不知道讲了多少个冷笑话和脑筋急转弯，多得记不清。似乎男人自己也忘记了，开始重复地讲着笑话和问题。

在这两年中，男人家里失过一次火，但男人依旧坚持来上课。很多人劝他回去，但他却说“烧已经烧了上完课再回去也不迟”。

夏月朦胧中能看到男人眼睛里闪烁的一些东西，像太阳升起的时候，温暖如初。

“夏月，你给我们大家讲个笑话吧。”

洪亮浑厚的男低音顺着光线晃悠悠地传过来。

女生没有着急站起来，而是坐在位子上想了一会儿。毕竟站起来想东西的时候大脑会一片空白，根本什么都记不起来。

从小到大，她都没有受万人瞩目的特质存在过。

“千万别讲那种小学生级别的话。”

以前林平听过夏月讲笑话，真的一点也不好笑。那时夏月却一脸错愕地看着他说“明明很好笑的，你会不会搞错了”。

“那我开始讲哦。有个语文老师给学生布置暑假作业，要求他们暑假必须看一部名著。有个女生坚称她看过《鲁迅漂游记》。”

效果在所有人反应了三秒之后才闪现出来。

“没想到时间真的可以改变一切，夏月，恭喜，你的笑点提高了。”林平嬉皮笑脸地看着女生。

苏成雨没像往常一样睡觉，而是一边听语文课，一边做着化学试卷，还一边复习着数学。一心三用，也只有他才能做到。他是一个彻头彻尾的怪胎。

而关于这个笑话，是乔子纯曾经讲给自己听的真人实事，并不单纯是个笑话。

而关于笑点，她好像从来就没有提高过，只是他们没有发现而已。

［四］

小卖部。

夏月付钱的时候发现钱没带够，少了一块钱，正犹豫着要不要把手中的笔退掉。

“哐”，一个硬币以肉眼基本上无法看到的速度飞进了收银员的盒子里。

“顾新，是你?”尽管平常也经常一起出去玩，但在小卖部碰到，还是有一丝意外。

“我过来买笔，明天月考嘛。”顾新笑了笑，让棱角分明的脸庞略微柔和了一些。

“加油哦。”夏月极其自然地说出这句话，但马上就后悔了，毕竟眼前这个男生一直以来都以惊人的实力稳坐“状元”宝座，根本用不着加油。

“你也是。”

可以猜出男生会如此客套地回答，夏月回以一个微笑。

顾新买笔的时候精挑细选，引起了女生的兴趣。

男生说“考试的时候用一支好笔会更有感觉”，女生将信将疑地看着他。

“这种笔是我最喜欢用的，书写时很有感觉。这支送给你。”男生挑了一支蓝色和一支白色的笔，在柜台付完钱，把蓝色的笔递给女生。

“送给我?”夏月意外地瞪大了眼睛。

“嗯。”顾新点头后，夏月伸手把笔接了过来。

顾新第一次送东西给自己，让她有一种欣喜的情绪在胸口蔓延。

“对了，夏月。我觉得你手上那支紫色的笔也不错呢。”

再怎么不够聪明，夏月也能听出这句话的意思，不过这支紫色的笔，是夏月打算买来寄给陆之谦的。他说“在部队里面都是一模一样的笔，经常互相拿错”夏月便想到送他支笔。

“我可以去买一支的。”顾新看着女生犹豫不决愣在原地发呆。

“不，不是的。这支笔送给你了。”

拿着笔的手悬在半空中。

终究还是有个声音在从中作梗。

从旁边奶茶店经过的时候，夏月还是不小心看到了乔子纯。

她正和一个高大的男生相对而坐。夏月转头的时候她刚好把头抬了起来。

两人的视线以光速般交织在一起。

然后又以神经突触的反应时间结束。

夏月能听到内心里玻璃打碎般的声音。

低头，行走，离去。

除此之外，还能怎么样？

[五]

若不是数学老师指定夏月去离学校不远的那个文具店买习题本的话，夏月绝对不会上完这节课才去。

比起去市区，这个距离近了不知多少。

林平跟在夏月后面被任命为“数学老师特派帮助夏月同学拿习题本的光荣苦力”。

不管名字再怎么长，再怎么光荣，可还是个苦力。林平有些不悦地发牢骚。

夏月让他做逆向思维，不管他是个再怎么低贱的苦力，比起那些做着表面上光鲜亮丽的人，他是光荣的、伟大的。

这样一想，林平心里平衡了很多。

文具店里空无一人。

女生说先等等，林平执意要进去先挑好习题本，等一下收银员来了好直接付钱走人，不浪费时间。

夏月拗不过急性子的林平，只好跟着他进去挑习题本。

虽然林平表面上看起来一副不干正事的样子，但是挑起习题本来，什么好，什么不好，为什么好，为什么不好，说起来一套一套的，所以习题本很快就挑好了。

两人站在柜台前等收银员。

“不好意思，刚有点事。”一个女人从侧门走了进来，充满歉意地对他们微笑。

有些声音，即使只听过一回，也能够在心中深藏几十年甚至更久。她心中默念着“不会是她”，可一抬头，夏月就看到了一个熟悉的面容。

“夏月！”女人脸上的惊讶和惊喜同时闪现出来。

女生似乎忘了手上还抱着的一小摞习题本，像一阵风一样跑了出去。

身后的女人不停地呼唤自己名字的声音。

林平一脸错愕地看着夏月奔跑的身影，自言自语道："这是怎么了?"

"我是她妈。"女人站在门口回了一句。

夏月不是说她一出生就是孤儿，在姑父、姑妈家长大的吗？怎么又多出来一个妈?

林平一边思考一边把钱付了。

太阳把它的热情洒在了地面上，虽然已是下午，但人们依旧能体验到烫脚的感觉。

林平在后面追着在前面跑得越来越慢的夏月。

"夏月你干吗跑啊？那不是你妈吗?"林平大口大口地喘着气，心中有太多的疑问要问。

"你把习题本抱回去，我还有点儿事。"夏月把手上的一小摞习题本放在男生抱着的高高的一摞习题本上。

还没有还口的机会，夏月的影子已经拉扯出很远的距离。

已经不止一次在某些场合中碰到。

有时是在市区的某条街道，有时是在校门口的路边摊，有时是在公交站台附近。

像夏日烦人的蚊子。

阴魂不散。

已经在心里面无数次地告诉过你。

不可原谅。

一种熟悉的感觉，包括以为遥远在几万亿光年外的回忆，再也忍不住，从心里涌起。像是滞留在大坝的河水冲破了闸门，汹涌澎湃地咆哮而出，然后蔓延到全身的每一寸肌肤、每一个细胞。

画面回到七年前，那一年，夏月十岁。夏月的爸妈因为彼此不合闹离婚。夏月的妈妈很强势，叫了娘家人然后又请了一帮社会上的人要求夏月的爸爸给她赔偿金。那时候夏月的爸爸只是一个货车司机，夏月的妈妈有病在身不方便工作，只是靠他一个人养家糊口。所以这么多年也没什么积蓄。夏月的妈妈想到了这点后，也没再要求赔偿金，只是请来几辆货车，把家里值钱的东西全搬走了。

原本狭小的房子里，东西瞬间一扫而光，空无一物的空间顿时让人陌生起来。

最后，剩下的唯一问题就是夏月的抚养问题。夏月的爸爸因为在外面又找了一个女人，还生了两个女孩，所以坚决不愿意再要夏月。而夏月妈妈尽管很喜欢夏月，但因为家里已经帮她找好婆家要她再嫁，不让她抚养夏月。

这就像是一场两个面目狰狞的大人早已计划好的阴谋，只是阴谋到今天才彻底败露。败露的时候，一切都变得无力起来。就像此时的夏月，一个人蜷缩在阴暗的角落，不知所措地哭泣着，可无论她哭得多么凄凉，都不会有人在意。

夜幕降临后，其他人都已经离开，偌大的空间里只剩下夏月和夏月的父母，悲凉的光线聚拢在他们逐渐扭曲的脸上，让他们看上去更像是魔鬼。

“家里的东西你都带走了，夏月也要跟你。”

“你还是不是男人了？夏月我不要。”

“你不要！我也不要。”男人在黑暗中抽着烟，脸上的表情像是结冰了一样。

“我明天就走，你自已看着办吧。”女人的语气中带着一种绝望的气息。

“那这样好不好?”男人突然站了起来，声音淹没在隔壁的厨房，出来的时候，他的手中拿着一把菜刀，菜刀在暗淡的光线下有些晃眼。

“你想干吗?”女人感到有不祥的事情要发生了，全身也开始战栗。

窗外，浓黑的乌云在空中剧烈地滚动着。

“我要杀了她，你别拦着我。”男人像一头疯牛似地吼道。

“你疯了，她可是你的亲骨肉啊。”女人更加绝望了，挡在男人和夏月之间。

男人发疯似的扑了上去，仿佛已经丧失理智，也许他真的是疯了，所有的动作看起来都是那么绝情。

女人急忙冲过去抱住男人的大腿，跪倒在地，歇斯底里地喊着：“小月，快跑啊，你爸要杀你。快跑啊，小月。”

夏月头脑一片空白，像是在做梦。

“我要杀了她！”

“夏月，你跑啊，你爸疯了，他真会杀了你。”

那种声音。

那种吞没了一切的声音。

那种在每个夜晚都把夏月拖进深不见底的梦魇的声音。

那种全身的关节、骨骼、胸腔、头颅一起碎裂的声音。

那种可以一瞬间凝固全部血液，然后又在下一瞬间让所有血液失控般涌向头顶的声音。

持续地响彻在脑海里。

不休不止地轰轰作响。

[六]

当陆之谦在电话里说“我服役期满了，要回来一趟，有没有想我？”的时候，夏月感觉自己脸红了。

只有以前面对顾新的时候才会有这种反应。

夏月有些慌乱。她不知道什么时候开始，接陆之谦的电话已经成为了生活中最快乐的事情。现在知道他要回来，心情有些激动。

“三天之后我就变回你的跟屁虫。”听到男生说这句话时，夏月忍不住笑了。

夏月忽然想起陆之谦以前的样子，不管自己喜不喜欢，他都会跟她讲有趣的事情，上学，放学都要跟在夏月后面，还是体育部部长。这三点是他以前最明显的特征。不知道当兵两年，他会变成什么模样。

期待像是一杯加了糖的咖啡一样甘甜可口。

唯一让女生担心的是自己的学习，因为听说陆之谦马上要回来，心情像是放飞的星星，天马行空的满世界跑，根本没把心思放在课本上。

晚上数学测试的时候，原本并不怎么难的题目，也变得寸步难行、举步维艰。试卷发下来的时候，夏月再次看到曾经满目疮痍的景象，心情随之低落了一下。

这点一点也学不到夏夕。自从夏夕致力于漫画创作之后，对学习不管不问，甚至有次因交白卷得了零分而闻名于校，她也是一副满不在乎的神情。

夏月努力把心思重新放在了课本上。

离陆之谦的到来还有两天。

时间像是绑上了绳索般步履蹒跚。

有些时候总是期待时光流逝的步伐可以快一点再快一点永无止境。

然而事与愿违。

人往往都是自己跟自己过不去。

当数学老师说“时间到，现在交卷的时候”，夏月心里又闪现出“再给我五分钟时间”之类的想法。

夏月并没有把陆之谦马上要回来的事情告诉任何人，而是把它当成一个秘密，一个自己与自己分享的秘密。

偶尔一个人想着想着就会不自觉地笑出了声。

这时姑妈会有些吃惊地问姑父："这孩子是不是为了高考一天到晚看书，写作业，累傻了啊？"

姑父把正专心看球赛的头转了过来不知所云地问："哪有什么孩子？"

[七]

顾新回到家中的时候，女人和男人都没有回来。

自从男人脚踏实地做生意之后，家里的经济状况有了翻天覆地的变化。

虽然还是住在老房子里，但是通过一次精装修之后，有了新房子的感觉。屋里也添了许多件新家具。一眼看过去，不再像原来那样空无一物。女人没有再去捡垃圾，而是开始帮助男人，做男人的左右手。

尽管如此，女人仍未辞去早上扫大街的工作。街道管理处的干部说"目前还没有人愿意当清洁工"，女人心一软，说自己愿意干到有新的清洁工为止。

"我们回来了。"女人边开门边喊着。

顾新围着围裙在新厨房里做饭。

"好厉害啊。"男人从后面冒了出来，男生先是惊愕，然后又微笑起来。

男人脸上的胡子刮得干干净净，给人一种白净的感觉。

这跟男人堕落前的样子完全不同，那时，男人从事业的巅峰期跌落，像是一个失宠的幸运儿。他刚开始找了好几个工作，都因为各种原因和潜规则被炒。男人承受不了这样的打击，开始不停地酗酒、赌博、发酒疯。对顾新这个捡来的"克星"更是暴力相待。每次输钱回来都要在他身上狠狠地发泄一番。

再后来，他通过一个经常一起喝酒的狐朋狗友染上了毒品，幸好及时被人发现戒了毒，才会有现在的美好生活。

"在想什么呢？"男人微笑地看着顾新。

"我在想，你是要去看电视呢，还是要帮忙一起做饭。"

"敢叫老子做饭，看我不打你。"男人以恐怖的语气说着，脸上却依旧饱含笑容。

女人幸福地看着两父子开心地对话，竟忘了把手上提着的一大袋东西放好，以致手已经有些麻麻的。

饭桌上，有了男人、女人的和自己的声音。

这才像一家人。

偶尔，女人还是会发呆，出神地看着窗外。顾新知道她在想什么，轻轻走过去，牵起女人的手。

“妈，哥马上就会回来，我保证。”

女人一脸微笑地爱抚着男生。

其实男生是知道的，顾全本来要坐三年牢，法院看在他当年所偷东西不多又是主动回来自首态度诚恳，减刑为一年。

一年的时光说长也不长。

一眨眼一闭眼就过去了，谁又说不是呢？

但对于女人来说，每一分钟看不到儿子的时空里，那都可以是一年。

“妈，当年你治病的钱是哥偷来的。”这句话憋在心里很久，如今无论如何也要说出来，虽然顾全说过“在我没出来之前，别跟爸、妈提到我”。

顾全不想让爸妈知道他是一个小偷。

顾全不想让他们成为小偷的爸、妈。

不一样的顺序，却有着相同的心情。

幸福宛若雨后的彩虹来之不易。

就算是把某些话烂在肚子里，也要遵循当初的承诺。

[八]

天空中厚重的乌云诡异地跨着缓慢的脚步，云层把整个世界压得矮了一截。

夏月感到胸很闷，加快了回家的步伐。

在离小区不过几十米的地方，夏月被不明飞行物砸中。夏月捂着疼得发晕的头，还未反应过来到底发生了什么事。

无数的“炮弹”从高空中刷刷地落下来。

如果没看错的话，应该是下冰雹了。

第二次被冰雹砸中的时候，夏月已经相当肯定地相信了自己的眼睛。

冰雹砸在地上发出“啪啪”的声音，像是青春大把大把流逝的声音。

女生感觉无路可逃的时候，有把伞出现在了头顶。

“夏月，你想我了没？”尽管戴着帽子穿着军装确实很精神，不过眼睛里那闪烁的光，却永远也让人忘不了。

“陆之谦！”女生兴奋地用目光在男生身上上下打量，似乎对目光触及的每一寸地方都充满了极大的兴趣和好奇。

两人走到一个屋檐下。

“我想抱你一下，可以吗？”陆之谦的眼神坦诚而坚定。

“嗯。”夏月的声音很快就被冰雹声吞没了。

从来没有见过如此壮观的场景。

无数的冰雹发疯似的从天上降下。

发出震耳欲聋的声响。

“夏月，这是给你的。”男生把手伸进口袋，然后从里面拿出一些东西——全是陆之谦在军队拍的留念照。

很多人忘情地抱在一起，让人能强烈地感受到他们之间似海的友情。

“你们军队还有这么白的人吗？”

夏月饶有兴趣地看到一群被阳光晒得黑黑的人之中有一个人特别白。她好像发现了新大陆一般地问道。

“那是个美国人。”男生尴尬地看着女生。

两年不见，她依旧是那样没脑。

“夏月，还记得两年前那次放学，你看到我在三班鬼鬼祟祟地找东西的事吗？”

女生对这件事情并没有忘记，点了点头。

“对啊，当初你都没有告诉我，为什么要去三班翻东西呢？”

男生露出得意的神色。

“因为那时候听说你喜欢顾新，于是想帮你从他抽屉里给你找几张他的照片啊。不过，我找了很久才找到他桌子，然后里面半张照片也没有。”

“胡说，你怎么知道我喜欢他。”

“傻瓜，全天下就只有你自己不知道了。”

女生耐心地听着，内心像是被别人看穿了一般。

一直以为没有人知道的秘密，原来早已有那么多人知道。

“顾新没有照片，我有，以后你就看我的照片吧。”男生依旧一脸的阳光。

刚开始气势磅礴的冰雹渐渐停了下来，只是偶尔还能听到“咚”的一声。

那是还有几颗冰雹落得比较慢。

“夏月，那我先走了。明天找你。”

“好。拜拜。”

看到男生脸上一副有事情要忙的样子，女生并没有打算留他。

不过很多像“你接下来打算干吗”之类的问题，还没开始问过。

想到这里，夏月心里又有些许期待。

[九]

自从大姨父去世以后，大姨妈和夏夕的关系终于到了剑拔弩张的境地。

“从今天开始，早餐、中餐、晚餐我都不负责，要么你自己做饭要么不吃”再到“每日的房子清扫工作和花盆的浇水这些家务活都要你来做”最后到“家里的事情我不管”。

在一个空气清新的早晨，夏夕真的爆发了。

“你这样的女人不克死自己的丈夫才奇怪呢。还有，像你这样的小人，满街一抓一大把，要多少有多少”再到“从今天开始我搬出去，再也不要见到你这个差劲的女人”最后到“我走了，拜拜。谢谢你这么多年的照顾”。

夏夕有点像泼妇骂街。

平时冷漠骄傲的公主形象在那个清新的早晨被毁得彻彻底底。

夏夕在苏成雨家附近租了一个房子，她开始用她爸留给她的钱。

除了上次给顾新妈治病，这应该是她第二次用她爸的钱。

苏成雨帮夏夕搬了很多画画用的工具和器材，夏夕把租来的房子留了一间当成工作室，这样一来，算是安顿好了。

但是苏成雨的父母不赞同自己的儿子跟这个没爹妈的女生交往，说“一般没爹妈的孩子从小就有心理阴影”。不管苏成雨怎么说夏夕有多么的优秀，自己跟夏夕只是纯粹的友情关系。苏成雨的父母始终不愿意。

于是苏成雨只好借着打酱油、买盐等诸如此类的事情顺便去看一下夏夕。他偶尔看到夏夕因为画画一天不吃东西也会叮嘱“要注意自己的身体”，然后跑到附近的超市替夏夕买一大堆的食物和水果。

夏夕似乎并没空理会这个上门拜访的客人，而是专心致志地忙于创作漫画。苏成雨只好把面替女生煮好，只是临走的时候和下次来的时候一样，面完好无损地放在原地。

这几天，苏成雨的父母似乎意识到儿子如此殷勤地打酱油、买盐，其背后有着不可告人的秘密，于是把苏成雨囚禁在家里。

苏成雨只好一个人无聊地看碟。

手机响了，男生顺手打开免提，问道：“你好，有事吗？”

“苏成雨。我好饿。”是夏夕的声音。

“你等着我，马上就过来。”

男生迅速换了件衣服，又把平时用的黑皮钱包拿上。

他早已把爸妈交代过的“要是你敢私自出去见那个女生，以后就别想我们给你买什么了”之类的警告抛之脑后。

夏夕打开门的时候，看到苏成雨手上提着许许多多的大包小包。脖子上还挂着一个“肯德基”打包袋。

夏夕看到苏成雨把东西卸下来后狼狈的样子忍不住笑了。

“大叔，你这外卖怎么送啊。”

“大包十块一份，小包五块一份。上十份免运费。”苏成雨配合道。

夏夕仿佛真是几十年没吃过东西，不顾形象地狼吞虎咽起来，她自己也记不清有几天没吃东西了。

苏成雨带来的每一样东西都很合她的胃口，仿佛这些是世界上最美味的食物。

“我看你饿得头脑发热吧。”

男生从女生手上拿走了两片姜。

“这个姜是调料，不能吃的。姐姐。”

女生尴尬地笑了下，拿起一只烤鸡继续狼吞虎咽。

苏成雨从一旁把水递了过去，说道：“慢慢吃，都是你的。不够我再去买。”

“够了够了。”夏夕嘴里嚼着食物。

这不像平时的夏夕，以前在这种时刻，她是万万不会讲话的。

苏成雨被夏夕的可爱样子逗得像个小孩一样咯咯地笑了起来。

“苏成雨，今天你救了本师太一命，以后你但凡有什么愿望，本师太都会极力相助。”

“一言为定！要不要击个掌？”

“啊，我没手了。”

定睛一看，女生的两只手都拿着烤鸡，嘴里还在不停地嚼着。

你故意的吧？

不过没关系。

[十]

顾新放学的时候约夏月去他家吃晚饭。

还没经过考虑女生便欣喜地答应了。她甚至把陆之谦下午会在姑妈楼下等她的事情也忘记了。

顾新的爸妈都很热情，对夏月嘘寒问暖，并不停地询问她的学习情况。

夏月有一种不由自主喜欢上他爸妈的感觉。

夏月心里一阵悲凉。

似乎每一次看到待人友善大方的别人家爸妈，她都会想到自己是一个没父母疼的孩子。

顾新似乎意识到什么，吃完饭就对女生说“我送你回去”。

没有任何拒绝的力气和理由，女生微笑地答应了。

两人一路上谈着今天的晚餐是多么的美味，一边聊着一些学习上的事情。不过有些急性子的夏月还是没忍住问了一个让男生愣住的问题。

“顾新，你跟夏夕到底是什么关系啊？”

周围的空气随之黯淡下去，光线已经嵌入了厚厚的墨水，无法穿透。

夏月看着发愣的顾新，以为他不愿意说，就没再问。

“其实，我跟夏夕在十三岁那年就认识了。夏夕喜欢难过的时候去河边散步，我心情不好的时候也会经常去。有一天晚上，她脱了鞋往河里走去，我以为她想不开，于是我冲过去拉住她。她本来只是想把脚踩在冰冷的水里发泄一下坏心情而已。我们就这样认识了。然后，我们彼此都会向对方坦白自己的烦恼，觉得很聊得来，就开始用书信交流。再后来，她想试着和你重归于好就转到我们学校。”

夏月默默地听着，顾新把头转过来看了女生一眼，继续往下说。

“我觉得夏夕就像是我的一面镜子，我所有的痛苦和悲伤，都能从她身上看到。她是一个坚强的女孩。那时候我们甚至还商议，如果你没原谅她的话，我们就去外面流浪。”

尽管极力装作只是在听故事，但当自己的名字出现在故事里时，夏月还是感到一阵胸闷。

如果“你没原谅她的话，我们就去外面流浪。”

如果真是这样，现在会是怎样的场景？

黑暗疯狂的席卷光明，快到夏月所住小区的时候，终于漆黑一片。

“好了，就送到这了。不过你怎么回去？”两人交谈的时光总是过得太快，不知不觉就到了终点。女生看了一下周围，基本上已经黑得伸手不见五指。

“我带手电筒了。”男生把手电筒打开。

一束明亮的光线立即拉开一个管子模样的形状。

“那你小心点。”

“嗯，明天见。”

今天在顾新家的晚餐相当愉快。

令人回味无穷。

夏月站在原地看着一束亮光一晃一晃地离开视野，然后转身上楼。

“夏月。”是陆之谦的声音。

女生这才想起今天陆之谦说在这里等她。

“对不起，我，我忘了。”

“没事，我只是刚刚在奶奶家吃完饭下来走走。”

“你今天不是说有事跟我说吗？”

“嗯，我明天就去西藏。”

“为什么？”

“本来打算今天下午告诉你这个好消息的，我升士官了。”

“恭喜你啊。”

虽然夏月完全不明白“士官”这两个字的意思。

黑夜进一步把光明吞噬。

已经无法像平时看到彼此的表情。

只是能感觉到男生的声音少了原来的那种活力。

像是能把人从堕落的悬崖拉出的魔力。

黑暗蒙住了你的眼睛，你选择用什么样的表情，目送我离开。

第十二章

[一]

“这支笔送给你。”夏月把今天特意买的笔递了过去。

借着楼道微微的光，男生的手缓缓地移到笔面前。夏月把笔放在男生的宽大的巴掌上。

楼道有人下楼用力地踩了几脚，一大簇光亮洒在了两人身上。

黑暗在瞬间被驱逐。

男生握着笔仔细地看着，忽然抬起头盯着女生。

“夏月，呐，我喜欢你。”声音像夜色般柔和。

夏月愣了一下，心跳居然加速起来。

夏月缄默不语。

她就算是相信自己现在仍然喜欢顾新，也不相信自己内心的感觉。

陆之谦转身一步一步地离开，不紧不满的脚步，每一步都像音符一般悦耳。

这不是平时的陆之谦。以前，他肯定婆婆妈妈一大堆然后才会留恋不舍地离开。现在的他反而变得成熟，令人捉摸不透。

夏月脑海里像是有一个回音墙，然后是陆之谦不停告白的声音。除了他，也只有他，说过喜欢自己。

内心有股压抑不住的兴奋在兴风作浪，却又被一个声音“我喜欢的人是顾新，怎么可以对别人动心”淹没。

风浪翻滚着，然后又归于平静。

该怎么去描述现在矛盾的心情？

顾新是自己喜欢了快三年的男生，现在居然因为陆之谦的告白就对自己的内心否认。面对陆之谦的时候，她不知道什么时候已经会心跳加速。

我怎么可以同时喜欢两个男生，绝对不可以。

夏月似乎早就知道会有这样的结果。

前几天掠过的惶恐不安，像是一种妖言惑众的预测。

[二]

陆之谦回来的消息只有夏月一个人知道，连他甚至曾经在学校的死党都没告诉。虽然并不知道他为什么这样做。

他走的时候夏月是知道的。第二天早晨开窗的时候，夏月看到了他一个人拉着一个箱子往小区外面走的身影。

虽然想像上次他去当兵那样去送他，但是自从昨晚陆之谦告白之后，一切就变了。夏月害怕看到这个男生，更害怕内心的想法再次恣意地胡作非为。

男生拉箱子的身影落寞而安静。

他偶尔会回头看，显然是在等待什么人的出现，但夏月假装什么也不知道。

内心正在进行一场有关奥特曼和小怪兽的厮杀。

男生的身影马上就要离开小区大门，夏月感觉心提到了嗓子眼。

他的身影停在了大门口。两年来陆之谦的站姿精神抖擞。原来略微的驼背不见了。

军队是能改变一个人的地方，此话果然不假。

夏月拼命地让自己想着顾新，以消除在脑海中萦绕不散的陆之谦的笑脸。后来她干脆回到了桌前，离开了能看见男生的窗前。

不知道为什么要这样做，女生再次回到窗前。

大门那已是空无一人。

除了楼下树木随风招展的身影。

女生像是想起来什么，往下面冲，门啪的关上，身后遥远的传来姑妈一句：“夏月，出什么事了？”

什么事都没出。

夏月跑到男生刚刚停止的地方，早已不见他的身影。

他像是从来就没有来过一样。

她又向往外跑出很长的一段路，仍然找寻不到男生的身影。

刚才那个落寞而安静的身影，定格在画面的末尾。

“夏月，你怎么了？”

姑妈气喘吁吁地追了出来，担心夏月是不是出什么事了。

“没怎么，我下来捡个东西，刚不小心从窗户那掉下来。”尽管从来都不擅长撒谎，夏月竟然撒了一个连自己也不敢相信的漂亮谎言。

陆之谦以前嘲笑说“你这些烂借口只有母猪才会相信”。

看来并不是这样。

人是会变的。头脑会变得聪明敏捷，处事会变得圆滑世故。

唯一不变的，是内心深处我们称之为“灵魂”的东西。

姑妈信任地说了句“没事就好”就往回走。岁月已经在这个善良的女人脸上烙下痕迹，两年前还面色红润有光泽的脸，现在俨然开始爬满皱纹的脸。

成长是一场庄严的儿童告别礼，老去则是青春华丽的谢幕。

还有多少宝贵抑或平凡的时间可以浪费在青春碾压过的轮痕上呢。

夏月跑回去，站在男生刚才站立的地方。往自己的窗前看去。

四十五度，一个寂寞的角度。

那么，还需要多久的时间你才会回到我的身边，听你诉说离开我以后是什么样的心情？

[三]

已经渐入秋季，一阵微凉的风吹拂着所有漫游于校园的行人。常青树没日没夜不合时宜地疯长。

当夏月看到乔子纯挽着一个男生的手朝自己走来，她并不感到意外，只是麻木。经历过无数次这样场景之后的无条件冷漠。

乔子纯一脸幸福地看着男生，装作没有看到迎面走来的夏月。

夏月忽然像一只发疯的狮子，跑到男生面前，把男生推了老远。

“乔子纯，昨天我还看到他跟一个小学妹接吻。这么差劲的男生你也要吗？你是不是没有追求了？要怎么样你才能清醒过来？”

积蓄已久才会拥有的爆发。喷涌而出的火山用灰霾覆盖了它所经过的角落。

无论如何我都不希望你变成这样，哪怕是因为苏成雨。

乔子纯面无表情地愣在原地，然后不以为然地看着夏月已经失控的表情，似乎已经冷漠到毫不在乎的程度。

“子纯，你快醒醒。好不好。”夏月拉着乔子纯的手。

浓妆艳抹的脸蛋有些刺眼。

“夏月，你闹够了没有？”

“到底是为什么，你会变成这样？”

“为什么，好吧，那我告诉你，就是因为你。”乔子纯露出一脸忧伤的笑容，这是世界上最欠扁的笑容。

世界仿佛失去了声音。

就是因为你。

乔子纯的面容开始模糊不清，晕开后一片惨白。

字眼在脑海里形成无数根银针，刺进不明所以的脑浆，疼痛已经无法蔓延。

乔子纯一脸歉意地走到男生面前嘀咕了句“她是个疯子，不必理她”。男生被揭穿后，强挤出一丝笑容。昔日光鲜的脸庞，逐渐被乔子纯的背影遮住。

夏月愣在原地。

略显凉意的风拂过，却像冬天一般刺骨。

[四]

画室里，到处都是架起的白纸或者已经完成的画。

夏夕全神贯注地用笔在纸上勾勒着什么，不管是谁，认真的样子都很美，何况这本身就是一件艺术品。

有个身影走进来的时候，夏夕浑然不觉。

“夏夕，看我给你带什么好吃的来了?”

女生回头对着身影微笑了下，说道：“你先把东西拿到客厅去。我马上出来。”

身影闻言乖巧地离开了。

夏夕走出来的时候，苏成雨已经把汤倒在碗里，旁边有一个盘子装着鸡腿之类的熟食。

“我知道你不喜欢纯肉汤，所以特意叫师傅加了玉米进去。”

男生微笑着把汤递给女生，叮嘱道：“你尝下，小心烫。”

夏夕接过来，坐在一个矮凳子上，对着舀好汤的汤勺吹气。

“成雨，我打算报考中央美院的动画系。”

“可是你都没老师，要不要去报个提高班之类的?”尽管这样说，苏成雨对眼前的女生还是很有自信的。

在短短的两年时间内，夏夕通过自学，画的东西几乎已经能让人感觉到出自大家的手笔。

“我还是自学吧。我不怎么喜欢听课的。”女生淘气地嘟了嘟嘴巴，接着又说：“好烫啊。呵呵”

“成雨，那你打算考哪？”

“我就考中央美院旁边最好的大学。”

两人相视而笑。

“对了，成雨，最近我忙于画画，那几盆以前种的花经常忘记浇水。要不你带回家里去照顾吧？”夏月指了一下阳台的方向。

男生身影矫健地走了过去，观赏起花来。

隔了一会儿，传来男生的声音。

“确实好几天没浇水了。夏夕，要不这样，我天天过来帮你浇水吧。”

听到苏成雨的话，夏夕微微愣了一下。

“好啊。”

“这个是什么啊？”

男生顶着一顶圣诞帽走了进来。看到男生的滑稽样子，夏夕忍不住笑起来。

她突然觉得这顶帽子无比的熟悉，应该是自己的。

夏夕的笑容僵硬了下来，估计是被哪只野猫弄到外面去的。

“最近老是有野猫跑到家里来捣乱。害得我每次都胆战心惊地把画室锁起来。估计这也是它们的杰作吧。”

“我觉得买点老鼠药就好。”

苏成雨的思维永远像一个飞速旋转的机器。

“啊？”夏月错愕地看着苏成雨。

“你看吧，之所以猫多，是因为家里老鼠多。用老鼠药把老鼠赶跑了自然就没有猫了，对吧？”

“好冷啊。”女生故意打了个冷战。

“需不需要衣服？”

男生抓起一块抹布，故意吓唬女生，往女生那走去。

女生尖叫着跑开，躲开男生走得很慢的步伐。

“我觉得你真的需要一件衣服，不然会冷死的。”

“不要啊。”

“作为朋友，我要保证你的生命安全。”

“这个真不用。”

“这个必须有。”

两人互相追打的身影像是夏日送给秋天的最后一个温暖的礼物。

热烈、活力、生命，所有与青春有关的礼物。

[五]

过了三天，夏月终于接到了陆之谦的电话。

夏月那期待已久的声音被压成低低的关心："你在那边还行吗？不会水土不服吧？"

对面依旧像一个小孩子一样咯咯地笑着："夏月，那天晚上我是跟你开玩笑的，别当真哦。"

"谁说我当真了。"夏月有些气愤地说。

两人聊了很多，比平常还多，关系似乎又恢复到了以前那样，可以肆无忌惮地讲无聊的事情和笑话，以及身边的人和发生的事。

夏月有种失而复得的感觉，内心一阵欣喜。

姑妈看着雨过天晴的夏月感慨道"长江后浪推前浪，表情变得比我年轻时还快"。夏月朝姑妈做了一个鬼脸。

这几天，天空纠结成一大块抹着墨水的黑布。

连绵不绝的雨水，以及随之湿透的心情。

再不出太阳，连窗台上的花都要发霉了。

这几天姑妈和姑父一直商量着怎么迎接小八，两个平常想象力丰富的大夫忽然变得一筹莫展。

承蒙小八的悉心照料和安排，姑父、姑妈在美国度过了一个刻骨铭心的假日。每次姑妈跟别人说起时都带着几分自豪的语气。所以这次小八要来，不能就这么草草了事，而是要同样给他一个难以忘怀的假日。

平时上网除了看球赛和医学方面信息的姑父也开始浏览各种八卦网站。

夏月有时候写完作业，也会跑过去发表参考意见。不过，最后计划安排的全部过程并不是他们当中的任何一个人完成的，而是苏成雨。

这件事情要从三天前说起。

夏月像平时一样收作业。

"苏成雨，你的数学作业呢？"

"夏月，不，我伟大的数学课代表，你借我抄下吧。"

女生愣了一下，已经有多久没听到这句熟悉的话了。男生脸上流露出跟从前一样明媚的笑容，让人仿佛能感受到阳光在上面欢快的流淌。

"自己的作业自己写，这是原则问题。"女生迟疑了一会儿，说道。

"你就看在我们建立的伟大的死党友谊的份儿上，救人一命胜造七级浮屠。"

“杀人偿命，天经地义。”

“哎，人心不古，世态炎凉呐。”

两人好像回到了以前。

两年前，同样的对白、同样的表情。

夏月的眼神有些恍惚，并不清楚自己是不是在做梦。

并没有掐自己判断下是不是在做梦，如果真是梦，那她宁愿不要那么快就醒来。

“苏成雨，你知道夏夕为什么好几个礼拜没来学校了吗?”

男生微微笑着，尽管笑容没有原来那么痞气，多了几分温和。

“她打算考中央美院，所以跟学校申请了不来上课。”

“哦。”想到夏夕有这么好的打算，夏月也想为她祝福。

“你手上拿的这个是什么?”男生好奇地指着女生左手拿的那张纸。

“我姑父、姑妈叫我替他们做一个迎接贵宾的计划表。”

“主要是为了迎接谁?”

“他们以前的一个病人，姑父、姑妈把他当成自己孩子看。”

“要不我来帮你做吧，以前我看我爸写过。”

“好啊。”女生感激地把自己写了几个字的纸递给了男生。

于是三天后，便有了这个令姑父、姑妈赞叹不已的计划表。

夏月的嘴角扬起了一个长长的弧度。

其实她更开心的还是苏成雨的转变。虽然到现在她都不知道当初他为什么会变成那样，但现在他好像已经和当初一样。

这就可以了。因为结果往往是最重要的。

[六]

第二天，雨过天晴后的彩虹横跨在缠绵柔情的天空。

路上的地面经过雨水的冲刷像是重新粉饰过一般，反射的光线有些刺眼。

唯一能贴在皮肤上感觉的空气，凉飕飕的。

夏月在离教室门口不远的小道上碰到手拉手的两个人。

曾经无数次的怀疑成为现实的那一刻，没有任何多余的惊讶，而是震惊怀疑居然变成了真的。

苏成雨牵着夏夕的手，两人一脸幸福状。

看到夏月，苏成雨并没有不知所措，而是牵着夏夕来到她跟前。

“夏月，从今天开始，我就是你姐夫了哦。”

男生坦诚而淡定。

只有夏夕脸上泛着红晕，显然是被苏成雨的话弄得不好意思了。

“除了说祝福你们我还能说什么呢。”夏月露出了一个笑脸。

苏成雨说有事先离开一会儿。

只剩下夏月和夏夕。

“你们什么时候在一起的？”夏月想知道当初是不是因为她，苏成雨才跟自己陌生的。

“前几天刚刚在一起。你和顾新呢，你们应该也在一起了吧？”

夏月有些惊讶，不知道夏夕为什么会这么说。

“你知道吗？我喜欢顾新，但是我选择了和苏成雨在一起。”

直接而露骨的话。

“你为什么要这么做？”

“没为什么，因为苏成雨对我好。”

夏月一时不知道说什么好，只是愣愣地看着眼前这个女生。

除了眼睛里泛着血丝以外，找不出有变化的地方。

苏成雨从一个拐角处钻了出来。

“两位聊得开心吗？”

两人同时对他微笑。

苏成雨提议把顾新叫出来一起去喝奶茶。虽然夏月说把乔子纯也叫出来的时候男生没吭声。

乔子纯没在教室，顾新在教室里看书。

夏月敲了一下窗户，其他人都抬着头往外面看，顾新依旧埋着头看书。

直到其他人议论夏夕的时候，顾新才把头抬起来，看到站在外面的三个人。

“你们找我？”干净的笑容，没有任何的杂质。

四个人坐在奶茶店。基本上都是苏成雨在说话，其他人都是有一句没一句地跟着说。

“夏月，讲个笑话吧？”

夏月还沉浸在刚才和夏夕的对话里，就以“我想不起来”拒绝了和苏成雨开玩笑。

遭到拒绝以后，苏成雨没再死缠烂打要夏月讲笑话。

乔子纯在四人惊讶的目光中走了进来。她又挽着一个大家从未见过的男生。

“顾新、夏夕、夏月。”乔子纯向他们打了个招呼。

唯独少了苏成雨。

气氛像是加了糖的盐水一般尴尬。

“我要两杯柠檬奶茶。”

乔子纯的声音足足能够让每个人都听见。

“你知道柠檬是酸性的还是碱性的?”乔子纯笑着问挽着的男生。

“柠檬是酸的，当然是酸性的。”男生觉得乔子纯问了一个很傻的问题。

“以后不要在我面前用‘当然是’，我讨厌你说话的语气。”乔子纯可爱的模样瞬间消失，取而代之的是一脸的气愤。

“你以为你是谁啊。”男生用痞子一样的笑容看着乔子纯。

“整个学校谁不知道，只要长得还可以，都能泡到你。要不是你有几分姿色，我才懒得追你呢。”男生继续说着。

“啪”，乔子纯狠狠地给了男生一巴掌。

“你敢打我，看我不打死你这个贱女人。”

男生竟然真的要跟乔子纯动手，狠狠地把乔子纯拽了过来，给了她一巴掌，然后手又扬了起来。

顾新冲了过去，给了男生一拳，男生爬起来，顾新上去又是一拳。

“你们管什么闲事啊?”男生委屈地趴在地上骂道。

顾新又再次踢了男生一脚。

“告诉你，柠檬是碱性的，还不快滚。”男生连滚带爬地离开了。

乔子纯站在一旁一动不动，一只手安静的垂着，一只手捂着刚才被打得通红的脸蛋。

“乔子纯，你没事吧?”夏月关切地走了过去。

乔子纯朝苏成雨的方向瞟了一眼，发现夏夕把手挽在苏成雨的臂上。

然后像风一样狂奔了出去。

[七]

晚上，顾新带着夏月在一个水煮摊上吃水煮。

老人看着顾新摇了摇头。

顾新并没有告诉夏月这里曾经是他和夏夕常来的地方。

只有老人知道，上次男生带过来的女生不是同一个人。

深秋的夜晚似乎更加旷远、迷茫，没有了夏季夜空中的湛蓝湛蓝的鱼肚白。

两人回去的时候，夏月看了一下手表，发现才一会儿的工夫就已经八点了。顾新提出送夏月回家，夏月半推半就地答应了。

两人淡淡地聊着乔子纯的事情，谁都不敢放开地诉说自己的感想。毕竟，乔子纯才是真正的受伤者。

她是一个傻瓜。

也许只有她自己知道。

那天，乔子纯偶然经过小树林时，看到一个如苏成雨背影模样的男生趴在树边不知道在做什么。想起夏月曾经跟她讲有人把她的名字刻在树上的事后，乔子纯充满好奇地走了进去。

树林里到处都是年代久远的树皮，地面上是调零的落叶。

乔子纯踩着落叶往男生那边走去。

男生仿佛沉浸于其中，丝毫没注意走过来的乔子纯，依旧一丝不苟地蹲在那里刻画着。

终于，树叶碎裂的响声还是吵到了男生，男生惊恐地回头。

“乔子纯。”男生心虚地看着乔子纯。

乔子纯已经走到跟前，看着男生那个还未刻完的“月”字。

“刻得真好。”乔子纯诡异地笑着。

“原来你喜欢夏月。”

男生低着头，像是在沉思。乔子纯只能看到一圈黑发。

光线有些黯淡，背影已经在眼眶里朦胧。

“乔子纯，我求你一件事情好不好？你把今天看到的事当成我们俩的秘密，不能告诉任何人，包括夏月。”

男生把头扭了过来，眼睛里闪烁着温柔到极致的光。

你知道的，我无法抵抗。

因为我跟你一样。

可以将深爱藏匿在心里，烂在肚子里。

可是我也知道，你不再属于我。

[八]

倒计时。

也许只是一眨眼一抬手就从指缝间灰溜溜逃走的时光。

又是万恶的高考。

为了它，忙的所有人都变成了国家的特级保护动物。

有人说，这是一个万劫不复的深渊，和天堂只有一步之遥。

不过更多的人自以为是地认为，只要赢得了高考就赢了一切。虽然并不是这样，但姑且认为这种鼠目寸光的想法在这个时期是正确的。

在学习与压力的双重阴影下，沐浴春风和阳光已经成为奢侈品。

夏月开始每天坐在桌子面前连续十几个小时地看书，写字，高考倒计时的脚步每临近一步都是一种不可一世的震慑。

陆之谦的电话在一个月前突然断了。

心急如焚地等待他的电话已经成为了夏月空闲生活的全部。

偶尔顾新来约，夏月已经开始学会了用学习等事情搪塞。原来以为自己太笨一辈子都学会不了如何拒绝人，居然在顾新身上学会了。

听说语文老师给夏夕找了一个资深的动画系教授上门给她辅导，而且已经付费。虽然不知道这个曾经的代班语文老师为什么要这么做，但有一点夏月心里明白，他是这个世界上跟爸爸年龄相仿的唯一一个疼自己的男人。

夏月原以为夏夕会像原来一样拥有优异的成绩，然后借此考一个令人艳羡的大学。转学过来才知道，她把所有的时间都花在了她的兴趣上。又以为她将这样堕落下去永无宁日。现在，她的前途却一切光明。

条条大路通罗马，并不是朝着太阳的地方才能见到光。

有些来自灵魂深处的，肉眼无法看到的，双手无法触摸的光芒。

那才是真正照亮人生的光。

[九]

日子连滚带爬的流逝，不管生活堕落成什么人模狗样，终究是要向前行走的。

夏月早上喝了点酸奶不知为何肚子疼得厉害，只好像个泄了气的皮球一样温顺地趴在桌子上。

苏成雨开玩笑说可能是酸奶里有三聚氰胺，夏月需要赶紧去医院看看。

不过夏月没去在意，苏成雨说完之后也没像以前那样激动地说“傻瓜，我送你去医务室”。

就算苏成雨可以像以前那样跟自己聊天，但他已经不可能像原来那样关心自己了，因为他已经有了夏夕。他们已经在交往，夏夕才是他最关心的人。

莫名其妙的失落感从脚底开始往上涌起。

夏夕申请在家学习成功之后，座位一直空着，今天却摆满了书。翻开之后，夏月才发现是林平的书。平常他把多余的书本都摆在地上，现在看夏夕好多天不来上课，便把书放在了她桌子上。

物尽其用。资源利用的最大化。不过不仅仅是这个问题。

高三的课本和资料书，在数量和重量上要求要有两张桌子才能够和谐地堆放好。如果只是一张桌子，绝大多数的人是把书本堆成一座山屹立在眼前，又或者在桌子底下垫一张过时的海报，然后把书堆在桌下。

从这点来看，林平无疑是最聪明的。

夏月的肚子像是月亮引领的潮水，一会儿疼得翻天覆地，一会儿又好受了许多。她根本没有心思看书，也没有心思去管前边的林平和女生争论夏夕桌子的事情。

语文老师走进来的时候，夏月浑然不觉，只是捂着肚子趴在桌上。

“夏月，你怎么了，肚子不舒服啊？”

声音晕散在空气里。

林平停止了和那个女生的争论，教室里嗡嗡的读书声也停了下来。

“老师，我没事的。”夏月在众人的眼光中装出一份很舒服的样子。

“走，我带你去医务室。”语文老师的态度坚决，脸上的表情也严肃了起来。

虽然夏月坐在座位上没有动弹，期望男人就此打住，不用过多担心自己。但她很快发现事情并没有按自己的设想进行。

语文老师僵在座位旁，一副不愿意离开的架势。

“夏月，听老师话，走吧。”

终于还是有些不情愿地跟着去了。语文老师把夏月送到医务室便离开了。

医务室的医生仔细地检查了两遍都没有发现什么问题。

夏月看着里面看病的男同学都离开后，不好意思地对医生说，其实我是来那个了。

然后女生在医生鄙夷的眼神下离开了。

下午的课有些无聊。

除了不停地复习以外，就是不停地写作业。

感觉身体就像是一个输入固定程序的机器人，不停地穿梭于书本中不能自拔。

苏成雨的精神却好得吓人。在众人昏昏欲睡之际，只有他一个人端坐地笔直笔直，头埋得很低，笔杆子在他手中不停地挥舞着。

对于资质像他这样好的人来说，这完全是多余。尽管他自己也承认这点，不过这已经是很久以前的事情了。

上次聊天，他跟夏月说，为了能跟夏夕在同一个城市，他要考离中央美院最近的大学。这就是他源源不断的无限动力。

当苏成雨问道夏月为什么如此努力的时候，她支吾了很久也答不上来。

到底是为了什么？

为了不让姑父、姑妈失望？还是为了自己所谓的前途？

连夏月自己都无法确信到底是为了什么才如此起早贪黑地勤奋学习。

只是看着大家都如此的努力，夏月也觉得这样才是对的，跟随着大众一起，做着同样自以为对的事情。

要么光芒万丈，要么同归于尽。

高考是一个任谁也无法看清的深渊，要么鱼死网破的蹚过去，要么临阵逃脱。

于是，当班上几个成绩差的同学在临高考不过两个多月的时候退学时，班上一片哗然。

然后整个高三像是中了一阵邪风。

越来越多的人开始退学。

像是在宣扬这样一种观念：就算是做懦夫，也可以全身而退，总比惨死在战场上强。

夏月对这些并不感冒，反正自己是要高考的，谁也动摇不了。但当她知道乔子纯也退学了的时候，心情瞬间跌落进深不见底的悬崖。

一落千丈。

乔子纯每次考试都在五十名左右这是夏月知道的，而且从学校历年的录取率来说，意味着她可以轻轻松松考上二本。

不管是因为什么原因，夏月都觉得非常有必要和乔子纯谈一下了。

[十]

记忆是对往事一种莫大的感触。

一如已在逝去的温暖如光我们称之为青春的东西。

牡丹花未开而含苞等待。

企鹅微笑地钻进自己搭建的家园。

夜晚的皎洁月光温情如水。

而你。

落寞的背影挡住了模糊的视线。

是什么，让你的忧伤撒了一地。

第十三章

[一]

渐入深秋的天空像是被漂白粉浸泡过般一片惨白。几个黑影偶尔急速从高空掠过，然后消失在远方。

秋天是一个以平静和寂寞滥竽充数的季节。

夏月低着头在路上行走，像是在想着什么事情，并没有注意到自己快撞上路旁的梧桐树。

有人站在梧桐树旁敲了敲树干，发出浑浊而圆厚的声音。

夏月在抬头的一瞬间，才知道这个人是顾新。

“想什么呢，这么入神？”顾新的下巴收敛起一个恰到好处的弧度。

夏月尴尬地笑了下答道：“没什么。”

没什么，连敷衍也没有。男生似乎早就知道女生会这样拒绝，反而以更热情的眼神看着女生。

“还在为上次乔子纯的事情？”顾新没有继续说下去，只是点到为止。

有些事情并不需要说得太直白，这点男生是知道的。上次夏月去劝乔子纯的时候，乔子纯带着一种很恐怖的笑容狠狠地把夏月羞辱了一番。

“你以为你是我妈啊，狗抓耗子多管闲事！”这是乔子纯的原话。那一刻，夏月感到有无数的眼光看着自己出丑，目光聚成一团刺眼的白。

内心里有个声音在呐喊“我再也不把你当朋友，不管你的事情了”。可是过了一会儿她又后悔了。要是当初脸皮再厚点再坚持下，说不定就能说服乔子纯不要退学了。

有一种心情可以叫作无可奈何。

“夏月，事情都过去了，每个人走的路不同，不用太难过。”顾新看夏月没说话继续安慰道。

“我真没事。”夏月立即露出一副轻松的模样，似乎并不想多说。

尽管站在眼前的这个人是顾新。

曾经心中梦中追随过无数次的白马王子，曾经狂热喜爱快三年的暗恋对象。

现在也不知道怎么了，夏月慢慢地已经没有了那种心动和心跳的感觉。甚至已经可以风平浪静、云淡风轻地与他交谈、聊天。

那种看一眼，见一面就能惊天地般的感觉。

早已被她遗忘在神秘的深谷。

[二]

乔子纯来学校搬东西的时候，夏月刚好从办公室交完数学作业往教室走。

乔子纯一副两人刚开始认识时的打扮，没有了浓妆艳抹，还是穿着那件令人赏心悦目的白裙，头发乖巧地垂下，眼睛里闪烁着温顺可爱的光芒。皮肤也跟原来一样令人羡慕，白皙到吹弹可破。

不知出于什么目的，乔子纯冲夏月笑了笑，夏月不知所措地回应了一个微笑。

她的父母帮她收拾着东西，不过可以看得出来大多都是书本，用一个很大的箱子装着，然后搬到车上。

顾新站在乔子纯旁边，不知道在说些什么，乔子纯只是依旧微笑着，并没有太多的话语。

夏月正犹豫着要不要上去告个别，但上次和乔子纯交谈的时候她让自己太难堪。心里正挣扎着，乔子纯的爸妈已经收拾好了东西，让乔子纯上车。

车子缓缓地驶远，乔子纯并没有像夏月想象中那样恋恋不舍地把头伸出来与她告个别或者再仔细地看看这个读了快三年将要称作母校的地方。

安静、含蓄，这是夏月看到乔子纯的第一感觉。

乔子纯的可爱，已经渗透到骨髓，这是一般人都无法装出来的。

不过，两人终究逃脱不了半途离场的命运。

夏月坐在教室里的时候，突然有个人大喊“快叫老师，金小月晕倒了”，班长赶紧跑到办公室把班主任叫过来。

班主任是个四十多岁的男人，身材略胖，额头上鹤立鸡群地站着几根头发，是个典型的智慧秃头象征。

班主任在众人的议论中急急忙忙地打了医院急救电话，并询问班上有人知道金小月从前有什么毛病没。

“老师，爱美算不算?”有个调皮的男生开了一个不合时宜的玩笑。

班主任投以一个严厉的足以秒杀一切的眼光，男生的脸色瞬间变黑。

“老师，我知道，她以前有胃病。”

可是胃病一般来说不会让人晕倒，这是一个人人知晓的常识。

几番询问下来，班主任觉得得不到自己想要的答案，便跟随救护车一同前往医院。

教室里响起了低低的交谈声。

在高考的巨大压力下，能有这样一个让自己放松放松的机会，每个人都是如此毫不犹豫地牢牢抓住，这就是高三学生的本能。

苦中作乐是一种需要历练很久才能获得的本领或者境界。不过，对于将要参加高考的学生来讲，这样小儿科的事情是不是可以忽略不计。

夏月一直膜拜着金小月这个曾经的中考状元。对于这种所有科目都能考到接近满分的怪胎，她一度报以羡慕嫉妒恨的心情。当然，自从那次金小月因为苏成雨而陷害夏月的事情发生之后，金小月在夏月内心深处的位置开始一落千丈。

所以，当得知晕倒的人是金小月之后，她刚开始产生的同情和担心似乎淡了很多，甚至有种报复的邪恶快感。

从某种程度上讲，人是自私自利、爱贪小便宜且喜欢做白日梦的单细胞生物，是没有那么多神经元用来构建健康高尚善良的头脑的。

总而言之，对于金小月的晕倒，更多的人包括夏月在内，只是以一种走马观花看热闹的心态在满足自己的好奇心而已。

虽然的确有那么点儿没有人性，但当所有人都这样的时候，又有谁在乎呢?

[三]

原本以为告别了夏天的烈日炎炎，体育课会从此成为一种享受。

在学校刚发布完“体育课在高三最后一个学期停课”的消息后，每个人都是如此视若珍宝地对待现有的体育课。

连有个两年上体育课都不运动的女同学，也像是吃了活泼丸一样的在操场上活蹦乱跳。

班主任说，高考是一个拼体力和脑力的活动。没有身体作为革命的本钱，就像是给你一千万元却把你变成植物人一样毫无意义。

而金小月，通过医院的检查找出了晕倒的原因，是因为劳累过度引起的贫血、晕眩。

于是，所有的人都像是找到了童年一般在各个地方发疯似的锻炼身体，只是为了不让自己成为第二个金小月。

夏月并没有去锻炼身体，而是像往常一样寻找那个熟悉的身影。

已经成了一个习惯。

每一次的体育课都是和三班一起上的。

夏月把自己藏在几棵茂盛的盆景旁边。

目光飞快地横扫而过，却没有找到自己的目标。

目光缓慢地游荡过去，还是没有找到。

林平在很远的地方就边跑边叫着夏月的名字。

“夏月，在这干吗呢?”林平笑嘻嘻地靠了过来，夏月警觉地往后一闪。

“有事吗？林公子。”也许这个称呼会更适合林平。

“你们不是每次都嘲笑我搭讪失败吗？这次我要一雪前耻，所以要你过来做个见证。看见没，那边那个穿丝袜的美女。”林平用手指着升旗台那边。

夏月随他所指看到了一个身材消瘦的女生站在那好像是在等人。

“我上去跟她聊几句她就会抱我。”林平没等夏月回话便走了出去，背影把距离一点一点地拉远，视线也开始因为拉扯而变得模糊。

尽管这是一件很无聊的事情，夏月本想以“我现在没心情搭理你”拒绝林平。但林平似乎早就预料到这一点，根本没给自己反应的机会。

不过夏月仍会好奇这个每次都搭讪失败的男生这次是否能成功。

林平的身影游到了女生身边。从夏月的角度看过去，两人似乎已经聊得很熟络，然后又过了一会儿，林平上去抱了女生一下。

时间很短，只见男生在跟女生拥抱的时候朝夏月这边做了一个神秘手势。

朦胧中看出有点像是胜利的姿势。

林平轻快地跑了回来。

“夏月，是不是心服口服了?”林平一脸的得意，脸上的线条夸张地揉在一起。

夏月不屑地瞥了男生一眼，然后准备离开。

“好吧，暂且不聊这个。我们去看足球赛吧。”

夏月继续往前走，并没有理会。

“大姐，你不给我面子，起码得给苏成雨面子吧?”

苏成雨也在？作为昔日众人眼中的铁杆死党，似乎这是一个无法拒绝的理由。女生把头别了过来，看着歪着脖子的林平仍旧笑嘻嘻的样子。

“好吧。”声音悠远而流长。

所谓的足球赛，只是一班和三班的体育老师为了站在一起聊天并美其名曰“为即将高考的学生放松减压”而特意策划的一场足球友谊赛。

参赛双方是从两个班上的男生中挑选出来的。苏成雨是一班的队长，三班的队长是体训队的一个大个子，顾新也在队伍里，难怪刚才没看到他。

苏成雨是班上篮球打得最好、跑得最快的男生，被选做队长当然无可厚非。只是顾新夹在三班的一大群又高又胖的人中格外惹眼。

林平在观众堆里拿着一手的零钱，喊着“压钱咯，左手压一班的赢，右手压三班的赢，买定离手”。很多人凑热闹似的把钱放上去。基本上都是自己班上的学生压自己班。

班级集体荣誉感从林平两沓差不多的零钱上就能充分体现出来。

“我压一班。”

“我压三班。”

“老师我们最多只压五块，这是娱乐。”林平错愕地看着两个体育老师递来两张一百的人民币。

两人相现一笑，换成一张一块的。

比赛开始。

抛球的瞬间，苏成雨灵巧地抢到了球。

夏月的目光始终在顾新和苏成雨身上游离。

苏成雨果然是个运动好手，球像是粘着在他脚上一般，随其所欲地滚动，在脚间来回旋转前进。

就像苏成雨打篮球一样，平常表情看上去略显憨厚的男生，突然显得霸气十足，像是注入了生命力的稻草人一般，可以来去自如的展示自己。

而顾新经历过他哥那件事情以后，整个人也变得活泼起来，不再像原来那样低着头走路，也不再冷漠地回答别人的问题，更重要的，是他主动跟夏月做了朋友。

这样的顾新在女生面前，不再让女生感到难堪，也不再为男生的冷漠而发愁。

可是，终究还是有些东西变了，不只是这种变化那么简单。

球场下的呐喊声异常激烈，似乎是为了宣泄长久待在教室里形成的抑郁，惊天动地、地动山摇。

连路过的学生也被吸引过来。

“快跑过去防住前锋。你，对，就是你，别带球，快传。”这是一班体育老师的声音。尽管只是压了一块钱，他还是全身心地投入到了指导当中。

毕竟就比赛而言，过程是最让人感到充实、欢乐的，不过，就人自身而言，胜利往往代表了一切。

“苏成雨，苏成雨，苏成雨。”已经有人忍不住喊起苏成雨的名字，其他人也跟着喊了起来。

苏成雨似乎被声音的洪流冲昏了头脑，一个人带着由后卫传过来的球直接孤军深入。

对方两个人跑了过来，想防住这个不可一世的闯入者。

苏成雨左右晃动，然后一个急停，晃过了一个，又是加速，然后一个转身，又过了一个。

整个场下像是地震了一般轰动。他们被苏成雨刚才华丽的脚步和带球过人的动作惊艳到了，忍不住扯着嗓子喊着苏成雨的名字。

“快传球，你后面有人，快传，你旁边队友被放空了。”一班的体育老师激动地冲苏成雨吼道。苏成雨没有搭理他，而是继续像箭一般地往前冲。

夏月仿佛能看到苏成雨因为急速奔跑而闪烁的光芒。

像阳光一样温暖、舒心。

对方所有的后卫都朝苏成雨扑过去。

整个球场，苏成雨像一头猛兽一般扎进了敌人的营地，孤立无援。

假动作，反跑，带球，过人。

一连串的动作，像是在完成一件伟大的艺术品一般令人无比享受。

苏成雨再一次猛冲，就在所有人以为男生要往前过人的时候，他把积蓄满能量的脚在电光火石的一瞬间抬起。

足球像是在描绘一幅幽美的画卷划出一个巨大的弧度。

守门员手忙脚乱地扑了上去想要阻止。

不过，球旋转时产生的偏差让守门员摔了个四脚朝天。

足球华丽地扎进对方的球门，狠狠地撞在网上。

欢呼声如雷鸣一般响起。

这一切都符合偶像所具有的特质。

华丽，速度，激情，霸气，飞越。

这是属于苏成雨的世界。

[四]

相比苏成雨，顾新则低调很多。尽管他有着惊人的爆发力和两年的踢球经历，可他却自愿当了一个中锋。

中锋更讲究的是为前锋创造更多的机会，阻止对面前锋的强力进攻。

顾新跑起来的姿势很优美，夏月有时候看着看着就忘记了比赛本身。

顾新身上果然有一种令人无法言语的魔力。

夏夕不知道从什么地方冒了出来。

夏月微笑地打了个招呼，夏夕报以同样的微笑。

旁边看球赛的男生唏嘘一片，对美女的到来津津乐道。

“夏夕，你觉得哪个班会赢?”

夏月看着夏夕靠过来，觉得再不讲点什么就会很尴尬，随便找了个话题聊起来。

“我觉得可能是平手。”夏夕的声音坚定并且充满信心。

“你说呢?”夏夕转过头问。

夏月本来想脱口而出的“当然是我们班啊”很快就变成了“你知道我对体育很白痴的”。

夏月自嘲地回头说道。夏夕的脸色并不大好，像是因为操劳过度了，夏月能看到她的眼睛里布满了血丝。

“最近很忙吧？听说语文老师给你找了个教授，怎么样?”

虽然夏月心里对于夏夕上次说的“我喜欢的是顾新，但我却和苏成雨在一起”还是一直耿耿于怀。

但是这么久不见面，内心对她还是有一丝控制不住的想念。

想知道你过得好不好。

现在，知道你过得好，我会很安心。

知道你过得不好，我会担心，不再像原来那般邪恶。

毕竟，我们是姐妹。人终究是要长大的，还有什么不能放下呢?

［五］

灰白色的天空把整块湛蓝色的鱼肚皮包裹成一团，泛着寂寥的白光。

下课的铃声像夏天的蝉撕着嗓子鸣叫。

足球上的呐喊声依旧像比赛开始时那般地动山摇，观看比赛的人越来越多，黑压压的一片，包围了半个足球场。

苏成雨又一次带球往对方球门冲过去。

对方球员早领教了苏成雨的厉害，这次直接有三个人跑过去抢球。

就在别人说“依苏成雨的性格，他不会传球的时候，”苏成雨一个急速左旋，把球传给了在左翼被放空的队友，然后是一个弧度并不高的大脚。

球经过一阵加速之后慢慢落下，从判断失误的守门员旁边缓缓地滚进球门。

场下的欢呼声几乎震耳欲聋。

苏成雨俨然成为了这场球赛的主角。

利用别人的心理反其道而行之，永远不能低估苏成雨的智商。

夏夕的笑容浮现在脸上，但并没有笑出声音。

虽然不知道夏夕是怎么做到的，但是夏月无论如何有些笑不动了。

球场上，三班的体育老师叫了一个暂停。脸色淡定从容，似乎并不担心这次球赛会输。

再次上场的时候，一班的阵形依旧没有变化，三班则是把顾新放到了大前锋的位置。

虽然真正感觉到这点变化的只有夏月，或许夏夕也感觉到了，只是她装作没在意。

“美女，请你喝水哦。”有个高大英俊的男生走到夏夕身边说道，脸上挂着自信的微笑。

这类长相帅气又身材高大的男生往往都是自信满满的，搭讪女生的时候也是底气十足。

男生举着矿泉水的手停在半空。

时光定格了三秒。

男生的笑容终于僵了。

“给个面子好不？我同学在那边看着呢。”

夏月不经意地抬起头，发现不远处一大堆男生正一脸坏笑地往这边看。

“好吧，那我问你个问题，你答出来我就要你的水。”

男生顿时一副洗耳恭听状温顺地站近了些。

“为什么乌龟突然一个头两个大？”

旁边偷听的人忍不住笑了起来，显然有人知道这个问题的答案，不过男生抓了很久的后脑勺，最后说了句“算你狠”，就离开了。

有两个人忍不住轻声地嘀咕着。

“到底为什么啊？”

“因为乌龟正在想问题，所以才一个头两个大，她刚刚的意思是说男生是乌龟。”

夏月站在一旁，发现自己也被这个问题问倒了。听到答案之后再一次由衷地感觉到自己的智商低得可怜。明明答案那么简单、明显，她就是想不到。

自己是夏月，不是夏夕。

现在不是，永远也不可能是。

[六]

下课后，所有听到呐喊声的学生都跑过来看到底发生了什么事情。

好奇心能够驱使人们解决更多的世界性难题，当然也可以造成更为宏大的场面。

本来只是由两个体育老师私自举行的班级足球友谊赛，却由于苏成雨的精彩表现，使越来越多的人慕名前来观战。

原本只是围了半圈的足球场很快就密不透风了。

像是一个项圈。

夏月感觉有几个人往身边挤，只好往里站了些。

身边的呐喊声似乎能够震破耳膜，夏月把耳朵捂了起来。

暂停之后的比赛似乎更加惊心动魄。

苏成雨带着必胜的信心在踢这场球。他再次身手敏捷地带着球穿梭在绿茵场上。他做了一个假动作，然后把球往对方胯下带过。对方完全没明白苏成雨是怎么过去的，愣了两秒又跟了上去。

场下发出一片哄笑声。人们已经分不清加油声和嘲笑声。

苏成雨再次以剑雨一般的速度往对方场上横冲直撞，完全没把对方放在眼里，一股霸王之气顿时显露出来。

场下再次响起“苏成雨”的叫喊声。

苏成雨听到之后似乎更加信心十足，往三个人包夹的人堆里冲了过来。

左右的晃动和假动作。

很轻易地让前面两个人互相撞在了一起。

只见苏成雨正要带球继续往前冲时，脚下掠过一阵凉风。

球到了顾新的脚下。顾新对着对面的球门一个大力传球。

似乎真的传球。

但又不仅仅是传球

球居然直接进了球门。

所有的人都伸长脖子看着球飞越大半个球场的样子。

然后是一片惊讶声。

当然也有人扯着嗓子喊“瞎蒙的，这都可以”。

苏成雨呆呆地站在原地看着顾新往回撤退的身影。

俨然是当头一棒，又像是如梦初醒。

离比赛结束只有十分钟了。球员在接下来的比赛中似乎变得更加主动、积极。很多人因为抢球而做出各种各样的小动作。

有人用脚踢对方的脚，有人故意用肘去顶对方。

不和谐的画面一次次在体育老师的哨声中骤然停止。

比赛的胜利肯定不是最重要的，更何况这还是场友谊赛。但是已经被青春激昂起来的队员有着青春期男生不服输的劲头，把胜利看做是能够证明自己的标志。

有几个队员因为恶意伤人而被罚下。

气氛忽然变得火药味十足。

顾新貌似被人踢到了小腿，只能一瘸一瘸地小跑。距离太过遥远，夏月已经看不清顾新咬牙忍住疼痛的表情，只能在一片模糊中找到一个瘦瘦的身影。

夏月有些担心地看着这个背影发呆，希望比赛就此停下来。而旁边的夏夕则面无表情，跟冰块一样冰冷。

离比赛还有五分钟，两个体育老师再一次叫停。

这次暂停并不是技术或者队形调整，而是给队员做思想工作。胜利不是唯一，友谊才是第一。

虽然每个队员都是那么不耐烦地听着，但是再次比赛开始之后，情况明显好转，没有再发生明显的恶意伤人的状况。

比分是二比一。一班的队员似乎不愿意再去进攻，而是一味地防守，拖住这最后五分钟。三班的结果似乎已经开始掌握在顾新脚下。

应该是强忍着痛，夏月已经看不到顾新瘸着的样子，而是身手矫健地跑动。

队友把球传给了顾新。顾新并没有往球门方向冲，而是把球带到一个人较少的空旷地带，然后迅速往球的反方向跑。

场下的观众看到男生的举动后，好奇心急剧膨胀。所有人几乎都屏住呼吸。

男生往后退了一段距离后，就在别人都以为他要传球的时候，来了一个大力抽射。

这次不是传球。已经可以明显看到男生把脚的方向对准了对方的球门。

足球再次起飞，又是一个高得令人感慨的弧度。

足球从守门员的头顶飞了进去。

夏月目瞪口呆地看着眼前发生的一幕，然后耳畔又响起雷鸣般的掌声。

三班有人带头喊“顾新”的名字，其他人也激动地附和着。

不再是刚开始低调到会把你冷落到一旁的样子。

足球飞行的华丽弧度已经向所有的人证明，

你，也是这场球赛的王者。

[七]

球赛并没有像观众期望的那样来个奇迹般的逆袭。

顾新进球之后又像原来一样无比低调。

苏成雨刚像是泄了气的气球。

比赛的结果最后定为二比二平。

就如夏夕所说的，这是一场平局。

如同神一样的预测。

队员的身影在一片尚未尽兴的嘈杂声中宛若潮水般退去。

苏成雨的脚步有些不协调地往两个女生这边走来，而顾新则是向学校医务室的方向走去。

“你们聊，我先撤了。”夏月看着走过来的苏成雨说完这句话，就往顾新的方向跑去了。

无论如何，我似乎只是多余。

夏月追上顾新的时候，顾新听到背后有急促的脚步声回了下头。

“顾新，你好厉害啊。以前怎么没发现啊。”夏月咧开嘴惊叹道。

顾新看着跑得气喘吁吁的女生，脸庞因为突然跑动而晕红，像是氤氲在水里的红墨水。

“我踢过两年足球。”顾新又恢复了原先一瘸一拐的样子。微笑的时候，汗水随之抬起一定的角度，能映射出一片晶莹的光芒。

“我陪你去医务室吧。”

顾新没有回答，只是微微地笑了一下。

夏月犹豫着要不要过去扶他，内心不停地挣扎，低着头跟在旁边。

“夏月，最近找你出来玩，你都好忙啊。”顾新云淡风轻似的说了一句，似乎还有别的意思。

“是吗？”夏月自言自语道。

夏月根本就不忙，只是不知道为什么不想跟顾新出去玩，所以只好找学习很忙的借口拒绝。

每一次跟顾新在一起，夏月都会想起陆之谦。

他到现在还没有消息，快三个月了。

我到底是怎么了？

[八]

"哎，我才隔了一天没来，你这里怎么又乱成这样啊?"苏成雨感慨地看着客厅一片狼藉，说道。

"我也不知道，反正没空收拾。"夏夕一边收拾东西一边回答苏成雨的问题。

男生也帮忙收拾了起来。

"最近没猫过来捣乱吧?"

"没，最近一只猫也没有。"

"看吧，我就说老鼠药很管用的。请用你那颗精致的小脑袋瓜子膜拜一下我吧。"苏成雨把桌子上的果皮和吃剩的饭盒随手抛进了旁边的垃圾箱。

"我根本没用老鼠药，是小区的大妈把野猫都抓起来关在一起当家猫养了。"夏夕得意地笑笑，对苏成雨的失算似乎特别有成就感。

"我觉得我应该把地拖一下。"苏成雨转移话题。

"拖把在卫生间。"夏夕指了一下卫生间的方向。

"我又不是第一次来。"苏成雨的声音消失在拐角处。出来的时候，苏成雨手上拿着一已经湿了的拖把，拖把仍然在滴水。

"成雨，你不会把拖把弄干点啊。"

苏成雨歉意地笑笑。平时他在家里是从来不做家务的。他作为独生的宝贝儿子，在家里有着皇帝般的待遇，拖地这等小事，自然也就不用亲自出马。

即便他偶尔出去买包盐、买瓶酱油，女人都会对男人说："你要不要跟着你儿子，他这么神经大条我不放心。"

不过男生似乎很有做家务的潜质，客厅和画室的地板很快就被打扫得一尘不染，夏夕感激地拿着拖把去自己卧室搞卫生。

夏夕向来是一个爱干净的女生，自从教授开始教她画画，她已经到了废寝忘食的地步，所以地也没再去打扫。夏夕对画画不仅仅感兴趣，请来的教授也对夏夕的画画天赋和那充满活力的想象力更是赞不绝口。

夏夕没有想到卧室里会有这么脏，她把垃圾桶拿出来的时候，苏成雨也目瞪口呆地看着。

"夏夕，不会是卧室进猫了吧?"苏成雨对于这种卧室垃圾多于客厅垃圾的现象表示了深刻的好奇。

夏夕尴尬地朝苏成雨笑笑，并没有做过多的解释。

在你面前，再多的解释都是多余。

你理解我，懂我，那就行了。

苏成雨出去倒垃圾回来的时候，手上拿着一个黑色塑料袋子。

“夏夕，你过来看一下，好多钱。”

夏夕有些不相信地靠过去，打开袋子后，发现里面确实有许多沓百元大钞。毕竟是第一次看到这么多钱，一眼看过去，有种被晃到眼睛的感觉。

“你在哪捡到的？”

“就在你家门口。”

女生以为男生开玩笑，神情有些严肃地问男生到底是哪儿捡来的。

“真的就在门口，开门的时候我还被绊了一脚。我也奇怪，刚来的时候还没有呢。”苏成雨的语气坦诚而且少了平常的油腔滑调，看来苏成雨说的是真的。

夏夕有些迷惑地想着“这么多钱到底是谁放在门口的”。

夏夕叫苏成雨电话报警，两人顺便数了一下到底有多少钱。

整整三十万。

“夏夕，要是你有这么多钱，你打算干吗去呢？”

男生把头侧了过来，似乎并不能猜透女生的心思。

“我想办个画展，这是我一辈子的梦想。不过，我现在画得还不够好，等以后水平够了再说吧。你呢？”

“我就用钱来买你画展的画。”

两人默契的相视一笑。

楼下响起了警笛的声音，警察到了。

[九]

由于塑料袋里没有任何关于失主的信息，警察也表示这件事情很难，于是把钱带回警察局了。

警察似乎对眼前这两个小鬼特别感兴趣，不停地询问他们为什么会想到把钱还给失主。却得到了夏夕“现在不缺钱用，”苏成雨的“我家有的是钱”这两个略显无趣的答案后黯然失色地离开。

毕竟在这个人人向钱看的社会，尤其是从未经历过诱惑的小孩，更容易迷失在钱的世界里。

警笛声扯着嗓子吼叫着离开。

两人总算可以躺在沙发上消停一会儿了。

夏夕被苏成雨看得有些尴尬，于是以“我去画画，顺便温习一下下节课要讲的知识要点”这个正当的理由走进了画室。

苏成雨感觉有种东西一直在眼皮里爬行，痒痒的。

然后是一阵天旋地转、天昏地暗。

顺其自然地打起了呼噜。

秋天是一个收获的季节，所有虫蚁鸟兽都在忙着准备过冬的食物，没有了满世界的嘈杂和喧嚣。所有的炎热和寒冷还未来得及降临大地，没有了炎热和刺骨的考验。

因此，在这样的时候睡觉自然是一件令人十分惬意的事情。

男生自己也不知道睡了多久，只知道迷迷糊糊中有人给自己盖了一件衣服。

窗外，天色已然黯淡。

周围一片死灰般的沉寂。

男生顺手拿起盖在身上的衣服，有些吃力地站立起来。

墙角上的蓝色钟表的指针指向六和十二的位置——已经六点了。

苏成雨睡了三个小时左右，他忽然想起夏月以前说自己是爱睡猪而反驳“猪本来就爱睡，形容词用得极其不恰当”。

走进画室，苏成雨发现夏夕居然趴在一个桌子上睡得正香，就连苏成雨把手上的衣服给她盖上的时候依旧没有丝毫反应。

苏成雨微笑地看着夏夕，在黑暗下柔和的脸庞，眼睛安详的闭着，呼吸均匀。刘海调皮地遮住了额头。

淡红的嘴唇微微的向外张开一个好看的弧度。

让苏成雨有些想凑过去吻一下的冲动。

苏成雨在原地挣扎了一会儿，忽然想起夏夕肯定没准备晚饭，于是把门轻轻带上，往楼下走去。

苏成雨在喧闹的菜市场买了一些蔬菜，想到自己根本不会做饭之后，又像往常那样买了一些熟食、饮料之类的东西。

再次走进画室的时候，夏夕依旧保持着原来的姿势，睡得正香。

苏成雨不忍心打搅夏夕的睡眠，在桌上放了张纸条准备离开。

可还是不小心撞到了一条小凳子，发出了“嘭”的一声。

女生惊醒地睁开眼，茫然的眼神并不知道发生了什么。

苏成雨温和帅气的脸庞猛然映入眼帘。

“成雨，你在这里做什么?”

苏成雨诧异地看着夏夕那舒展的表情。

“不好意思，打搅你睡觉了。外面放着我买的东西。有直接可以吃的，也有蔬菜，不过我不会炒。我要回去了。”

夏夕明白苏成雨要走的原因就是因为他爸妈，太晚回去的话他又要挨骂了。

“你回去吧，记得路上小心点。”夏夕乖巧地笑笑。

苏成雨的目光汇聚成一束温热的光线。

然后被苏成雨宽阔的背影隔开。

[十]

“你又死哪儿去了？”女人看见开门进来的男生，脸色变得铁青。

苏成雨没有说话，似乎已经准备接受女人一顿狂风暴雨般的说教。

女人看着男生一副满不在乎的表情，愤怒得像头发疯的西班牙斗牛。

然后是一大段声音洪亮刺耳的叫骂声。

窗外。

黑暗吞噬了天空角落的最后一丝光亮。

没有星星和月亮的夜晚。

整个世界一片漆黑。

第十四章

[一]

学校前段时间因为众多学生的退学事件受到了校领导和教育局的高度重视。

为此，学校特意为各个班级准备了专门的高考心理辅导老师，专门为“心里有烦恼想不通压力大没地方宣泄”的学生提供一个良好的平台。

刚开始没有人敢去咨询，害怕因此被划入有心理残疾的队伍，被众人嘲笑。

后来班主任规定每个学生都要主动去跟心理老师谈谈心，无论是否有烦恼和压力。

班主任真是用心良苦。

很快这招就见成效了。

林平同时跟六七个平常比较欣赏的女生告白了，原因很简单，当时他问心理老师“我有喜欢的人，但我不知道她喜不喜欢我，怎么办”时，心理老师告诉他“喜欢就要大胆说出来，不然以后会遗憾终生”。

林平是个诚实的人，唯一不诚实的地方就是没有告诉心理老师，这个她应该是她们。

心理老师是一个大美女，据说是刚从某大学心理学专业毕业的应届生，现在被教育局调到学校来实习。

轮到夏月的时候，夏月一时不知道说些什么好，就随便问了句：“你有男朋友吗？喜欢什么样的人?”心理老师顿时大惊失色地看着夏月，觉得对于这种爱慕同性排斥异性的心理行为得多加辅导才对。于是全方位、三百六十度地跟夏月讲解男生的好处。

到最后，心理老师说：“这个问题肯定困扰了你很久，但是你不能被你的意识所打败。同性恋这个观念是可以逆转的。”女生这才知道心理老师误以为她是同性恋了。

毕竟只有调皮的男生才会问她诸如此类的问题。

一轮交谈下来，心理老师脸色苍白地对班主任说：“再不对班上的大部分心理有问题学生进行辅导的话，学校将发生类似于‘富士康连连跳’的悲剧。”

于是谈心由一个礼拜一次变为两次。

对于女生来说，这无疑会占用她们宝贵的学习时间，于是对此表示强烈的反对，但是她们的反对声很快就被男生的欢呼声压倒了。

[二]

到今天为止夏月已经有三个月没有接到陆之谦的电话了。

夏月像往常一样吃完饭便坐在电话旁看书、写字，最主要的目的是等陆之谦的电话。

夏月的身体僵直了很久，眼神呆滞。

笔和手指同时悬浮在空中，半天没有动静。

一如既往的发呆现象。

姑父、姑妈对此习以为常，不过，姑妈第一次看到这种情况的时候，曾花容失色地对姑父说：“不得了了，夏月谈恋爱了。在高考这个这么重要的节骨眼上怎么能谈恋爱呢？”姑父则是安之若素地笑着说：“谈恋爱好啊，可以减轻高考的压力。”姑妈立刻投以一个秒杀一切的眼神。

姑父今天在大厅看球赛，看着坐在旁边的夏月轻轻地拍了她一下。

夏月像是看见鬼一般惊住了。

反倒把笑脸相迎的姑父吓得够呛。

“夏月，告诉你个好消息。今天我趁你上学的时候，在房间里给你安装了一个分机，这样你在房间写作业等电话，就不会被电视吵着了。”

姑父恢复了原先慈祥的面容。

“谢谢伟大的姑父。”夏月撒腿就往房间跑。

“唉，夏月，小心摔跤。”姑妈洗完碗从厨房出来的时候看到女生像一头野牛一样横冲直撞。

“知道了！”声音被关门声切断。

陆之谦基本上都是八点就准时打电话过来，偶尔也会晚一些，是为了等寝室的人打完。

部队里不让用手机，所有人都将寝室里那个粗犷的座机视若珍宝。

陆之谦说他们“仿佛回到了毛主席时代一般”。

夏月安静地想着陆之谦说过的每一句话，都是那么可爱、好笑，让她一脸甜蜜着。

门外，姑父看球赛的呐喊声已经听不清了，像是有无数的棉花不停地往夏月耳朵里塞。

无数的物体开始加速旋转，头慢慢晕眩。

整个世界安静了下来，眼眶里的物体旋转晕开一片空白。

丁零……

丁零……

丁零……

电话机闪着不停来回跑动的红光。

被惊醒后的夏月慌忙拿起了电话。

对方没有说话。

夏月也不想先说话。

对于这样迟到的幸福。

回味比接受本身甜蜜得多。

结果，断断续续传来了一个女人自言自语的声音："9、3、5、3、2、5、6，哎呀，打错了。"

连句"不好意思"也没有，就"哐"的一声把电话挂了。

女生有些失落地听着电话里嘟嘟嘟断线的声音。

窗外依旧黑成一片。已经听不到楼下姑父的呐喊声。

夏月用眼睛瞟了一眼闹钟，已经十点了。

今天是三个月整，按照以前的规律，陆之谦再忙也会打个电话过来。

女生有些气馁又不想放弃，内心像是在拧螺丝一般纠结不堪，最后她决定再等半个小时。

可是，瞌睡虫是一个致命的天敌。

等她再次睁开眼睛的时候，发现天已经亮了。

亮堂堂的光照进来有些刺眼。

女生迫不及待地看有没有未接电话。

失落的叹息声弥漫了整间房间。

忽然想起今天是星期六。

女生像一条鱼一样扎进了被窝。

然后又是一片安静。

[三]

姑父、姑妈起来的时候并没有叫夏月。每个周末的早上，都是夏月睡懒觉的美好时光。这跟在姨妈家完全不同，和夏夕在一起的一个月，每天都要六点钟起床，然后去外面的街上买早点回家。

“丁零——”。

电话只响了一声，女生便迅速拿了起来，电话的另一头是陆之谦的声音。

“亲爱的夏月，这阵子让你担心了，对不起哦。”

“为什么不给我打电话，你这个混蛋。不知道我很想你啊。”女生有些委屈地哭了起来。

“夏月乖，我给你讲个笑话，你别哭了好不好？”陆之谦用几乎祈求的声音说。

“好吧，那我要看你讲的笑话好不好笑。”夏月有些得意，没再哭。

“听好了。笑和话是两个好朋友，有一天笑死了，话去参加他的葬礼，在葬礼上忍不住流着眼泪说，我好想笑啊。”

女生没心没肺地笑了起来。

“夏月，我要走了。下次跟你聊。”陆之谦似乎很急的样子。

女生刚想叫他不要走，才聊了这么一会儿。

对方就把电话挂了。

夏月想把电话挂上的时候，睁开了眼睛。

大把大把刺眼的光亮。

原来是在做梦。

她的情绪跌落到了谷底。

［四］

傍晚，一大团黏稠的灰色棉花湿漉漉地堆积在天际。

秋天的天空少了夏天的澄澈干净，多了几分浑浊和笨重。

天气往往是一个影响人心情的无形杀手。

夏月像往常一样钻进了那片小树林。

周围沐浴在黯淡寂寥的光线下，幽深的小径出口冒着刺眼的白光。

已经有三周没人再往上刻名字了。

夏月俯下身子，把头靠近，仔细地看着曾经刻过的名字。

斑驳的树皮已经开始腐烂，有些名字开始残缺不全。

还有些名字时光无情地冲刷之后显得模糊不堪，已经难以看清是自己的名字。

不过，已经不是那么在乎了。

只是，那种刻在树皮上却像是烙在内心的感觉。

像是盘旋在头顶的云朵。

挥之不去。

［五］

若不是一时想不起该问什么问题才不会像上次一样产生极其尴尬的误会，女生也不会因为自己问了一个“能不能原谅曾经抛弃过你的人”这种问题而后悔。

这个问题的回答不是早就根深蒂固了吗？

不可原谅，绝对不可原谅。

心理老师也不再像上次那么大惊失色地看着自己，而是沉思了一会儿，然后语重心长道：“我想你肯定听过农夫和蛇的故事吧。在一个寒冷的冬天，农夫用自己的体温救活了一条冻得奄奄一息的毒蛇。毒蛇反而恩将仇报，用带毒的牙齿咬了农夫一口。如果第二次，农夫再次在这样的情况下遇见了一条被冻得快要死去的毒蛇，你觉得农夫应该怎么做？”

“当然是不去救它，对吧？”心理老师看着眼前这位犹豫不决的女生，用了一个站在对方角度考虑的反问句。

“不是。我要救它。”

“那么你已经告诉我答案了。”

“不，我不会原谅它，但是我只是同情它。”

“如果你同情它，说明你的内心已经开始原谅它了。”

几番对话下来，两人又陷入了沉默。

听到门口有个男生敲门，心理老师才让夏月离开。

外面的空气似乎永远要比室内的密度要小。没有了胸闷的感觉，夏月长长地吸了口自以为略显稀松的空气。

脑海依旧在想着这个问题，到底值得原谅吗？

这么多年坚信的问题。

原来终究会有动摇的那一天。

［六］

苏成雨坚持了很久，夏夕才半推半就地答应去他家做客。

苏成雨这样做的目的是为了向爸妈证明夏夕是一个不错的女孩子，而非他们想象的那样。

清晨下了场淅淅沥沥的小雨，微风轻柔地贴在皮肤上，让人感到针扎一般冰凉刺痛。

夏夕在路上不停地询问苏成雨有什么忌讳和需要注意的地方，苏成雨对夏夕这种平时泰山崩于前而心不跳的心理素质一直很欣赏，不过现在只能笑嘻嘻地看着女生神色慌张的样子。

“我妈特别忌讳别人把她叫老，你等下别叫她伯母，叫她阿姨就行。”

“好。那伯父呢。”女生侧着头一副很认真的样子。

“我爸，这个我还真不知道。”男生抓了抓后脑勺。

“你仔细想想，说不定就想起来了。”

苏成雨迫于夏月不依不饶的表情，只能卖力地回想。

“我爸最忌讳我考得不好。”

“你每次不是都第二名吗?”夏月有些不解地看着苏成雨，似乎苏成雨还有一个天大的秘密她不知道。

“我爸开玩笑说，如果在他有生之年能看我考一次第一名，他就可以死而无憾，含笑九泉了。”

两人聊得尽兴，并未注意已经到家门口了。

苏成雨掏出钥匙，像往常一样把门打开，然后对夏夕说“欢迎光临”。不过，夏夕并没有走进去，而是在原地犹豫，脸上出现了一片绯红，似乎很紧张的样子。

来来回回几个回合，夏夕才被苏成雨拉着往里面走。

苏成雨的爸爸正在看报纸，他妈妈坐在他爸爸旁边一边缝衣服一边轻声嘀咕着什么。

夏夕蹑手蹑脚地移到两人面前，像脑海里预演无数遍的场景，喊了声“叔叔、阿姨好”。

不过对方并没有回应。面子像是从桌子上往下做了自由落体运动，碎了一地，包括多年积蓄的骄傲与自尊。

苏成雨急忙笑嘻嘻地跑到女人面前撒娇：“妈，今天夏夕在家吃饭好不好?”

女人的脸色并没有因为男生的撒娇而改变，而是面无表情地说：“家里没饭了。”

男生赶紧说我现在就去买。

女人又接了句：“家里没菜。”

“随便什么菜都可以的。”夏夕微笑地看着女人。

“家里没盐、没油也可以吗?”

“当然。”夏夕依旧保持微笑。

“不巧，家里没电了。”

男生抬头看了看大厅里放着刺眼白光的灯，顿时恍然大悟——爸妈并不欢迎夏夕。

“我们走。”苏成雨拉着夏夕的手往门外走去。

“你个兔崽子，还不死回来。”

女人骂道。

嘭。

所有背后顺势侵袭而来的声音聚成的光亮，被男生用力关上的防盗门隔开。

只有一句巧妙的话从窗户口传了过来。

“你再走一步就别想再踏进这个家门。”

[七]

并不是像俗套的桥段写的那样，苏成雨迫于母子之情没有跟夏夕走。如果让苏成雨在夏夕和母亲之间选一个的话，苏成雨会毫不犹豫地选择夏夕。

并不是他不孝顺，而是他了解站在窗口发怒的女人：自己是她生命中最宝贵的东西，再多的骂声和责备都会随着一个晚上的洗礼沉淀消失得无影无踪。

一直以来，自己都是她捧在手心的绝世珍宝。

夏夕的脸庞像一块冰冷的铁皮，看不出任何喜怒哀乐。

“夏夕，对不起。我妈平常说话都不怎么好听，你别见怪。”

夏夕没有回应苏成雨，而是继续往前走着，并没有的理会男生的打算。

苏成雨小心翼翼地跟在后面。

有辆警车停在了小区的门口。

两人刚要经过的时候，警车上有个人把头探了出来。

苏成雨一眼认出了是上次那个警察，就笑嘻嘻地跑过去打招呼。

“要不要上去坐会儿?”

“明天你们两个来公安局一趟。”警察并没有理会男生的邀请，看着苏成雨脸上的表情僵硬之后，知道刚才的话可能吓到了他。

“没事，就是那些钱找不到失主，你们有权处置这笔钱，明天来警察局

走程序。”警察的脸上终于舒展开，有了几分笑意。

夏夕没管站在警车边的苏成雨，一个人往楼梯口走去。

“对不起，我有急事，先走了。”苏成雨匆匆忙忙地跑开。

“哄女生要有耐心。”

警察的声音，还有几个人的笑声，都一起闯进了他的耳朵。

［八］

夏夕生气的时候喜欢把自己关在画室里画画。

苏成雨敲了很久，夏夕仍然不肯开门，里面一点动静也没有。

不管说了多少好话，即便语气已经近乎哀求，房门仍像是一个冷酷的保镖，毫不留情地把男生拒之门外。

苏成雨有些垂头丧气地坐在附近的小凳子上。坐下去的瞬间，一丝冰冷宛若针刺般刺激肌肤。男生这才想起，上午洗的凳子忘记了拿出去晒太阳。站起来的时候，他发现上面烙下了一个不深不浅的印迹。

苏成雨把耳朵贴在房门上，仍然听不到里面有半点响动，甚至听不到夏夕作画的声音。

窗外，一阵猫叫幽怨地飘了进来。

随之黯淡下去的冷蓝色天空。

被微风拂过发出哗啦啦响的叶子。

苏成雨再次跑进客厅的时候，手里提着许多袋子。

他轻轻地敲了几下门，说道：“夏夕，吃的我买好放在桌上，记得出来吃，我回去了。”

男生掉转了身体。

隔了会儿，门悠悠地打开，女生面无表情地走了出来，手上拿着一本厚厚的漫画，用另一只手打开了客厅的灯。

“原来是在看漫画，难怪没有声音。”

惊讶的曲线漫步在女生的脸上，然后缩成两条随性精致的弧度。

男生从门口像兔子一样蹦了出来，带着一脸的阳光，得意扬扬的表情上像是涂上了一层奶油。

“生气对身体不好，我保证下次不会再发生这种事情。”

苏成雨的语气坚定坦诚。

不过，你永远保证不了你爸妈的冷漠的表情以及残忍的语气。

你还是那么孩子气。

女生一脸严肃地把目光投向桌上的大袋、小袋。

“我饿了。”

突如其来。

男生愣了两秒，又再次笑嘻嘻地跑到桌前，小心翼翼地拆着包装。

女生也凑了过去，两人合力把东西有条不紊地准备好。

“要不今天你就在这陪我吃吧？”

“好啊。不过我跟你讲，我很能吃的。你怕不怕。”

“当然不怕。来，先把这个大大的鸡腿消灭了。”

“不行，我要吃牛排。”

夜晚是永不沉睡的猫，睁着眼睛洞察着眼前的一切。

偶尔真的有几只野猫趴在窗口喵喵地叫着。

苏成雨也跟着猫叫了两声，野猫听到男生嗷嗷直叫似乎觉得有危险便快速地跑开了。

笑容在两人的脸上绽开了花朵。

男生回到家里的时候，客厅里一片漆黑。

他一个踉跄差点儿摔了个跟头。灯突然“啪”的一声瞬间亮了起来。他的心脏跟着狠狠地抽搐了一下。

苏成雨看着爸妈略显严肃地正坐在沙发上，笑嘻嘻地迎了上去。

“爸、妈，这么晚了还不睡觉啊。”苏成雨乖巧地往女人身上蹭，这是他一贯的做法，每次只要做错事，一用这招就什么事情都没了。

女人这次没有理会他，只是冷漠地看着自己的儿子。

“我今天仔细观察了一下这个女孩，没父母教的孩子就是这样，不把大人放在眼里。以后你别跟她玩，小心她把你也带坏了。”

男人直接露骨的开场白，似乎今天晚上急需解决这个问题。

“爸，我困了，我们明天谈好不好。”男生打了个长长的呵欠。

“还有，我问你，你的零用钱怎么只有这么点了？”女人把男生的钱包拿了出来。由于男生下午穿七分裤出去不好带钱包，便把它放在房间的桌子上。

“你们居然翻我东西？”

“我是你妈，翻你东西怎么了？”

女人理所当然地说着，嘴巴张开的弧度很夸张。

苏成雨的脸上的线条急剧地收拢在一起，不满让他的脸皱成一个干瘪的桃子。

“下次你们别翻我东西了。还有，我跟什么样的人做朋友我自有分寸，你们不用担心！”

男生一边走一边往卧室走去。

然后是“嘭”的关门声。

灯光笼罩在客厅两个坐得笔直笔直的身影上，像是两尊屹立在佛山的石像。

庄严肃穆，令人敬仰。

[九]

女生有点无助地夹杂在川流不息的人群之中，双手不自然地收拢。

她眼观八方，否则随时有被撞到的危险。

唯一幸运的是，自己并不是那种所谓的超级美女，不然偶尔还是能看到有调皮的男生故意推其他男生往美女身上撞去，甚至旁边会有若干“咸猪手”趁机揩油。稍有素质的男生则是吹着口哨或者目不转睛地直视你。相对来说略显低调。

夏月以前跟夏夕在一起的时候，就碰到过这种情况。几个社会青年模样的人一直跟在夏夕后面要电话号码。夏夕没理他们，他们继续像跟屁虫一样令人讨厌地尾随。走了一会儿，在一个人很多的地方，夏夕突然跑过去扯住其中一个男生的衣裳，歇斯底里地喊道：“非礼啦，非礼啦。”

随即无数双眼睛像是箭一样射过来。

其他几个男生立即作鸟兽状散。而被夏夕扯住衣裳的男生，则是低着头在众多人厌恶与愤怒的眼神下苟且偷生。有几个男生甚至想在夏夕面前逞英雄，上来对着夏夕手里的男生就是一顿猛揍。而夏夕则像一个高傲的公主面无表情地离开。

“小心点儿，发什么愣啊。”夏月抬起头，看见了一张熟悉的脸。

差点儿就撞上去了。

在大街上碰到同学。

跟笑容般亲切舒服。

“表哥。怎么了，是你同学吗？”站在一旁的女生说话了。林平拉了拉女生的衣袖示意她不要说话。

夏月的脑海立即以光年的速度回忆起上次林平搭讪的那个女生，根据身材和穿着基本可以断定就是眼前这个女生了。

“你……”夏月没有继续说下去，男生则是一脸无辜的表情。

“好吧。我不揭穿你了。”

林平旁边的女生看着两人如此默契的眼神交流，忍不住问林平：“表哥，她不会是你女朋友吧？”

夏月吐吐舌头做了个鬼脸，说了句“姑妈叫我买鸡精”然后就离开了。

夏月转身后后面传来一句“小孩子别管那么多，不懂不要问，越问越笨。”

虽然对于林平这种为了满足自己的虚荣心而让自己的表妹假扮搭讪对象的做法感到极大的不满，但想起每次林平被人嘲笑时落寞的表情，不满似乎也渐渐化成了理解。

若不是目前经常出现食品安全问题，夏月也不会被姑妈告知一定要去大超市买鸡精，这样的话才多点保障。

自己当然也明白，一般这类东西平常都是姑妈买，但最近姑妈觉得夏月的心情不大好，便要她多出去散散心，顺便委以这样一个简单的任务。

夏月这几天经常做梦，梦见陆之谦打电话过来，梦到陆之谦死了，梦到陆之谦回来了。

要么笑醒。要么哭醒。

不知道是怎么了，她像是丢了魂魄一般六神无主。

超市里。放着林肯公园的 *In the End*（到最后）。激昂的音乐，像是为了振奋人心而嘶吼。

夏月喜欢这支美国加州的摇滚乐队，每一首歌几乎都是来自歌手灵魂深处的呐喊。

超市里依旧人满为患。

夏月的胸口被一团闷热的气流堵住，有些喘不过气来。

满目狼藉的广告张贴在各个肉眼可见的地方，眼睛被五颜六色的浓艳色彩晃得开始晕眩。

旁边是不停的“某某商品半价销售”之类的叫卖声。原本正规的超市变成了一个菜市场。

夏月蹲着身子仔细地看着各类鸡精，犹豫再三最后选了一包生产日期最新的鸡精。毕竟生产厂家都是会把生产日期提前很久，很多东西其实早就过期，只是那几个鲜明的数字还在自欺欺人而已。

“夏月？”一个熟悉的男人的声音在夏月背后响起。

“语文老师。”夏月有些惊喜地绽开了笑容，似乎对于这样的偶遇有着常人无法理解的快乐。

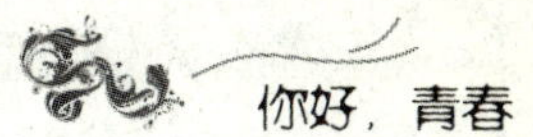

“你买鸡精啊，老师一直都用味精的。”男人像小孩一样“咯咯”地笑起来，脸上温暖如初。

“嗯，老师，那我去找点儿别的东西，拜拜哦。”女生瞥见了一个熟悉的中年妇女的身影朝这边走来，忙道。

并未征得男人的同意，夏月便急匆匆地离去，连鸡精也忘了拿。

男人把目光放在女生身上，一脸沉思的表情。

[十]

心理辅导周结束后，班上的同学一起送这个实习的心理老师离开。

尽管刚开始有着无数的恶作剧问题，心理老师还是无比耐心地一个一个解决了。

比如，有人觉得自己天生就比别人矮一截，心理老师便让他试试内增高，并且亲自掏钱给原本只是开玩笑的男生买了一双。

比如，有人说自己最大的梦想就是抱一次美女，心理老师便微笑地送给他一个鼓励的拥抱。

似乎每个人都对这个短短相处几天的心理老师有了特殊的感情，送上了很多礼物。

临走前，心理老师走到夏月面前说了一句“跟着你内心的感觉走就对了”。

夏月似懂非懂地点点头。

然后目送老师离去的背影。

她的身体与光线交汇融合的一刹那，像是一个智慧与美貌化身的天使，令人仰慕。

“夏月。”

如果不会是自己听错了的话，那应该就是乔子纯特有的嗓音了。夏月有些兴奋地把头转了过来。

后面除了班上的同学并没有其他人，更没看到乔子纯。

夏月确信是因为自己最近太想她，听错了，再次往教室走。

“夏月。”

这次声音更大了一点，已经能感觉到那震动耳膜的尖锐声。夏月来回转了好几个圈，依旧不见乔子纯的身影。

到底怎么了？是在做梦还是产生了幻觉？

“看上面。”乔子纯的笑容高高地挂在二楼。然后夏月只听见一阵“咚咚咚”往下跑的脚步声。

没有了浓妆和奇怪的发型，没有前阵子冷漠黯淡的眼神，夏月确定乔子纯真的回来了。

“你干吗退学？想死我了都。”

夏月忍不住抱着乔子纯，说道：“都是我的错，以后别这样了好吗？”

“笨蛋，我都回来上学了。你这么恶心，我受不了又回去了怎么办？”乔子纯没心没肺地推开了夏月，露出了从前迷倒众人的笑容。

“话说我不在的这些日子里，你没有移情别恋吧？”

“我哪敢啊。”

“千万别给我整个小三、小四出来啊。”

两人开心地调侃着，丝毫没看到站在她们身后的苏成雨。

“欢迎你回来。”

苏成雨笑了笑，手随意地放在口袋里，眼睛直勾勾地看着乔子纯。

“哎，好久没听苏成雨讲冷笑话了呢？”乔子纯一脸期待的表情。

“好啊，我也好久没跟别人讲过了。一幼儿园的小破孩躲在厕所里吸烟被老师抓住了。老师问他为什么吸烟，他低下头，深沉地回答，‘祖国尚未统一，心情很郁闷’。”

乔子纯跟他预计的一样哈哈大笑，没有理会在一旁只是呵呵笑着的夏月。

“夏月，你平常不是笑得很大声吗？这不是你的作风啊。”

“告诉你个秘密。”

“什么？”

“这个笑话我听过了。”

“听过还笑？”两人用近乎石化的表情瞪着夏月。

晚上。

好久没有像今天这么开心了。乔子纯的回归的确让夏月心口的一道狭长的疤痕开始慢慢愈合。夏月明白乔子纯有多么喜欢苏成雨，不过从乔子纯的表现来看，她应该是放下了。

夏月翻来覆去地想着心事，无论如何也难以入睡。

窗外的月光柔和的流进来，在地上安静地躺着。

“丁零……”

“丁零……”

夏月期待过无数遍的电话声响了起来。

已经不知道是不是幻觉，夏月用力地捏着手背，然后很快就被蔓延的疼痛惊起。她掀开被子连鞋子也没有穿就跑到电话机前面。

像是在举行一场无比庄重的祭天仪式。

手顺着空气盘旋而下。

然后又随着一个迅速的弧度升起。

电话放到耳边的一瞬间，一个让夏月无比熟悉的声音在耳畔响起：“喂，是夏月吗？”

第十五章

[一]

继乔子纯重新回校后，陆陆续续有人拉着行李箱在校园里来回行走。

外面的世界并没有想象中的精彩，以为逃避了高考的魔爪就能相安无事，这是一个极大的错误认识。

不过，大多数阅历很少甚至为零的学生当然不会明白这一点。社会那表面的光鲜和包装让他们趋之若鹜，最后宁愿头破血流也死不回头。

年轻的时候，倔强无知会让青春付出或小或惨痛的代价，我们称之为成长。

乔子纯用一种极其欠扁的语气说："幸好本道士法眼一开就知道这么早在外面混肯定要受苦受累，于是就穿越回来啦。"

天空中的云朵聚成一块块饼干的形状，让人嘴馋得想咬一口。

乔子纯的妈妈让她去一个超市做事。她本以为只是站在货物架面前轻轻松松做导购员，不料超市的老员工欺负她是新人让她去干各种脏活、累活。

乔子纯是聪明的，这么多年从她爸妈那也学到了一点人情世故，于是破费请他们痛吃了一顿。果然之后的几天他们对乔子纯的态度好了很多。可是过了几天情况又回到了老样子。已经深陷其中的乔子纯只好再次请他们吃饭。如此反反复复，到月底才发现已经入不敷出了。

打工了还向家里要钱，这种事情也只有乔子纯这种人才能干得出来。

"正常人干不出这事。"这是苏成雨听到后得出的结论。

而夏月则是一脸茫然地看着两人，疑惑道："怎么会是这样？"

通过乔子纯再次旁征博引各个学生在外面发生的案例给夏月重新体验了下外面的尔虞我诈黑暗现实之后，夏月茫然的表情变成了惊恐，脸上两边的线条都不协调地往上挤。

"在外面拿人家的钱替人家做事，当然得看人家的脸色啊。如果你给别人钱让他们给你做事，他们也会把你奉为上帝的。"

苏成雨一副很懂的样子。他经常在他爸的小公司做事，自然有发言权。

几个人东拉西扯地聊着外面的世界。

天空中的饼干又变成一颗硕大无比的足球，让人忍不住想狠狠地踢上一脚。

该怎么去描述外面的世界呢？

绝不仅仅是阳光普照大地、一片鸟语花香、到处安居乐业那么简单。

那是有让人不愿回味的酸甜苦辣；有令人无奈的物质和现实；有数不尽的背叛和污蔑；有如潮水般席卷而来的轻视和嘲讽；有令人感到寒心的龌龊和不耻。

还有很多，你想都想不到。

有着“大千世界无奇不有林子大了什么鸟都有”。

所谓的外面世界，只是一头披着羊皮的狼。

[二]

叶子每到这个季节就开始堕落成灾。

小道上有无数的落叶安静地躺在上面午睡，阳光有气无力地照着，少了夏天到处弥漫的烧烤味。

轻风扬起清爽的双手，温柔地擦拭嘴角两边的脸颊。

女生喜欢在这样诗意的中午，行走在教学楼后的那条绿荫小道上。任凭双脚踏在无数凋零的落叶上，发出噼里啪啦的响声，宛若爆竹一般。

偶尔会遭到路过男生莫名其妙的眼神，只好赶紧停止了继续践踏的脚步。

由于收回的弧度过于夸张，手机顺势从口袋里做自由落体运动。

“嘭”，女生的脑部神经跳断了一根，以光的速度回头。

但只能以人的速度弯着腰，心疼地捡了起来。用手拭去自以为会附在手机上的灰尘。

这是今年姑父、姑妈送给她的生日礼物。

因为有个手机会很方便，还有个原因，姑父、姑妈一直以为夏月在谈恋爱。于是才会有这么一个用心良苦的生日礼物。

苏成雨和其他人早就有手机了，若不是因为陆之谦，夏月觉得带个手机在身上仿佛是在身上安了一个定时炸弹一般。

陆之谦最近打电话给夏月的频率明显多了起来，由原来的一周一次慢慢地变成一周两次，到现在的每天晚上一次。

夏月已经到了每个晚上必须听到陆之谦说晚安才能睡着的地步。而这个习惯是什么时候养成的，她却浑然不觉。

上次陆之谦隔了三个月没打电话过来仿佛是隔了三个世纪一般。夏月觉得下次陆之谦打电话过来肯定不能这么简单地饶过他。但当陆之谦真的打电话过来的时候，她的内心像是一座坍塌的冰山一样，因为陆之谦的一句“夏月，这三个月我参加了特别训练，不能与外界交流”，这不到三十个字的理由就让她用温柔无比的声音对男生说“你过得好吗?”

她已经没有了女生该有的矜持。

陆之谦已经慢慢幻化成了一个巨大无比的黑洞，夏月每靠近一步就感到了更为强劲的吸附力。不过，夏月似乎被某种曾经有过的情绪夺去了应有的思考和反应的能力，只是身不由己地进一步靠近，然后朝着一个旋涡般的形状陷了进去。

此刻，爱神丘比特藏在夏月的身后对准了她，射下了致命的一箭。

即便夏月没有丝毫的准备。

[三]

女生在电话里只简单地说了句“我饿了”，苏成雨回了一句“你等着”便像是一只奔跑的羚羊穿好鞋往楼下跑去。

在这背影的身后，女人骂着“小兔崽子你又要去找那个女生吗？你眼里还有没有我这个妈了”诸如此类的话。

苏成雨的脚步再加快了一些，想早点逃离身后再次席卷而来的声音，男生的速度已经到达了百米冲刺一般。

像是一支拉得紧紧然后射出去的箭。

在转角的地方，一个大爷正推着一辆又大又笨的车从侧翼插入，苏成雨预测已经无法刹住车，只好按照电影里的预想的画面临空一跃，果然矫健地从车上跨了过去。

大爷以一句“臭小子赶着去投胎啊”目送男生离开。

到夏夕家门口的时候，男生身上已经扛着一大堆胜利的果实。

想到前几天女生吃熟食老是肚子不舒服，男生特意去饭店让老板炒了几个清淡点的菜。

他轻快地按了一下门铃。

没有人应答。

平常隔着两扇门都能听到女生特意抬高的声音“我来了”。

不过今天没有丝毫动静，确实有些奇怪了。

旁边有株仙人掌生龙活虎地瞪着男生左顾右盼的眼睛。

他又重重地按了下门铃。

还是没有人答应。

男生趴在猫眼上往里着，虽然明明知道这样看不到里面，还是下意识地做了这么件蠢事。

该不会是睡着了吧？但他仔细一想，夏夕一般下午都不午睡的。她努力学画，从来没有午睡的习惯。

苏成雨连续按了六七下门铃。

依旧没人答应。

他的面部表情随着内心心急如焚开始扭曲，几根青筋明显突兀地暴涨出来。

苏成雨忽然想到了电话，赶忙从口袋里掏出手机，快速拨通了女生家里的电话。嘟嘟的声响持续了七八下，能从门外听到电话规律的响声。

男生只好打女生的手机，心里默念着“快点接”。

“对不起，你拨打的用户已关机。请稍后再拨。”

苏成雨像是一个泄气的皮球瘫软下来。

苏成雨想着夏夕也许是有事情出去了，正好忘了带手机，于是便低着头往回走。

但他的脑海里忽然闪现出上次夏夕把钥匙放在仙人掌盆下的情景。

男生跑到那株长得很壮实的仙人掌旁，自言自语地说：“再看再看，再看我吃了你。”

然后小心翼翼地躲过仙人掌的刺，握住盆的四周，端了起来。

嘴角扬起一个得意的弧度。

门口。

男生没有再动弹，整个人呆滞地站着。

桌子被掀翻在地，椅子的一条腿断了，地上到处是打碎的杯子、桌布、盘子、绳子。

凌乱不堪的场景。

肯定是出事了。

男生立即随手把东西放在一边，向画室冲去。

画室的门没锁，很轻易地就进去了。

眼前的情景更让他大吃一惊。

所有的画架都被推倒，纸撒得满屋都是，七零八落地在各个角落。

像是经历过一场打斗或者挣扎才会有的场面。

他的脑海里无比清晰地的闪现一个推断：夏夕出事了。

像晴天霹雳一般，苏成雨整个人失去了归属感，再一次瘫软在地。

［四］

“夏月，你明天来我家帮我补补数学好不好？”乔子纯态度诚恳地说，并努力睁大眼睛、嘟着嘴巴卖萌。

“我跟你谁跟谁啊。”夏月爽快地答应了。对于乔子纯的这次改变，夏月自然是高兴的。而且乔子纯的基础本来就很好，落下的课程很快就能补回来。

“你明天不会有事吧？”

“当然不会。明天是礼拜六，姑父、姑妈前几天说明天去看望一个以前的老朋友，就我一个人在家，要不你来我家吧。”

“嗯，也行。记得要准备阿尔卑斯哦。”

这就是乔子纯，连学习都不忘记吃零食。夏月假装鄙视地瞥了乔子纯一眼。

“夏月，你手机在震吧？”

女生这才发现由于上课，手机被调成震动，结果电话来了自己根本浑然不觉。夏月从书包里掏出手机，以为是姑父或姑妈打过来的。

是苏成雨，女生有些惊讶地按了接听键。

“夏月，夏夕在不在你那？还有，你知不知道夏夕会去哪儿？”

一连串急促的呼吸声和询问声从耳朵钻进去。

“怎么了？”

“算了，一时半会儿跟你说不清楚。你在哪儿，我过来找你。”

“学校小道旁的亭子。”

夏月还没说完，对方就把电话挂了。不过她脑海里还是出现了一种不祥的预感——夏夕也许出事了。

夏月回头的时候，看到乔子纯一脸八卦地看着自己。

“苏成雨问我知不知道夏夕在哪儿，好像是找不到她了。”

“哦。”

好奇的神色像潮水一般退去。

不见了而已，又不是死了。

[五]

苏成雨气喘吁吁的身影从远处摇摇晃晃地拉近。

夕阳在他身上拥成一簇熠熠发亮的黄光，明媚而刺眼。

乔子纯找了一个“我妈有事叫我早点回去的借口”离开了。

夏月心里明白，乔子纯并没有真正地迈过苏成雨这道坎儿，在别人面前的笑容只是为了掩饰内心的尴尬和不知所措。

夏月忽然在心里有种同情乔子纯，喜欢上一个并不喜欢自己的人，确实是一件比吃方便面没有调味包、洗澡洗到一半停水、喝水呛到喉咙还悲哀的事情。

如果悲哀是为了证明某类人出生的话，那么，悲哀就是为了乔子纯这类人而苟活于世的。

当男生的身影移到夏月眼前的时候，他脸上的汗水恣意流淌着。

一副掉了钱或者别人欠钱没还的落魄模样。

“我说，你是从非洲散步刚回来的吧?”夏月调侃地看着男生脸上因运动过大而通红的脸庞。

然后猜测他脸上晶莹的汗水汇聚成的巨大河流会往哪个方向流，是直接下流到嘴巴里呢，还是流到鬓角处。

就在她要验证自己的猜测准确与否之际，苏成雨若无其事地抬起手，擦了擦脸上的汗水。

“我跟你说认真的，夏夕失踪了。我去她姨家她不在。”

“也许她去别处找绘画灵感了呢?”

“刚我去她家的时候，家里一片狼藉，画室里的画架全部被推倒，好像有过挣扎、打斗的痕迹。”

“那你报警了没?”夏月这才意识到男生是认真的。

她心里掠过一丝担心，然后又强迫自己把它压住。

“我怕她只是出去走走，或者去熟人家玩了。再说失踪没到二十四小时警察是不会理会的。”

夏夕在这里根本就没什么熟人，除了收养她的大姨夫和大姨妈，根本就没别的亲戚。

“这样吧，我陪你一起去夏夕家看看，说不定她自己回来了呢。”

“也只能这样了。”

苏成雨长长地叹了口气，神情落魄不堪。

两个人朝夏夕家走去，夕阳再次像往常一样将两人的身影拉得长长的，像两根竹竿。

苏成雨犹豫了很久，终于问道。

“夏月，你跟顾新在一起了吗?”

跟以往一样惊悚的语气。

甚至跟以往一样的情景和气氛。

仿佛能够洞察别人的心思，随意的一句话就能引发一片心绪上的洪流。

不过这次，苏成雨错了。

完全没沾到边儿。

[六]

两个人走进客厅的时候，几只野猫在室内疯狂地追打着，见到有人来，便发疯似的从阳台逃走了。

“会不会是野猫把东西弄乱的?”夏月把头侧过来看苏成雨，苏成雨的脸色稍微舒缓了点，神色没有刚才那般凝重。显然他也赞同这个说法。

夏月穿梭于房间，试图找到一些线索，但是过了半个小时，除了整理好凌乱不堪的东西外一无所获。

两人又忙着去画室收拾。

当他们听到外面的脚步声，几乎同时停住了手中的活。

应该是夏夕回来了，她去干吗了这么晚才回来。

脚步声越来越近。

“夏夕”这两个字已经到了嗓子眼。

两个人不约而同地把头望向了门口。

“有人吗?”

是个男人的声音。男人走到门口看到了两双直瞪着他的眼睛。

“对不起，我下来找我的猫。你有看见吗？一只浑身黑色的猫。”男人一边致歉一边诉说他的意图。

“我刚看见很多黑色的猫从阳台上跳下去，估计你那只猫是第九次跳下去的。”苏成雨显然对于男人这种擅闯民宅的行为极为不满。

男人黑着脸从门口消失了。

“为什么是第九次啊?”

“因为民间传说猫有九条命。”

若是平常的话，夏月肯定会因为这句话发笑的。不过，现在的情况似乎更加不对，夏夕像真的出事了。

两个人收拾好画室，躺在客厅的沙发上休息。苏成雨似乎因为劳累过度很快就睡着了。

外面的光线渐渐黯淡下来，变成墨水的颜色。

夏月悄悄走到画室里打电话给姑父、姑妈，说自己在夏夕这，估计要晚点回家。姑妈在电话里不停地唠叨一个女孩子晚上在外面千万要注意安全之后，夏月听到了苏成雨的手机响了。

闪烁的光芒把周围的物体涂上了一层彩虹的颜色。

苏成雨听到电话后也被惊醒，打开看了一眼号码，急切地说了声："夏夕，你在哪儿?"

"别激动嘛，我正好好地服侍你女朋友呢。"是个男人的声音，"你等一下。"

暴风雨来临的前奏。

苏成雨屏住呼吸，把耳朵牢牢地贴在手机上。

夏月也凑了过来。

客厅里没有开灯，到处一片漆黑。

"走开，别碰我。"电话里传来一个熟悉的声音。

"夏夕，夏夕，你们别动她，你们到底想怎么样?"

苏成雨忍不住喊了起来，夏月呆呆地看着苏成雨因为担心而脸色剧变的神情。

"你知道我们想怎么样，别装了。"

电话里再次传来男人的声音，自信满满。

"我真不知道。"男生的眉头皱在一起。

"好吧，那我给你点提示。三十万换你女朋友。"

"我没钱。"

"我知道你没钱。"男人不耐烦地凶了一句，话语里的火药味十足。

夏月好奇地坐在一旁听着，心想到底发生了什么事情，为什么自己毫不知晓。

内心涌起的恐惧，把最初泛起的担忧淹没得了无痕迹。

原来，在这种时刻，所有的一切都会归于零，只希望你平安无事。

男生突然想到前一段时间在夏夕门口捡到的三十万。

"那三十万我们交公安局了，你放了她好吗?"

近乎哀求的声音。

“看来她在你心中还挺重要的嘛。”男人干笑了两声，“没交公安局我们还不找你们这两个小屁孩儿呢。”

“你到底想怎样，你说，但你得保证千万别伤害她。”

夏月还是第一次看到苏成雨卑微到这种地步，心里感觉一阵难过。

“你去公安局把这些钱要回来。”

“怎么要回来？”

“钱现在还没有失主认领，作为拾到者，你有权要求保管到失主认领那一天。若一年之内没人认领，公安局才会上交给国家处置。”

“他学过法律？”夏月自言自语道。

“可是我上次已经在纸上签字了，他们不会给我了。”

“那就是你的事了。明天晚上八点，我会打电话告诉你哪里见面，一手交钱一手交人。对了，我是第一次跟小孩打交道，呵呵，要是你和大人或者去警察局说了这件事，那么，你就下辈子再见你女朋友了。拜拜。”

在电话挂断的瞬间苏成雨听到夏夕用凶狠的语气说着“走开，放我出去”。

原本因震惊站着的苏成雨和夏月同时瘫软在沙发上。

墙角的钟表发出滴滴答答的声音，跟这个漆黑的夜晚一样令人讨厌。

女生看着光线朦胧下男生沉思的身影。

忧伤和不安的表情全部模糊在眼眶里。

原来，你是这么在乎她。

［七］

夏月以“夏夕硬要我留在这里陪她”这个略显牵强的借口跟姑妈通过电话后留了下来。苏成雨说“你一个人在这我不放心”，也打了个电话回家然后留下来陪夏月。

苏成雨把夏月推到夏夕的房间说了句“有什么事叫我，我就在外面沙发上”然后离开了。

躺在夏夕的床上，夏月连自己是怎么睡着的都不知道。

早上起来的时候，苏成雨不见了。

难道苏成雨去公安局了？夏月想着。

忽然，一个男生的头从洗手间的门口冒了出来。看得出他的笑容是强挤出来的，脸上的倦意已经蔓延到布满血丝的眼睛，昨晚肯定是一夜没睡。

“快来洗漱。等一下我们去警察局。”

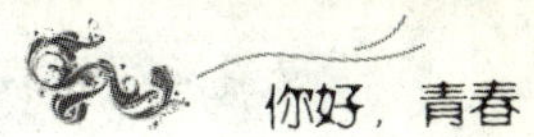

苏成雨说完，就走到一个工具箱旁边，捣鼓着什么。

警察局离夏夕家并不远，也就十分钟的路程。

走了一会儿，姑妈打电话过来问夏月昨晚睡得好不好，并交代自己要跟姑父出去一趟，钥匙放在老地方。她显然在担心夏月。夏月用甜美的语气把姑妈敷衍了过去。

刚接完电话，又一个电话打了过来。是乔子纯的。

苏成雨在一旁面无表情地说了一句："你真忙。"

"夏月，我现在正准备出门去你家，你在家吧？"乔子纯特有的独特声线，加上早上的慵懒意味显得可爱十足。

两人走到了一家杂货店，男生示意女生在原地等自己他进去买点儿东西。

夏月拗不过乔子纯，本来她并打算不告诉乔子纯夏夕被绑架的事情，但一不小心就全告诉了乔子纯。最后只好在句子的末尾加了一句"记得千万保密，这事关夏夕的生命"。

乔子纯在电话那头连连说好。

男生出来的时候，女生刚好接完电话。看着男生提着一个小袋子，好奇地问："你买的什么？"

"我们赶紧去公安局吧。"男生转移了话题。

公安局并没有想象中的那么人多势众。

反而只是三三两两的人坐在电脑前，跟电影和电视里所见的公安局完全不一样。

夏月第一次站在公安局这种神圣庄严的地方，忍不住好奇心地左顾右盼。

她不知道去哪儿，只是跟在苏成雨后面。苏成雨似乎对这里轻车熟路，带着夏月进了一间办公室。

里面有个男人端坐在办公桌前，手上拿着报纸。当他抬头看到进来的两个人时有些吃惊。

男人随即微笑地看着男生。

"是你，找我有什么事呢？"

"我想把那三十万放在家里保管等人来认领，不要放在公安局。"

男人像是看到了外星人一般惊奇，目光停留在女生身上一秒后又直愣愣地看着苏成雨。

"给我一个理由。"

“这钱是我捡的，所以我有这个权利。”

“但是你们已经签字交由公安局保管了。”

男生沉默了下来，不知道说些什么好。按照法律规定，现在钱的保管权已经移交公安局，没有苏成雨什么事了。

这一点也不像苏成雨。记得上次有个高年级的男生在路边运球不小心砸到了夏月，但连句“对不起”都没说就跑了。苏成雨刚好路过看到了这一幕，硬是拉着夏月过去找那个男生。男生不肯道歉，并叫来班上更多的男生。而苏成雨凭借惊人的口才说服了那个男生班上的其他男生，其他男生居然要运球砸到夏月的男生道歉。那个男生最后还是给夏月道歉了。

而现在，他哑口无言了。

空气中悬浮着无数随风飞舞的小尘埃。

光线氤氲在男生的脸上摊开一片亮光。

女生从侧面看到男生忧郁的表情。

无数的尘埃在窗台溜进的阳光中翩翩起舞。

嘭。

毫无预兆。

夏月甚至不敢相信自己是不是在做梦。

男生双脚跪倒在地，头低着。

男人有些发呆地看着男生，然后脸色发生了急剧的变化，像是六月的天空。

“起来吧，嗯，我把钱给你。你签个字。我带你去拿钱。”

男人把男生拉了起来，并没有理会旁边沉默不语的夏月，走到桌前拿了一张纸和一支黑色的笔。

“签字吧。”

男生移到桌前，似乎并不在意自己刚刚做的事情，只是面无表情地写着字。

一切手续办好了之后，夏月和苏成雨提着钱刚走到公安局不远的地方。夏月看到了大姨妈，那个令人讨厌的女人不知道她干什么。

不过，夏月并没有必要好奇一个虚情假意的人在做什么，毕竟她做的事情肯定与自己无关。

因为她从来就不关心自己。

[八]

房子里面一片乌漆抹黑，甚至让人不知道这到底是不是一栋房子。

能听到水汹涌澎湃的声音，应该是在海边。

除了这一点，夏夕完全不知道这是在哪儿。她用力挣扎了一下，发现绳子死死地勒在手上，留下了几道血红的印迹。

几个人谈话的声音从不远处传来，说的并不是普通话，似乎是某个地方的方言，夏夕费力地听了很久还是听不懂。

周围隐隐约约可以看到许多麻布袋，当初自己就是被麻袋绑着运过来的。

昏迷之后的夏夕唯一能记住的就是，那天自己在家里画画，好多野猫跑到客厅撒野，把客厅的东西弄得乱七八糟。夏夕有些心烦意乱地用棍子把猫都赶走了。突然有人敲门，她以为是苏成雨便急忙打开。三个三十多岁的中年男子闯了进来。她便往画室跑，在里面挣扎了很久，还是被抓住绑在凳子上。询问过后，他们便把女生打昏然后带到了这里。

已经一天没有吃东西了。夏夕感觉有些晕眩。过度缺水让女生的脸色苍白，虚弱无比。

"我要喝水。"夏夕大声地喊道。

"好啊。"一个男人从旁边走了出来，是个光头，脸上排着两块横肉。

男人用个碗端来一碗水然后朝女生泼去，叫道："还要喝吗？哈哈……"

夏夕的头发瞬间被打湿，刘海宛若病蔫蔫的芦苇一样卧倒在额头上。夏夕愤怒地瞪着男人，眼睛里像是傍晚燃起的火烧云。

另外一个戴着帽子的清秀男人走了过来，示意光头不要这么做。他再次端来一碗水，停在夏夕的嘴前。

夏夕迫不及待地大口大口地喝了起来，她从来没有感觉过水会如此甘甜可口。

男人又盛了碗水过来。女生咕噜咕噜地将水再次消灭掉。

"你去弄个盒饭给她吃。"男人指了下光头，换回了普通话。

光头有些不愿意道："大哥，她迟早要死，干吗浪费钱。"光头说着瞥了夏夕一眼。

"按我说的做就行了。"男人加重了说话地语气，光头老老实实地点头。看来这个男人是他们三个人中的大哥。

旁边的另一个男人一直没有说话，只是一直抽着烟，其他两个男人也没去理会他。

“我想上厕所。”夏夕对着男人喊道。

“你真不怕死?”男人微笑地替女生松开绑在手上的绳子。

轻松的感觉在手上恣意地流淌。

“你就在这里有光的地方找个角落解决，一分钟之后回来。”

女生边走边在附近游荡了一会，并没有发现可以出去的地方，也不知道现在是晚上还是白天，这里像是一个废弃的大仓库，有着无数的麻袋，如果没猜错的话，应该是在海边的码头。

周围安静得能让夏夕听到自己的心跳。

夏夕感觉到有股风袭来，立即迅速寻找这股风从哪里吹来。

一般来说，对于完全封闭的场所，风的风向就是出口的方向。

“还没好吗?”男人粗犷的声音从远处飘了过来。

夏夕的心脏像是被电击了一般抽搐了一下。

夏月没理会男人，而是继续往有风的地方走去，男人的喊叫声更加紧张了。

“再不过来，等下抓到我们就不知道会干什么了。”

远处有一个口子漏进大量的刺眼的白光。

女生像是发现了新大陆般欣喜地冲了过去。

[九]

虽然不知道那个男人为什么会那么快就答应把钱给苏成雨，但是至少目前已经解决了一个重大的问题。

夏月用充满信任的眼光看着苏成雨沉思的样子。

两人在回来的路上不停地商议如何营救夏夕，并做了最坏的打算——要是绑匪得到钱要撕票怎么办。对各种可能性进行考虑之后，他们得出的结论是：以两人之力，他们完全没有把握营救夏夕。

若是绑匪只是单纯为了钱那还好说。若是……男生没敢往下想。眉头微微紧锁。

“要不，我们跟警察说吧，其实刚才在公安局我就有这个冲动了。”

“你想害死夏夕吗?”

苏成雨有些气愤地看着夏月，眼神带着一种可怕的杀伤力，夏月见状把头垂下了。

我当然不想害死她。

尽管我在极力地克制自己不要去担心她。

因为我并不是那么的喜欢她。

但是我发现我做不到，她的身影像是牢记在脑海里的数学公式，不停地浮现。

夏夕，你快回来吧。

门外有敲门的声音。

女生把头抬了起来，两人诧异地对视一眼。

男生拿着一把扳手藏在衣服里，迅速走到猫眼前往外面看。

“是我爸和我妈。他们怎么知道这里来的?”男生把扳手放回了工具箱，示意女生去打发他们。

门被夏月打开了，一个浓妆艳抹的女人和一个看起来老气的男人进入视野。

“您好，请问您找谁?”夏月面带微笑地看着两人惊异的表情。

“夏夕是住这吗?”男人淡定地问道。

“嗯，她有事出去了。您找她有事吗？我可以转告。”

“没，我们走。”男人拉着仍然不愿罢休的女人走了。

两人嘀嘀咕咕的声音随着脚步声一起慢慢消失了。

从苏成雨父母能找到这里来，基本上就能断定他父母跟踪过苏成雨。男生似乎也意识到了这一点。两人沉默了许久没有说话。

中午吃过饭，两人坐在一起再次商议了一下救人计划。

姑妈再次打电话过来问夏月是否在家。夏月只好说夏夕特别想自己在这多住一晚。姑妈只好嘱咐了一番然后把电话挂掉。

两人心急如焚地等待着八点的到来。

若是以前，两人无聊的时候在一起，肯定会聊聊周围发生的趣事和糗事，或者相互讲冷笑话和脑筋急转弯。

而现在，两人似乎根本没有心思去谈任何与夏夕无关的事情。

苏成雨表面平静却急躁不安，像是一座随时会喷发的活火山。

夏月极力克制却不知不觉流露出对夏夕的担心，像是无数条流淌的小溪流慢慢地汇成一条巨大的河流。

就连她自己也不明白。

就因为小时候自己什么也不如夏夕，总是被夏夕的光辉挡住自己的光芒。

那种从小一直延续到现在的妒忌之情。

所以才会如此邪恶。

宁愿把担心和忧虑封存，也不愿意真心地为她流一滴眼泪。

[十]

八点。两人的电话同时响了起来。

气氛像是拍鬼片一般诡异。

夏月低头一看是陆之谦的电话，她接了之后只说了一句“我很忙，明天打给我”然后挂了。

“喂？”男生假装镇定地把手机放在耳边。

对面是昨天那个男人熟悉的声音。

“钱到手了吗？”

“嗯，在我手上。”男生冷冷地答道，并没有表现出原先的柔弱。

“很好。八点半，西南码头见，你打车过来，只能带一个人。”

“好。”

“小子，记得别耍花招，我走的桥比你走的路还多。要是让我发现有什么不对的地方，准备给你女朋友收尸吧。”

“她怎么样了？我要她听电话。”

对方早就把电话挂了，手机响起嘟嘟的声音。

像无数把锐的小刀尖扎进耳朵里。

“现在该怎么办？”男生把手机调成免提，夏月也听到了男人的话。女生脸上布满了无数的问号。

她将目光全部汇聚在苏成雨身上，不知不觉就依靠上了这个看似瘦弱的男生。

或者说是以前无话不谈的死党。

已经能让人感到一种温馨的安全感，像待在家里一般。

苏成雨抬起头愣愣地盯着女生道：“夏月，我们的计划取消，你跟我一起去。”

他的嘴唇一张一合，划出个各种从容的弧度。

该怎么形容此刻的感觉呢？

有一种紧张和刺激的感觉像是喷泉般往上涌。

周围的世界模糊成单调的黑白两色。

只剩下自己和男生坐在那里不停地旋转。

有无数个神经突触正在激烈地反应，兴奋的瞬间突然感觉自己像是一个正义的天使正要去营救困难的人们一样。

脑海里重复地浮现出小时候动画片里奥特曼英勇战斗的身影。

“我们走吧。”苏成雨全副武装好之后，提着装有钱的袋子，喊了正在发呆的夏月一声。

已经在白日梦里打败无数恶魔的夏月缓过神来，拿着苏成雨给自己防身用的武器后站起身子。

两人安静地站在路旁等出租车。

男生微微把头靠近了些，像是有什么话要说。

果然，有股痒痒的声音攀爬过来。

耳畔重复着男生说的那句话。

“夏月，等下夏夕得救了，不管我发生什么事，你都要带着她往安全的地方跑。”

总而言之。

用一句简单的话再概括一下，就是夏月，别管我，快跑。

出租车像是来宣扬末日审判般急促地停在两人身旁。

身后是夜晚晕开的大把大把的黯淡光线。

只有昏黄的路灯努力地挣扎着。

撑起最后一丝光明。

第十六章

[一]

日复一日，年复一年。

男人似乎已经习惯了这样安静地坐在女人对面吃饭。

空旷的房间里放着一张偌大的桌子，两人坐在桌前有些空。不过，时间可以巧妙地清除游进眼睛的沙子，日子一长，两人也不觉得天天这样有什么不妥。

女人的脸色并不大好，像是被压缩后的面包，只有额头微微凸起。

最近一直这样，男人想了很多法子都无法改变这种现状。

女人的叹息声回旋在头顶，男人加快了吃饭的速度。

“丁零……”

急促的电话铃声打破了原本的沉默。

女人示意男人去接电话，男人站起身子，有些匆忙地往电话方向跑去。

“亲爱的，有个同事在外面喝醉了，我出去一下。”

刚放下电话，男人便披了件风衣，一边跟女人说话一边翻着桌子里的东西。

女人知道男人善良，每次同事或者亲戚打来求救或者帮忙的电话，男人经常是第一个就赶过去救场的。已经不用主动去问为什么，男人都会告诉女人去干吗。偶尔晚点，他也会打个电话告诉女人先睡，可能要耽误一会儿。

跟往常似曾相识的情境一样。

女人依旧沉浸在自己的叹息声中，长年累月地幻想有一个完整的家，然后又日复一日地从失望走向绝望。

这是女人每天的必修课程。

“你手机忘带了。”女人提醒已经准备出门的男人。

男人恍然大悟似的回过头，温柔地冲女人微笑，把手机塞进口袋里，然后开门离开。

原本空旷的房间只剩下女人一个人。

内心纠结着自己到底是怎么了，男人很爱自己，生活也过得不错，可怎么就开心不起来呢？

总觉得少了一样特别珍贵的东西。

能够让内心的空虚和孤单得到填充的一样东西。

［二］

苏成雨和夏月下出租车的时候，夏月有意识地瞟了下手机。

八点半。

已经离夏夕家很远了，好久没有坐过这么久的车。女生感觉头有点昏眩，跟着踉跄了几步。她从小就晕车，现在长大了，这点并没有随着青春痘一同死去。

如果晕车也算是一种爱好的话，那么苏成雨的爱好则是晕车加呕吐。

女生有些惊讶地看着苏成雨蹲在地上在路旁昏天暗地地狂吐，她第一次见到苏成雨这样，夏月愣愣地问了句“我怎么不知道你也晕车”。

男生的一句“你又没有问过我”，直接让女生目瞪口呆。

附近一片寂静，感觉不到有人。

海风随意地在身上乱挠，肌肤像是被蚊虫叮咬了一般痒痒的。

沿码头的方向看过去，唯一能够映入眼中的则是几盏零星的路灯和一艘停泊在码头的大海轮。

西南码头从几年前就荒废了。

苏成雨曾经跟他爸来过这里，那时这里还是一片繁荣的景象，附近有商场、车站、仓库，无数的车子将这里围堵得水泄不通。

物是人非。

男生迫不及待地拨通了刚才打过来的电话。对方的手机只回了一句“你拨打的电话已关机，请稍后再拨”。

夏月环顾四周，看到码头旁边有一栋黑黑矮矮的楼房，在黑暗中若隐若现。

苏成雨的手机突然响了起来。

苏成雨急不可耐地把手机放到耳朵旁。

女人充满担忧的声音像是念经一样传进苏成雨的耳朵里。任凭苏成雨怎么找借口，都被她一一破解。这是苏成雨的妈妈独有的武功修为。

“你要是再不回来，我就跟你爸去报警了！”电话那边，女人的声音少了先前的耐心变得急躁不安。

“妈，等我吃完饭马上就回来，你们先睡。”苏成雨见无法说服对方，只好直接把电话挂了。

刚挂完，手机再次响了。

“我说了，等我吃完饭就回来！”苏成雨有些不耐烦地说着。

“你妈喊你回家吃饭啊。呵呵。”是个男人的声音。

“我们已经到了，你在哪儿？夏夕怎么样了？”

“不急，我们玩个游戏怎么样？”男人没有理会男生的心急，心平气和道。

“给你半个小时，找到我们。”男人说完便把电话挂了。

苏成雨在心里酝酿已久的“我已经把钱带过来了，一手交钱一手交人”这句话只能硬生生地咽回肚子。

胸闷得异常难受。

两人开始慌张地四处找起来。

夏月和苏成雨打算分头找，找到了再电话联系。

尽管手里拿着苏成雨准备的手电筒，能够清楚地看到斑驳的地面，但夏月心里还是忍不住害怕。毕竟这不是在拍电视剧，而是真的要从虎口营救夏夕，随时都有可能丢掉性命。

夏月再次打了个寒战，总是感觉后面有人跟着。夏月有些惶恐地回头察看，除了两旁的樟树迎风飘展之外没有任何动静。

不知道苏成雨现在到哪了。刚才两人商议，夏月往楼房那边找，苏成雨去泊在附近的大轮船上找。

而据男生的分析，对于这个废弃的码头能停着这样一艘轮船，从哪里看都觉得诡异。

后面有人跑动，女生脸色苍白地回过头，手迅速放进口袋里——她手机早就已经输入了苏成雨的号码，只要轻轻一按就能拨过去。

不过她回头的速度太慢，只能看到有什么东西在茂盛的草丛里不停地跑动，也许是只猫或狗什么的，女生安慰着自己，眼睛却死死地盯着随之晃动的草丛。

“喵。”一只猫从草丛里钻了出来，然后快速离开。

就算夏月是知道只是只猫，心脏还是在急速地跳动，神经绷得紧紧的，随时有断裂的可能。

夏月不得不承认自己太胆小。

夏月放慢脚步往楼房移动。

已经能听到很多人交谈的声音。

经过了刚才的惊吓之后，夏月胆大了很多。

眼前是一栋巨大但非常矮的房子，门上挂着几盏刺眼的大灯。有两拨人拿着家伙分开站着，每拨人前站了一个男人，他们似乎在交谈什么。

也许交谈得并不顺利，很多人大声地喊了起来。

定睛一看，有个麻袋在其中一拨人当中不停地晃动着，好像在做垂死挣扎。

“再不交货，我就杀了这个小女孩！”一个粗犷浑厚的男声传进了夏月的耳朵。

夏月准备离开，这两拨人应该是黑社会的事情，夏夕肯定不在这边。

麻袋不知道什么时候被打开，有个人拿着砍刀对着女孩的头。

“交不交？”

女孩凶狠狠地喊了一句“别碰我”。

声音是如此熟悉，夏月迅速回头，发现那个女孩一头长发，有着跟夏夕一样的身材，果然是夏夕！

夏月慌忙打电话叫苏成雨过来。

两拨人僵持着，看样子，他们似乎在谈判，这个女生是筹码。

苏成雨过来后，确认了对面的女生就是夏夕，两人于是悄悄移到离那些人不过十几米远的地方隐藏好。

“想好了没，我数三下，这刀就会砍在她脖子上了。你可要想清楚，人死是不能复生的。”其中一个男人奸诈地干笑了两声。

“三。”周围突然死灰般寂静，灯光拼命地瞪大眼睛看着眼前火药味十足的一幕。

苏成雨轻轻地跟夏月说着什么，夏月不停地点头。

“二。”无数的烟头被抛在地上，原本安静的人群突然骚动起来。

眼看就要发生一场血肉模糊的血拼，苏成雨提着袋子慢慢靠近。

“一。”两边的人都把家伙举了起来。

“你真的确定不交货是吗？好，那就都见鬼去吧。”男人气急败坏地喊道。

“动手！”男人的话音未落，所有的人都开始蠢蠢欲动，站在女孩身边的男人举起了一把长长的刀。

“慢着。”苏成雨毫不畏惧地冲过去。

“你引条子过来了？”其中一个男人慌张地看着男生阴影处的身影。

当苏成雨暴露在光线下的时候，两队人马才平静了下来。

“是个孩子？”男人惊讶道。

“我愿意用手中的钱买那个女孩的命。”

众人哄笑起来，对于这个不速之客由原来的恐惧变成了嘲笑。

“你有多少钱？”一个胖胖的男人走到苏成雨旁边，目不转睛地看着男生手中的袋子。

“如果你手上的都是货的话，当然可以。”

“什么货？”

“这个时候还装？”男人突然把手举起来。

站在女生旁边的男人往女生身上重重地砍了一刀，女生痛得尖叫起来。

“别动她。”站在另一队前头的男人歇斯底里地吼道。

“现在明白了吧。”男人笑眯眯地看着男生。并对站在另一队前头的男人说，“你连她的男朋友还不如。”

“乖，把东西给我，你就把你女朋友带走。”男人见苏成雨没有反应，一直死死地盯着女生，放在腰上的手准备再次举了起来。

“好，我给你。”男生急切地看着男人将要举起来的手。

男人神色凝重的脸忽然绽开了笑容：“真听话。去吧，把那个女孩放了。”

男人欣喜若狂地打开袋子，翻了起来，一沓一沓的钱，并不是货物。他抓狂般地翻着，整个包里的钱全被倒了出来。

苏成雨离夏夕只有五米远，但原先脸上闪现的兴奋随着距离的拉近逐渐消失了。

脸上的曲线像是拧在一起的绳索。

不可能，不可能。

怎么回事？

这个酷似夏夕的女孩居然不是夏夕。

女生的头缓缓地抬了起来，惊讶无比地看着眼前这个陌生的男生。

四只莫名其妙、不明所以的眼睛相视着。

苏成雨已经开始绝望，脸色跟夜色一般漆黑。

[三]

女生心惊肉跳地趴在床上，怀里抱着上次爸爸从国外回来给自己带的芭比娃娃。

虽然是在睡觉，但她的眼睛却不受控制地睁开了，耳朵里依旧是闹钟滴滴答答令人烦躁不安的响声。

前几天，她在一本教人如何在失眠的情况下入睡的书上看到，耐心地数数或者想着脑海里的一个白点这类集中注意力的方法可以让人很容易因疲劳而入睡。

但女生试了很多次也睡不着，甚至当她数数数到两千九百二十一的时候，精神跟先前一样好。

总之，她无论如何也难以入睡。

女生打开台灯坐了起来，黯然地走到窗户前，掀开前几天家里特意为自己换的卡通窗帘。

窗外闪着无数的灯火，好像天上的繁星。

秋天的无情让皎洁、美丽的月亮变得冷漠了，基本隔三岔五才会上班。

漆黑是眼前的主色调，远处是一片未知的深邃。

偶尔楼下会驶一辆拉着警报的警车或者救护车，她的内心就像是有无数把锐利的尖刀不停地刺着。

稍有一丝丝走神，就掠过一阵惶恐不安。

她无数遍地回味那句“记得千万保密，这事关系到夏夕的性命”。

她的脑海里浮现出苏成雨因痛失夏夕而号啕大哭的样子，以及自己和苏成雨手牵手走在一起的画面。

来来回回。

反反复复。

不过。

为了得到你。

就算是与全世界为敌我也在所不惜。

［四］

看着苏成雨匆匆跑过来的身影，夏月小声地喊着“这里”。

“夏月，那个人不是夏夕。”

像是挨了当头一棒，夏月的头脑一片空白。

明明就是她的声音、她的身材，怎么会弄错？

楼房底下，两队人马厮杀了起来，到处是哭爹喊娘的叫声还有刀子碰撞在一起发出的刺耳响声。

刚才男人见苏成雨的袋子里并不是他要的货，立即喊了句“灭了他们”，两队人马就像是发疯的野牛冲撞了起来。

苏成雨急忙把那个抱到另一边，然后听到其中一个男人捂着女生的伤口喊着："女儿，你不能死啊。"

苏成雨趁乱跑了出来，同夏月悄悄交谈了一会儿。

夏月惊讶地看着男生再次往回跑的身影，问道："你要去干吗？"

苏成雨没有说话，而是径直往"战场"跑去。夏月立即明白苏成雨是去把钱拿回来。

时间已经到了八点五十分，还有十分钟。

"就是这个小兔崽子耍了我们，砍了他。"刚才那个翻袋子的男人看到了苏成雨，叫道。

一大拨高大威猛的男人冲了过来，男生来不及捡钱，赶紧往阴暗的地方跑去。

男人们见苏成雨往阴暗的丛林里跑便没再追，再次回到战场厮杀。

男生绕到夏月待着的地方，却发现夏月不见了，焦急地四处寻找。

脸上的经脉已经怒冲冲地暴涨，像是洋葱大把大把的胡须。

"夏月！"男生喊了起来。

周围除了手电筒照到的一小片地方之外，全是黑压压。

昆虫打着凄惨的口哨似乎在为战场上的人们喝彩加油。

明明刚刚还在这里的，怎么突然就不见了。

男生左顾右盼地晃动着头。

"苏成雨。"

一束亮光扫了过来，女生提着一个袋子摇摇晃晃地跑过来。

苏成雨喊了句"我在这"然后往夏月走去。

原来刚才苏成雨逃命的时候，夏月跑过去把钱捡了装在了袋子里。

"这个调虎离山之计用得不错嘛。"苏成雨的脸上终于有一丝笑容。

夏月无奈地跟着笑了一下，其实，刚才手脚完全不听使唤，她被刀相碰的声音吓得全身发抖。不过想起以前陆之谦说"勇敢并不是天生的，只要你敢，你就有了"，于是她努力地试着相信自己很勇敢，才完成了这项艰巨的任务。

如果陆之谦在就好了。

夏月抬了抬了头，看到了一片漆黑的夜空。

［五］

两人重新折回了码头。

只有五分钟了，要是再没找到的话，说不定夏夕真的性命不保。

想到这里，两人不约而同地加快了步伐。

两人一边跑一边观察着周围，并没有发现有什么诡异的地方。

“苏成雨，你刚才上了那条轮船没有？”

“没，刚要上去的时候你就打电话过来了。”

两人恍然大悟地往轮船跑去，男生突然停了下来，把一沓一沓的钱放在了草丛中，并做了一个标志。女生并没有问他在做什么，因为她充分相信眼前的这个男生。

快到轮船的踏板处时，三个男人站在了出口的灯光下。

有个男人吸着烟笑着说：“不错嘛。能逃开王麻子和黑牛的争斗。”

他们似乎互相认识。

两人都没说话，男人继续说着：“钱带来了吗？”

男人的声音跟电话里一样粗犷且富有特点，绝对不会有错。

男生晃了晃手上的包，说道：“在这里。我要见下夏夕。”

男人干笑了两声，“我的规矩，先让那个女生走到我们这边来。”

“为什么？不是说好了一手交人一手交货吗？”

“你听还是不听？”男人不耐烦地把烟头扔在了地上。

“你把夏夕送过来，我来做你的人质，并且把钱送过去。”

男人安静地听着，这次并没有发火：“逞英雄是吗？不过现在，叫那个女生过来，不然我数三下，你就再也见不到你女朋友了。二。”

男人恶狠狠地瞪着眼睛。

男人直接数的二，并没有数三。苏成雨面无表情地看着夏月。

夏月似乎明白了苏成雨的意思，往男人那边走去。尽管她心里面一直不停地想着“原来为了夏夕，你会让我去送死”。

但想到夏夕，这个想法很快就被她抛弃了。

夏月刚走到男人那边的时候，一长串的警笛声在耳畔响起。

“大哥，警察来了，怎么办？”光头恐慌地看着镇定自如的男人。

“我们先走。”光头直接把女生拽在手里，往里面拖。

“放开我，苏成雨救我，放开我。”夏月歇斯底里地喊着。

苏成雨似乎搞不清这是什么状况，本来设想好的，让自己和夏夕交换，然后夏月带着夏夕跑，而对方也拿不到钱。这样一石二鸟的计谋居然被破坏了，还倒贴了一个夏月。

是自己太天真，是自己太无能。

男生吼了起来：“你们放开她，我跟你们走。”

不过男人并没有理会，轮船迅速开动了起来。

苏成雨眼睁睁地看着轮船驶离了码头。

男人站在栏杆旁大喊："小子，我还会再联系你的。"

男人的话音刚落，苏成雨的手机响了。

是男人的电话。

"小子，从你刚才晃袋子的样子我就知道，里面装的全部是土，对吧。"

一个尖锐刺耳的开头。

男生像是一团浸入水中的棉花，整个人跪倒在地。

［六］

门打开后，两张稍显肥胖的脸同时进入了夏夕的视野。

"叔叔、阿姨，苏成雨在家吗？"夏夕有些急切地问道。

女人脸颊上的肉微微地晃动，眼睛狠狠地盯着眼前这个抢走他儿子的女生。

"不在！"女人用不耐烦的语气回道。

"那他要是回来了，麻烦您叫他给我打个电话。再见。"

夏夕意识到再说下去也没用，只好转身离开。

夏夕走后，女人依旧辱骂着，说"现在的女生真不要脸"，男人有些听不下去，说了一句："我就觉得那女孩子还不错的。"

于是，女人把矛头指向了男人。

陈年旧账宛若倾泻而下的洪水一般泛滥成灾。

女生走进大门后发现屋里被整理得井井有条。

她开始努力地找寻线索，说不定就能找到男生。

搜索了一圈之后，夏夕并没有发现有什么异常之处，更找不出苏成雨去哪了。

也许苏成雨明天就过来了。

没必要担心。

夏夕走进浴室洗了个澡，然后换上了其他衣服。

今天上午跳海游到岸上的时候全身都湿透了，只好一直穿着湿衣服，想不到才不过半天就全干了。

不得不承认，人自身的热量其实大得惊人。

不过，想起上午看到窗口的那个光亮，她还以为外面是陆地，跳出去才发现是水。

若不是会游泳，也许她就要和马克思见面了。

洗完澡，夏夕感觉心情无比舒畅，哼着歌走进画室。

她忽然想到那三十万。也许等明天苏成雨过来了一起去报警，才能解决根本问题。

女生一边画着一边想着。

她唯一想不到的是，她不在的时候已经发生了那么多事情。

[七]

苏成雨一动不动地躺在地上，像是一具尸体。

警笛声响彻了整个码头。

男生终于无精打采地站了起来，捡起准备好的工具，朝刚才做的标记走去。

然后他看到一个男人往海边冲，然后从桥上扑通一声跳了下去。

苏成雨并不感到意外，应该是刚才那两伙人打斗，有些人逃不掉就跳海自杀了吧。

想起刚才夏月的呼救声，男生振奋了许多，步伐坚定地往前移。

装好了钱，男生准备从另一条小路走掉。

一束刺眼的白光射到了他的脸上。

苏成雨的眼睛无法睁开。

“小小年纪就贩毒。这里还有一个。”一个穿着警察制服的男人想用手铐把苏成雨锁住，并把手伸向了袋子。

男生迅速后退了一下，然后踢了男人一脚准备离开。

男人又冲了上来，想抓人苏成雨。苏成雨直接在男人头上挥了一拳，然后再次用脚踢到了男人的裆部。

男人疼痛得倒在地上，没有动弹。

更多的光束从四面八方射了过来。

让人无法睁开眼睛。

苏成雨用手挡住自己的眼睛，并试图看清哪个方向还没有人。

恍惚间，几个男人把苏成雨的手抓住，然后摁着锁上了手铐。

那个被苏成雨踢倒的男人上来给了苏成雨几拳，叫道：“让你动老子，让你踢老子。来啊，来啊。”

男人像是发了疯的野牛一般野蛮。

苏成雨的鼻血顺着嘴角一直往下流。

苏成雨低着身子晃了晃头，但仍然没改变血液流经的轨迹。

一股腥味扑鼻而来。苏成雨把嘴巴里的血吐了出来。

男人看着不爽，又给了男生一拳。

“全部带回去!”

有个熟悉的声音传到耳畔。

感觉被谁用棍敲了一下，苏成雨的意识开始模糊，晕了过去。

苏成雨再次倒在了地上。

[八]

夏月被押进去的时候，惶恐得大力挣扎，呼救，并咬了“光头”拽着她的手。“光头”嫌夏月太烦，直接站在夏月身后用一根木棍向夏月的后脑勺上抡了一下。夏月随即瘫倒在地。

当她再次醒来的时候，周围是一片被黑暗覆盖的世界，唯有几盏昏黄的电灯亮着光。

夏月环顾四周，这才想起是在船上。然后头一阵一阵地疼，果然是反应迟钝。

她突然想起陆之谦曾经在电话里讲过的一个冷笑话：有一只小鸟，被猎人的枪打中了，为什么过了三天才倒下，就是因为这只鸟跟夏月一样反应迟钝。

想到这里，女生居然没心没肺地笑了起来。

不过，她的脑袋像是注入了铅一般异常沉重，女生艰难地试着晃动脑袋，想知道本来就不怎么样的头脑会不会被敲坏了。

她在心里暗自庆幸没有失忆。

不知道苏成雨怎么样了，想必他现在也不会怎么好过。不过，夏月知道他肯定会来救自己的，毕竟夏夕也在这条船上。

说到夏夕。女生费力地站了起来，喊了句：“夏夕，你在吗?”

“光头”凶神恶煞地走了过来：“别喊了，她走了。”

“走了?”夏月自言自语道。

沉重疼痛的大脑像是血液倒流一般完全没有了归属感。

周围的物体开始快速旋转，然后变成空白。

原本以为可以顺利救你出去的，你怎么可以死了呢?

虽然我并不是那么喜欢你。

夏月的眼泪不合时宜地流了出来，不知道自己为什么会为夏夕哭泣。

晶莹的泪花跟着眼前的灯光一般闪烁不停。

有个鸟叫的声音响了几声。

明显是人装的。

“老二，你吃饱了没事做，学什么鸟叫啊？”男人说完之后，和旁边一个人哈哈大笑了起来。

然后砰的一声，又归于安静。

没有人回答。

“老三，你去看下。老二是不是在吓唬我们。”

男人往刚才鸟叫的地方走去，然后又是一阵“砰”的声音，世界再一次重归于安静。

“老二、老三，你们在哪？”

男人一如既往的脸色终于有些惊慌，直觉告诉他，他们应该出事了。

男人随手抄起一把水果刀，刀在光线下显得特别惹眼。

男人也往鸟叫的地方走去，步伐稳重、小心翼翼。

“老二、老三。”男人不停地叫唤着。

人一旦慌张便会失去原有的智慧。

这样喊叫只会暴露自己。

不过男人已经无法意识到这一点。

“哐”，头顶上有撞击的声音，男人惊恐万分地抬起了头。

不过上面什么也没有，只是有人在转移他的注意力，男人再次放低视线的时候，一根粗大的铁棍快速地挥了过来，让他来不及闪躲。

一声沉闷的巨响，男人倒在了地上。

世界又重归于安静。

夏月一无所知地听着奇怪的响动，像是某个人的艺术杰作一般，砰砰砰，然后就没有了声音。

不对，后面有一个人。夏月感觉到了身后的脚步声。

没有了原先三人步伐的沉重和响声。

应该是个瘦子。

女生用力回过头，绳子把手勒得生疼。

不过吃惊很快就让她忘记了疼痛。

像是在地上捡到钱、抽奖中奖了一般看着男人。

“呵呵。没事吧？”

云淡风轻的笑容。

散发着阳光般的温暖。

女生情不自禁地哭了起来。

“我们是不是该把这些欺负你的坏蛋绑起来呢?”男人一边解着绳子一边温柔地看着女生说，“这样吧，我给你讲个笑话，看在笑话的面子上就别哭了好不好?”

男人耐心地安慰夏月，看着夏月注意过来的眼神开始讲了起来。

“有一天，某位朋友下班回寝室，在一楼按了电梯——他要上六楼。很幸运，电梯一下子就来了。他走了进去，里面空无一人。他走进去电梯马上就关上了。升啊，升啊，到了四楼的时候，电梯突然打开了。有两个人探头探脑地想要进来，可不知道为什么看了看却没有进来。电梯门又关上了，就在电梯门要关上的时候，我的朋友清楚地听到他们说，怎么这么多人啊。”

“明显就是鬼故事的语气和情节，这哪是笑话?”

“我的笑点比较另类嘛。”男人和颜悦色地说。

夏月终于破涕为笑，缠着男人再讲一个。

不知道为什么，夏月经历过晚上的事情后，鬼故事都不怕了。

对于平常胆小如鼠看鬼片都做噩梦的她来说，这真是一大奇迹。

[九]

男人和女人同时火急火燎地赶到公安局。

“警察同志，你们是不是搞错了，我儿子怎么可能贩毒啊。”女人赔着笑脸拉着一个穿着警察制服的男人问道。

旁边的男人咳嗽了一声。女人这才放手，让警察离开。

“不问清楚，你是不是要我们儿子下半辈子蹲监狱你就开心了?!”女人有些厌恶地瞪着男人。

“随便抓个人就能问清楚的话那叫公安局吗?”男人不服道。

“不是说好了在外面我说了算，在家你说了算的吗?你怎么可以反悔。”女人见男人不高兴了，赶紧拿出撒手锏。

男人没有说话，这确实是他们商议好了的。平常夫妻都是丈夫在外面说了算，在家里听老婆的。但男人觉得在儿子面前做好表率很重要，才跟女人签了这个“丧权辱国”的条约。

两人走进了办公室。

里面有个助理模样的警察让他们在这等等，并端来茶给他们喝。

不过两人根本没心思喝茶，自己的儿子出那么大事，说什么也要解决这

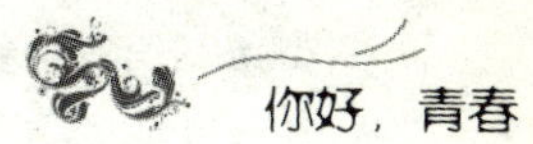

件事再说。

过了一会儿，有个年龄稍长一些的领导模样的人走了进来。

女人想先开口问却被这个人抢了先。

“你们的儿子真是好样的，这次助我们抓获了两大贩毒集团。”

两人一脸茫然地四目相对，完全摸不着头脑。

“报告已经出来了，你们的儿子是功臣，事情过程都写在这个报告上，你们看完签个字就可以领他出去了。”“领导”露出微笑，显然是对这次破案特别满意。

两人低着头安静地把报告看了一遍然后签了字离开。

“爸、妈，对不起，我……”苏成雨歉意地低着头。

嘴角因为昨天被打肿得老高。

“谁把你打成这样的?”女人打断了男生的话。

“有个警察误以为我是贩毒分子，所以……”

“我们去医院吧。”女人心疼地看着男生肿大的嘴角说道。

“我还有点儿事，就不去了。”苏成雨一脸为难地看着女人和男人。

“去吧。”两人惊异地看着开口说话的男人。

男生感激的笑容很快就被自己的背影挡住。

男人的目光如炬，像是熊熊燃烧的奥运圣火。

这次就好好地放开你，让你去狂野一把。

[十]

苏成雨像是炮弹一样飞跑到夏夕家门口，然后一边按着门铃一边喊夏夕的名字。

夏夕惊喜地打开门，却看到苏成雨狼狈不堪的模样，便不停地询问发生什么事了。

男生听女生讲完她的历险记之后，脸上紧张的神色舒展了很多。

总算是没事了。

大厅里一切都被整理得跟事情发生前一样井井有条。

还多了许多夏夕完成的作品也摆放在各个角落里。

男生的表情如磐石般坚固、凝重。

他的内心像是一只上钩的大鱼，挣扎着要不要告诉夏夕实情。但他每挣扎一次，鱼钩便刺入得更深，让他疼痛难当。

夏夕琢磨着要不要报警，男生想到如果报警的话夏月可能就要没命，但又一时想不起该找个什么理由拒绝。

夏夕的步伐依旧迈到了电话机旁。

“夏夕。”男生神色慌张地看着女生拿起电话，“其实……”

男生的手机响了起来，是夏月的电话。

苏成雨赶紧把手机放到耳边，是夏月的声音。

脸上的曲线做着各种不规则的运动，一旁拿电话的女生毫不知情地看着男生脸上的表情不断变化着。

“太好了。”苏成雨兴奋地站了起来，却被夏夕错愕的眼神秒杀。

“到底是怎么了?”

“没什么。”

“你确定?”

“我非常确定以及肯定。对了，绑架你的三个人已经被抓起来了。”

夏夕一脸错愕地盯着苏成雨，心想肯定发生了什么。

窗外的微风趁机钻了进来，吹动着苏成雨额前的斜刘海。

苏成雨像是一个小孩子一样兴奋，眼睛熠熠发光。

跟刚进来时狼狈落魄的样子截然不同。

公安局。

夏月看着大姨妈正开心地往门口出去，宽大的脸上挂着一副发自内心的笑容。

近在咫尺，不能不打招呼。

“大姨妈好。”

女人看到是夏月，立即跟夏月寒暄起来。若不是夏月反应快，找了一个“陪同学来公安局办身份证”的理由，恐怕难以脱身。

“大姨妈，你袋子里是什么?”

大姨妈鬼鬼祟祟地看了一下四周，确定安全之后凑到夏月旁边讲道：“夏月，大姨妈前些日子炒股，有个人说他替我炒股稳赚不赔，于是一时冲昏了头，把银行的三十万元全取出来了，结果回家的路上被人抢劫了。幸好今天警察同志抓住了犯人替我拿回了钱。真是老天有眼啊。”

大姨妈无限感慨地看着公安局的标徽，似乎是在对其顶礼膜拜。

原来那是大姨妈的三十万！那钱怎么会到苏成雨和夏夕的手上？夏月在心里想着，然后进警察局去找语文老师。

语文老师在里面把所有的事情都处理好了之后，把事情的过程告诉了夏月。

先是这三个人中的老大骗大姨妈帮她炒股稳赢，并利用假象让大姨妈相信了他。然后其他两个人在大姨妈去银行取钱的路上打劫她。刚好有警察在场，于是那两个便逃窜到他们的其中一个人的窝点，就是夏夕家的楼下。岂料他们两个粗心大意，把钱放在了夏夕家门口。结果老大没取到，他们就找上了夏夕。

“后面的你都知道了。”语文老师看着听得入神的夏月。

“对了，老师，你怎么知道我们在那的呢?”

夏月忽然想到这个，一脸的疑问号。

“这个嘛，老师我有特异功能。”

显然男人并不愿意说，其实他也不是不愿意说，只是通知他的人要他保守秘密。

夏月见语文老师不愿说，也没再问，并拒绝了和男人一起去吃饭的邀请。

因为夏月知道，姑父、姑妈肯定担心死了。至于消息到底是谁告诉语文老师的，早已不重要。

[十一]

如果有一天，你说你愿意为了我去死，那不一定是真的。

如果有一天，我出现危难的时候，你总是第一个出现在我身边，那我愿意试着去相信。

在这个苟延残喘的世界里，有那么一个傻乎乎的人，他并不优秀，甚至不好看，但是，他是我的整个世界。

第十七章

[一]

星期一。

经过两天的颠簸，乔子纯似乎对平静的生活已经开始不适应。

乔子纯这几天不知道为何总是躲得远远的，跟夏夕以前一样迟到、早退，不给夏月接近她的机会。

苏成雨则像是个没事人一样，要么乐呵呵地跑去操场打球，要么埋头看书、写作业。

只有自己，经过这件事情以后，整颗心随之狂野起来，像是一匹失缰的野马。

周末的试卷和作业根本没完成，就连马上要交的数学作业也一个字没写，看着苏成雨在课桌奋笔疾书，夏月丝毫没有动笔的动力。

其他人陆陆续续把作业本放在夏月桌上，已经堆得挡住了视线，夏月无精打采地把它们分成两堆。

在她的内心里，一直纠结着这么一个想法：要是自己没被语文老师救出来，苏成雨会不会管自己，会不会不要命地救自己？就像他对待夏夕时一样。

但当某种情绪在血液里迂回不前的时候，动作也跟着迟缓了起来。

当苏成雨把作业本递过来的时候，她的手伸了过去，却没有接住作业本，苏成雨露出了惊讶、错愕的神情。

夏月并没有去理会苏成雨的关切，而是继续陷入了更深邃的沉思当中。

跟电影里一样曲折神奇的情节，却少了一个完美无缺的结局。

虎头蛇尾。

忽然头脑中跳出这么一个成语。

林平来交数学作业的时候已经快到上课的时间了，他好意提醒夏月上课前把数学作业交过去，不然数学老师肯定要发飙。

数学老师的脾气是谁都知道的，简言之就是“顺我者昌，逆我者亡”。若是你对他言听计从，你会觉得他是一个慈祥、温和的男人。若是对他的话左耳进右耳出，那么你会觉得此人必定是自己上辈子的仇人，不然不会如此这般不屈不挠地整你。

女生走进办公室的时候，男人一脸平静地在备课。

往常的程序是这样的：夏月面带微笑地走过去，叫声老师好，把作业本放在指定的左上角。然后等待男人问有没有什么问题，再假装疑惑并快乐地翻着数学课本找出一个其实早已搞懂的题目问男人。待男人滔滔不绝如黄河之水泛滥成灾之后，女生才轻松离开战场。

而这次，女生把原先重复过无数次的事情忘得一干二净。

脸上的曲线纠结在一起形成一个苦瓜的形状。

她急匆匆地迈到桌前，然后将作业本随手放在了男人桌上，没有招呼，没有礼貌，也没有问问题。

女生径直离开，并没有理会男人叫自己以及脸上现出的巨大问号。

耳边的风呼呼地刮着。

心中有一种前所未有的快感。

虚伪只会让人失去本真的面目。

像是本来已经拍好的照片，再怎么 PS 都是浮云，毕竟改得面目全非的靓照并不是自己本人。

那么，又何必自欺欺人呢？

［二］

上数学课的时候，男人用一种怪异的眼神盯着夏月这个平常在他心目中乖巧、听话的女生，似乎对于她今天早上的表现失望透顶。

“高考临近，我们当以更加饱满的激情去迎接挑战。”数学老师指着黑板上的倒计时充满壮志豪情地说道。

“然而，某些人却开始放纵自己，身为课代表，连作业也不交，这怎么像话！”

原来，这才是重点。

无数的目光齐刷刷地往夏月身上涌来。

夏月像长了痱子一般坐立不安。

接下来的时间更加难熬。夏月像是一只被水煮的青蛙，一点一点地开始躁动不安，不过最后只能无可奈何地等死。

这跟等陆之谦的电话是完全不同的，至少心情不一样。

一种像热锅上的蚂蚁心急得团团乱转。

另一种则是充满幸福和期待地等待。

天堂和地狱并不需要有一万丈那么远，只是情境不同而已。

后面有只手推了自己一下，发愣的女生直接被吓得脸色苍白，这两天她已经吓得够呛了，女生把头转了过去。

“夏月，我笔没用了，借支笔。”苏成雨一脸令人熟悉的微笑，他并不知道夏月现在心情烦躁不安。

“没笔，不借。”

“你桌子上不就有支吗?”

“我喜欢两支笔一起写。”

苏成雨莫名其妙地看着女生，对夏月突然反常的表现丈二和尚摸不到头。也许她心情不好吧，苏成雨把头低下了。

又是一个急速的抬头动作，撒开一个粗犷的弧度。

“我说，真不能借?”男生的脸上闪着温柔和光亮。

夏月把桌子上面的笔扔了过去，并没有把头转过去。

“写完两个字，立即还你，别着急啊。”苏成雨以为夏月会回头对他笑一下的，不过对方丝毫没有动静。

从什么时候开始，我已经揣测不到你的内心，只能看到你的背影?

[三]

放学后，校园变得空旷安静，像是经历了一场醉生梦死后的苏醒仪式。

两旁的樟树落寞地举着手，撑起一片灰蒙蒙的天空。

苏成雨被一群男生叫走，夏夕不在学校，于是又是夏月一个人值日扫地。

夏月像往常一样走进小树林，隔了好几个礼拜没发现有人在上面刻自己的名字，已经没抱太大的希望。

而这次，夏月却看到一个穿着白格子衬衫的男生悄然蹲在树边，并没有注意女生轻轻移动的脚步。

夏月身体里的每一个细胞开始活跃起来，终于要看到这个在心里想过无数次的神秘刻字人了。

她的脚步因为激动而沉重。

眼睛睁得大大的，一眨不眨，似乎不愿意丢失任何一个细节。

当夏月离白色的身影已经只有五米之遥时，甚至能听到对方刻字时发出的奇怪声响。

夏月并没有打断正全神贯注刻字的男生，而是极其安静地看着他动作中流露出的优雅姿态。

像是在完成一个举世瞩目的艺术品一般。

夏月不小心踏在落叶上发出的咯吱咯吱声也没让男生觉察到。

时光穿越到眼前的深邃画面定格成永恒。

女生又走近了一些，发现男生微笑地抬起了头。

整个惨白一片的天空被头顶无数的树叶遮掩得密密实实。

胸口闷得喘不过气来。

大脑因血液梗塞而逐渐空白。

“夏月，我喜欢你。”

男生的声音跟梦境里一样充满磁性，脸上是夏月曾经向往无数次的温柔曲线。

夏月再一次听到神经断裂发出的噼里啪啦的声响。

整个人因为晕眩快要倒下。

无数次梦寐以求的告白。

懵懂里青春年华的所有的情愫。

像是随风飘荡的蒲公英种子，散落了一地。

［四］

八点，陆之谦的电话准点打过来。

姑妈在外面嘀咕着：“夏月，你电话来了怎么不接啊”。

夏月并没有理会，依旧呆呆地看着闪烁着亮光的手机，头脑里一片空白。

连夏月自己也不知道为什么要拒绝顾新，当时她脑海里闪现的居然是陆之谦穿着军装的样子。

内心的挣扎与日俱增，像是内心深处的欲望膨胀得难以抑制。

无论如何，夏月对于自己喜欢了快三年的男生对自己告白，依旧高兴不起来。

姑妈走到门口敲门问道：“夏月，怎么了？”

夏月慌乱地回道：“没事，我在听歌。”

手机铃声居然也可以用来听歌。

孙燕姿的《遇见》，果然令人百听不厌。

手机突然停止了歌唱，女生猛然抬头，似乎已经开始后悔没接电话。

一直以来就有这样的缺点，做完一件事情买完一样东西说完一句话后才开始后悔，尽管明明知道这样根本没有用的。

这是自己第一次不接陆之谦的电话，他一定会感到很奇怪的吧。

女生翻开了上午老师布置的数学作业。上次没交的作业在上课时一心二用补完了。若是这次再不交，估计数学老师就要找她谈话了。毕竟这是他一贯的做法。

内心里打了个寒战，像是冬天的雪花轻轻地飘过。

然后脑海里又无数遍的重复着顾新说的“夏月，我喜欢你”。

宛若头顶上惨淡的天空，挥之不去。

梦里和现实终究有着那么大的差距。

以前若是听到这句话肯定会笑醒的。

现在是怎么了？

手机的铃声再一次响起，女生赶忙凑过去，发现还是陆之谦，正在犹豫要不要接。

这次换作姑父在外面喊着“夏月，你别老听一首歌啊”。姑父虽然退休在家，但平常仍然喜欢运动，所以声音格外洪亮。

夏月挣扎了一会儿，还是决定关机。

在还没有想清楚之前，她绝对不接陆之谦的电话。

虽然不知道这样做是不是对，夏月微微叹了口气。

旁边的座机也闪着红光。

夏月这次迅速按掉。

内心里再次升起的情愫就像是日益疯长的仙人掌，再不连根拔起，终究会被刺到。

楼下是姑父和姑妈闲谈的声音，还有熟悉的足球解说的声音。

天旋地转。

陆之谦的电话终于没有再打过来。

[五]

夏月再次见到夏夕的时候，看见她挽着苏成雨的手在教室外面的走道上，从容而招摇。

三人极其随意地打了个招呼，夏夕说她的专业考试过了，只要文化分过了，就能进中央美院。

早就知道结果会是这样。夏夕是个聪明的女生，这根本难不倒她。

换句话说，夏夕也要回来上课了。

苏成雨一副欢天喜地的样子，不知道是因为夏夕专业考试过了，还是因为她要回来上课了。

又或者二者都不是。

夏月挤出个笑脸说："欢迎。"

然后面部是因故意扭曲而皱起的曲线，已经能看到轻轻的皱纹，完全不是这样的笑容。

年轻的时候，任何一件心事或者小事，都能让人产生惊天动地的情绪。

夏月的眼睛里仿佛写满了心事，不过掉进甜蜜中的两人丝毫没有发觉。

"乔子纯。"夏月看到从另一个拐角走过来的女生喊道。

乔子纯今天穿了一条蓝色的裙子，一改她平常喜欢穿白裙的习惯。现在已经是深秋了，乔子纯依旧像所有爱美的女生一样，用意志在和寒冷战斗着。

"啊，夏月、苏成雨、夏夕。"略显迟疑的招呼。

这一点儿也不像平常伶牙俐齿的乔子纯。

若是以前，乔子纯早就像是一只追着兔子的饿狼发疯似的飞过来打招呼，滔滔不绝地讲些奇闻逸事、八卦新闻。

"怎么了？碰到不顺心的事了吗？"夏夕看出乔子纯有些不在状态。

极其敏锐的洞察力，也许只有这种天生自带艺术细胞的人才会有。

乔子纯似乎有些害怕看着夏夕，故意把目光投向了夏月。

"夏月，我还有点儿事情要忙，你们聊。"乔子纯说完便转身离开。

"唉，你总得告诉我们什么事吧？看你心不在焉的样子，到底出什么事了？"

夏月不甘心就这样放乔子纯走，想知道她为什么会这样。

乔子纯微笑着说："也就是老师上次布置的练习还没开始写，今天要讲了。"

她装得煞有其事，把旁边的人都骗了。

在一旁的苏成雨终于搭话了："乔子纯，也不差这么一会儿吧？"

乔子纯？以前的称呼不是小妹妹吗？

他们之间到底发生了什么，还是自己多想了？夏月侧着头看着乔子纯极其不自然的样子。

"好吧，你去啦。下次找你。"夏月给了乔子纯一个台阶。

乔子纯的背影很快就被教室外的人群淹没了。

剩下的三人见状也进了教室。

语文老师在台上上课的时候，夏月喜欢用手撑着头看着他，感觉他像是内心深处某个人的身影一样，温暖有安全感。

尽管心里的那个男人没有再出现过。

那个男人自从当年离开这个城市以后似乎再也没有回来过。夏月慢慢忘记了他狰狞的模样，也许就算他现在站在眼前，也不可能认出来了。

更何况，他根本就不在乎自己是死是活。

这几天不知道为何，夏月像是一个多愁善感的诗人，总是有无限的感慨。

也许，是因为顾新的表白。

班上再次有人晕倒，上次是金小月，这次又是谁呢？

嘈杂的声音再次响起。

“老师，金小月晕过去了。”

又是金小月。

这个曾经让夏月顶礼膜拜后来却嗤之以鼻的女生。

语文老师的脸变得阴沉，手指拨弄着手机，然后走到人群里把女生背上往外面走。

男人的离开，让原本已经乱成一团的教室更加混乱。

“金小月怎么又晕倒了啊？”

“听说她爸给她找了个后妈，后妈对她不好，经常饿她肚子，还给她吃些既便宜又没营养的东西。所以应该是像上次一样劳累过度又营养跟不上引发的贫血。”

“金小月真可怜。”

“可不是嘛。”

“后妈真恐怖。”

爆料的男生住在金小月隔壁，当然最有发言权。许多人跟着可怜起金小月来，有几个多愁善感的女生甚至流下了同情的眼泪。

“要是我爸跟我妈离婚，我就跟我妈走，也许后爸没这么恐怖。”林平在这种不合时宜的场合兴致勃勃地说道。

他以为将要受到无比鄙视的制裁。

结果许多人哄然大笑起来。

当然也包括那几个破涕为笑的女生。

很好笑吗？

很好笑吗？

很好笑吗？

怎么可以把自己的快乐建立在别人的痛苦之上。

你没失去过，怎么会理解这种疼痛。

你可以对你喜爱的美女明星大放厥词，但是面对你遭遇不幸的同学，就算不是真的同情，能不能保持沉默？

就当是，给这些被青春绊了一脚的人最后一丝尊重。

夏月有些愤怒地看着这些若无其事大笑的人。

内心隐隐作痛。

苏成雨和夏夕并没有参与其中，两人默契地写着作业，丝毫不理会当前发生的事。

笑声并没有停止，林平说得似乎更加起劲。

夏月把书本砸了过去。

所有人都愕然地回过头看着女生。

“她从小就没父没母的。”不知道哪里钻出这么一个声音。

空气仿佛凝固了，夏月的嘴张着忘记了闭上，胸口似乎堵着一团令人窒息的棉花。

整个教室终于死水一般的平静。

能听到笔尖摩擦作业本发出的尖锐刺耳的声音。

[六]

每个女孩都是上帝派到人间的折翼天使。

宛若蝶蛹一般，只有经历过风吹雨打、疼痛、束缚之后，才能长出美丽的翅膀。

若你的身边有这么一位折翼天使，请不要用令人绝望的字眼嘲笑她，更不要伤害她。

[七]

十字路口。

男生拎着一个黑色的袋子等待着绿灯，袋子里的白菜叶子偷偷露出了半个头，应该是一大袋的菜。

六十七秒。

一个放在等绿灯觉得无限漫长，但放在考试剩余时间又觉得心惊胆战的质数。

世界本身就是一个矛盾体，这一点儿也没错。

周围站着许多同样焦急等待绿灯的人们。

有个学生模样的女生用手护着额头朝红色的数字看去，似乎因为近视看不大清楚。直到旁边有个善解人意的男生假装跟旁人说话告诉了她，她才把手放了下来。

依旧还是有人在抱怨等待的时间太长，在原地不耐烦地徘徊着，说话声向四面八方扩散着。

交警站在马路中心的岗位上，有条不紊地指挥着车辆。

车辆徐徐驶过交警的身边。

交警的帽徽反射的光芒一下晃得人眼睛睁不开。

男生把头别了过去。他从小时候就喜欢看警察抓坏人的电视剧，现在看到戴警帽的男人依旧倍感亲切。

旁边有个三四岁的小男孩调皮地抓了一小片白菜叶子，男生惊讶地回过头，看到了一个女人满脸歉意的笑容。

天空依旧是深秋特有的一片惨白，阳光照在身上并不能让人感到温暖。

少了夏日的凌厉和彪悍。

多了几分清爽和明快。

有辆深黄色的大卡车开了过来，特别惹眼。

然后又有一阵刺耳的警笛声传到耳畔——卡车后面跟着几辆威严的警车。

此刻离绿灯还有三秒。

所有的车辆缓缓地停在白线前。

刚才拔菜叶子的男孩突然往对面冲过去。

大卡车急速地往行人堆里驶过来，交警连续不断鸣着口中的哨子，让行人赶紧离开原地。

所有的人像是雨前的蚂蚁一般，一团团地往安全的地方撤离。

男生也跟着往后面撤。

女人发疯似的一边喊一边往小男孩那边跑去，想把他抱回来。

小男孩像是挣脱鸟笼的小鸟，自由地奔跑着。

卡车离那个女人还有一些距离，并不算危险。

警笛声依旧尖锐地叫着。

女人摔了一跤，由于穿着高跟鞋的缘故，扭着了脚，无论如何也起不来了。

痛苦让她的脸变得煞白。

大卡车像是开足了马力想摆脱后面穷追不舍的警车，呼啸地向小男孩冲过去。

女人尖叫着喊着小男孩的名字。

一场酝酿已久的天灾人祸终于还是要发生。

大卡车迅速往小男孩的方向压过去，已经看不到小男孩的身影。

男生见卡车突然急转弯，朝女人的方向冲来，像是一颗炮弹一样往女人身边冲去。

他跑了过去，不过终于还是有点儿迟，他只是抱起女人跑了几步，已然感到有一股巨大的力量把自己往另外一个方向猛拽，趁着最后一点意识，男生放开了双手，恍惚中能看到女人的身影由于惯性向相反的地方离去。

天地间突然像无声电影一般失去了声音。

男生感觉自己已经完全失重，所有的情绪都提到了嗓子眼。

两边的风景和人物一闪而过。

好熟悉的感觉，却来不及想起到底在什么时候见到过。

他并没有感觉到疼痛，就那么突然地听到一声巨响。

然后便安静地进入到睡眠状态。

[八]

电视的传播速度往往比八卦传播的速度还要快。

媒体总是能在第一时间第一个出现在现场。

无数手拿着话筒的记者出现在了十字路口。

“请您说一说刚才目睹的那场车祸好吗?”

“请问您对这个男生的英雄壮举有什么感想?”

“刚才的场面是不是像是在拍电视剧一般华丽?”

“请问刚才是谁打的我们媒体的电话，有奖哦。”

在物质泛滥的今天，连口水也开始变得廉价。

滔滔不绝比做英雄获得的利益更大，只要有三寸不烂之舌，就能坐享其成。

一群白衣天使在众媒体的闪光灯下急匆匆地把男生抬上了救护车。

许多警察把大卡车里的男子押了下来。

事情全部完美结局。

夏月和姑父正饶有兴致地看着足球赛，结果电视里出现了一段插播的特别报道。

“现为大家插播一段特别报道，今天上午九点三十七分，某男子驾驶偷来的卡车，途经十字路口的时候朝一女人撞去，惊现国内顶尖跑酷高手救走。”

事实与播报出来的新闻并没有太多出入。

只是为剧情需要改动了一些细节。

不然怎么能达到既时尚又积极向上还吸引观众眼球的目的呢。

电视上并没有出现直播画面，只是放了几张图片。

男生的身影怎么看都不像是跑酷选手。

“现在玩跑酷的年轻人都要撑起半边天了。”姑父无奈地调侃。

姑父从来就不相信新闻里播出来的东西，他说“媒体的炒作就跟每天要炒菜、做饭一样是必需的”。

第二天夏月去学校的时候，三班的门口围了一大堆的记者。

路过的时候听到一句“他平常的学习怎么样呢”然后就再也听不到声音。

夏夕没在，苏成雨也没在。

乔子纯在窗外叫夏月，夏月走了出去。

“夏月，顾新出车祸了。”

像是半夜突如其来的一声巨响。

女生吃惊地问：“什么时候的事?”

当乔子纯说就是电视里插播的那个特别新闻报道时，夏月再次用惊讶的语气问乔子纯：“顾新他什么时候变成跑酷选手了?”

乔子纯耸了耸肩，显然觉得夏月的这个问题问得很白痴。

这么显而易见的道理你居然不懂。

不就是为了炒作，为了满足市场需要。

无论哪一行，市场需求都是最重要的。播报顾新新闻的媒体极其充分地理解并贯彻实行了这一点。

学校意外地宣布了一个好消息：今天停课。

无非是因为学校各级领导都要接受媒体的访问，并向他们谈论有关顾新的神奇人生经历。

教导主任说：“当初是校长发现他有跑酷天赋的，而我则是每天每时每刻都在培养他优秀的品质。比如舍己救人。”

副校长说：“私底下我与该名学生交往甚深。我一再去他家做家访，私下里他还叫我‘叔叔’呢。”

体育老师说：“我每天都负责训练他，并锻炼他顽强的精神。”

班主任说：“顾新是我这辈子教过的学习最好、人品也最好的学生。我甚感欣慰啊，不枉我对他的苦心栽培。”

领导讲话完毕，然后是众人合影。

由于采访进行得非常顺利，学校又临时通知，各班照常上课。

［九］

顾新刚做完手术，医生说病人需要安静，苏成雨和顾新的父母在走廊上闲聊。

“顾新，你快醒醒。”

夏月抛下乔子纯一个人径直走到门口的时候，看到夏夕趴在顾新身上哭着。内心像是一个巨大的茧子。

夏月没有推门进去，而是安静地站在门口。

“傻瓜，我们还有事情没完成。你快醒来啊。”

褪去了原先的冷漠与骄傲，夏夕哭得泪人一般。

她的手在顾新的脸上轻轻地抚摸着。

夏月见苏成雨和乔子纯往这边走来，赶紧堵住了他们的去路。

两人一脸疑惑的神情。

“顾新现在需要休息，我们一大堆人进去不好。”夏月解释道。

“可是我还没有看到顾新呢？”

“那也得等夏夕出来，一个一个进去。”夏月无力地阻挠着。

“夏夕怎么在里面这么久？我进去看看吧。”苏成雨想绕开她进去。

“我刚才看了，她在画画，应该是为了送给顾新，祝他早日康复的吧，你不能去打扰她。”

夏月终于想出这么一个扭转局面的借口。

三人只好往外面走。

顾新的爸爸是一个很精神的短发男人，每次看到夏月都是一副无以言状的表情。

三个人一起和顾新的爸妈打招呼。

女人原本阴沉沉的脸上总算是浮现出一丝笑容。

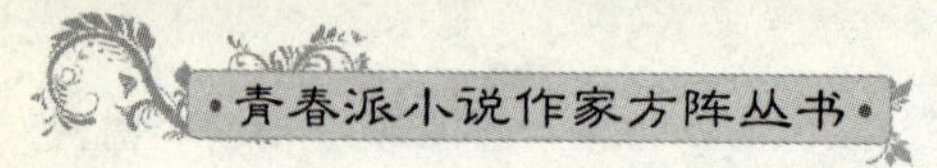

医生了解情况后说，若不是那个偷卡车的罪犯看到有个小男孩在车前面而紧急刹车转弯的话，按卡车正常的速度撞上去，肯定会没命的。

看来小偷也不一定全是一无是处的人，他们也有善良的一面。

比起那些满口仁义道德的好人好得多。

然而夏夕出来的时候，脸上的眼泪不知道什么时候已经擦拭得干干净净，恢复了平常冷漠的神情。

乔子纯拉着夏月进去送花。

康乃馨放在到处都是白色的房间里显得有些压抑。

从男生的脸上依稀可以看见擦伤的痕迹，不过并不严重。男生摔下去的时候是后脑勺朝下，医生检查说可能是因为轻微的脑震荡，病人才会昏迷不醒，要住院治疗并进一步确诊。

乔子纯坐在床边的凳子上说着“祝顾新早日康复，班上的同学很想你，派我作代表来看你”之类的话。

“子纯，刚刚我们买的苹果呢?”夏月突然想起刚才在外面水果店买了一大袋苹果。

苹果，平平安安的意思，这个谁都懂。

乔子纯恍然大悟地看着夏月，“对啊，我们买的苹果呢?”

“别告诉我你没拿。”两人异口同声道，然后极其无奈地看着对方。

“顾新现在昏迷也吃不了苹果，等他醒来后我们再来看他，顺便再买吧。”

夏月琢磨着花应该放在哪。旁边的桌子上并没有花瓶，她只好把花放在靠墙的位置。

医院的空气永远有股药水的味道。

尤其是走在病房的走道上，这种味道就更加浓烈了。

夏月的心里涌起作呕的感觉。

而乔子纯却若无其事地左顾右盼，似乎对医院充满了好奇。

她果然是一个怪胎。

走道的前边有个老奶奶倒在了地上，乔子纯和夏月赶紧跑了过去把老人扶起来。老人挣扎着死活不让两人扶起来。

“你们不会找我要钱吧?”

夏月和乔子纯相视而笑，答道：“当然不会。”

老人这才让她们帮助。

两人的目光充满了问号，似乎对这个老人的行为极为不解。

当两人扶老人回病房的时候，老人说前几天自己在马路中间摔倒了，一个小女孩跑过来扶她过了马路，之后还向她要钱。小女孩的意思是，做好事也是要收费的。从那以后老人再也不敢让别人扶了。

听完之后，两人的嘴角都扬起一个异常夸张的弧度。

原来，这都可以。

[十]

陆之谦的电话依旧没有断过，不过夏月决定在没有彻底想清楚之前不去接他的电话。

于是她干脆让手机停机，而房间的电话也挪到了其他房间。她还以一种非常神秘、恐怖的语气告诉姑父、姑妈“这个电话号码是保险推销员的千万不能接”。

姑父、姑妈配合地点点头，这事情总算是告一段落。

唯一值得一提的是，夏月的成绩开始有了明显下滑，原本牢固地坐在前十的位置，现在已经在三十名开始徘徊犹豫踟蹰不前。班主任对于这种情况极为惊讶，找夏月谈过好几次话，并用无限感慨的语气说：“谈恋爱、吃喝玩乐什么的都是过眼云烟，我就是这样过来的”，然后晓之以理、动之以情花了整整两个小时讲述自己当年是如何堕落的，才到了这个小地方当了个老师。并劝告夏月不能重蹈覆辙，再像他当年一样不懂事，这样不值得。

夏月只能一边对班主任感恩戴德，一边郑重其事地说着：“老师，我要去写作业了。”

语气坚定并充满精神。

班主任这才用手擦了擦嘴角的口水，颇有成就感地喝了一口茶。

不过，这仍然没有改变夏月成绩继续下滑的情况，最后一次月考的时候，夏月竟然考了第一百名。

没人管的唯一好处便是就算你考倒数第一也没人骂你，你想睡觉还是睡觉，那都随便你。

有人管的现象则是这样：乔子纯上次考第五十名的时候，她的家人像是家里有喜事了一般大摆筵席，特意犒劳了一番乔子纯。他爸爸更是履行承诺，满足了先前答应她的一切条件。

而最后一次月考乔子纯掉到了五十三名，待遇就变成了父母两人成天利用工作之余帮乔子纯找家教和培训班。两人合力制作了一张“家里学习、作息时间表”。除了吃饭、睡觉，连上厕所的时间也被学习占用。

她父亲最后在“家里学习，作息时间表”的末尾写上了“革命尚未成功，同志仍需努力，下次若考前五十，必当满足一切愿望”等。

乔子纯爸妈的愿望很简单，就是希望乔子纯考个不太差的一本，光宗耀祖。

而姑父、姑妈对夏月的成绩从不过问，当夏月问他们为什么的时候，两人相视一笑只是说：“尽力就好”。

多少人渴望的自由和开明。

夏月刚开始还为他们的宽宏大量而感到高兴，现在却突然希望有个人骂骂自己，管管自己，能够打几下也行。

[十一]

晚上。

夏夕正在画室复习着上午教授教她的内容。

深秋，夜晚似乎以更快的速度降临，窗外一片漆黑。

夏夕聚精会神地画着，整个人像是与周围合为一体。

直到有人敲门，夏夕才走过去把门打开。

门口冒出一张熟悉的脸庞。

“今天晚上刚出来，没地方住，我能住这里吗?”

虽然不知道男人是怎么找上这里的，但他的确就站在自己的面前。

已然斑白的头发，深刻的皱纹，泛黄的皮肤。

跟年龄完全不相符，看起来更像个老人。

夏夕面无表情地看着男人，沉默不语。

男人爬了五层楼，夏夕能够听到他微微的喘气声。

时间调皮地在女生的发梢左右晃荡。

“滚!”

隔了半晌，夏夕的嘴里才冒出来这个字。

男人脸上的表情并没有发生变化。

转身下了楼。

略显臃肿的背影很快就消失在黑暗中。

夏夕用力关上门，然后跑进卧室。

尽管有多余的房间，尽管那是用你的钱租来的房间，我也不要和你住在一起。

第十八章

[一]

语文老师三番五次邀请夏月去他家吃饭，刚开始夏月以说自己忙，家里有事之类的借口拒绝了。但男人像是铁了心要请夏月吃饭一般，每个周末都要打电话过来。

久而久之，包括“我今天要帮姑母买菜，今天肚子有点不舒服”等初级借口都用光了之后，夏夕只能无奈地答应。

夏月并不怕生，而是进入如此幸福的家庭里，只会让自己进一步陷入尴尬和悲伤的境地。

“我让乔子纯和我一起来可以吗?”

有乔子纯在身边，也许会好点。

男人爽快地答应，约好中午不见不散。

女生坐在桌前奋笔疾书。临近期末考试，所有的作业开始多如牛毛起来，稍有怠慢，就会积下一大堆未完成的作业。再加上最近成绩下滑得厉害，班主任谈话时少了上次的耐心。

肩上像是扛了一座泰山在奔跑。

压力重重。

于是只能更加努力地学习，起早贪黑。

从什么时候开始，脑海里已经没有了午睡和休息这两个概念。

而陆之谦的电话再次中断。就像上次一般突然。

也许这么多次没接他电话生气了吧？女生每次都这样想。

偶尔写作业的间隙，夏月的脑子里会浮现男生穿军装的样子，但很快便被自己强迫用无数的根号和文言文抹去，不让它继续滋生。但她内心却又无比期待陆之谦的电话，每次晚上醒来都觉得有电话来了。

中午。

男人订了学校附近一家学生消费不起的高档餐馆。

乔子纯在规定的时间并没有出现，五分钟之后在街道的拐角处喊着“对不起”跑过来。

“我今天上午上了三个培训班，赶完一场又一场，这已经是我最快的速度了。夏月你得原谅我。”乔子纯一股脑地说了一大堆原因。

后背因为喘气而剧烈地抖动着。

夏月一边无比感慨地听着乔子纯讲着她的受难史，一边拉乔子纯往餐馆走去。

对于乔子纯“他为什么要请你吃饭，他是不是你失散多年的亲戚”之类的疑问，夏月只能闭着嘴巴保持沉默。

因为除了热情，夏月也想不到什么理由。

[二]

苏成雨对于夏夕这种过了专业考试仍然勤于作画的做法表示极其的鄙视，认为她应该花更多的时间在文化课上，毕竟这也是考大学必不可少的一个重要部分。

而夏夕则是固执地认为她并不仅仅是为了考大学，画画现在已经成为她每日与睡觉、吃饭、喝水同等重要的事情。

每当两人发生争执的时候，先是尽力说服对方，如果没有结果的话，就会进入冷战阶段。

不过，两人约定冷战时间不超过半个小时，过时则不再谈论这件事情。若之后不小心再次提到，程序如上。

在冷战的半个小时里，苏成雨抱着夏夕的哆啦A梦坐在电视机前，女生则跑去画室继续画画。

苏成雨看了一会儿觉得无聊，想去捉弄女生，于是戴上了一个狮子的头盔。

故意把走路的声音放到最低。

夏夕一副沉浸其中的样子，背弓着。

苏成雨站在夏夕后面，轻轻拍了一下女生的肩膀。

“啊！”苏成雨尖叫了起来，本想吓女生的，不料女生脸上满是颜料，却把他自己吓了一跳。

夏夕忍不住笑了起来。

“你故意的吧。”男生对于这次的失败有些气恼。

夏夕刚想狡辩，门外响起了尖锐的敲门声。

通过猫眼，她看到了苏成雨爸妈的脸。

夏夕犹豫了一下，还是把门打开。

“叔叔、阿姨好。苏成雨，你爸妈找。”夏夕客套地将两人让进来。

男人和女人微笑着往屋里走，而不是像以往那样来势汹汹。

男生腿脚一软，对着男人和女人使了一个眼色，希望他们快点走。

“夏夕，我们是专程过来找你的。”女人拉着女生的手，并不顾女生往后退缩的力量。

男人善意地冲着女生微笑。

“前段日子，因为你的家庭原因，我们对你的态度不好。是我们错了，今天叔叔、阿姨是特意过来给你道歉的。”女人的语气坦诚，和蔼地看着夏夕。

“没有关系，不用道歉的。”夏夕赶紧挤出一个美丽的笑容。

站在旁边的男生终于松了一口气。

阳光透过钴蓝色的玻璃溜了进来，气氛也跟着温暖了不少。

女人和男人执意要拉夏夕去家里吃饭，若不是夏夕找到一个“若今天不完成作业就没法考试”的理由，也许真的就被两人拉过去了。

男生似乎对爸妈的改变感到非常兴奋，脸上的笑容前所未有的灿烂。

男生忽然聊到楼下的一个保安，说他是新来的，是一个很有爱心的男人。

有一次，一个小孩迷路了，他亲自把小孩送到孩子家里。而自己早上背书包经过的时候掉了东西，男人也追上来还给自己。

他没有一般人的那种自私自利的毛病。

拥有像秋风一样清爽的面容。

而夏夕则是一脸黯淡地瞪着男生越来越兴奋的脸庞，说了句：“有吗”?

他就算再优秀，也抹不去他曾经犯下过的滔大大罪。

那些赤裸裸的罪行，早就把他推向了黑暗的悬崖，不再有起死回生的那一天。

[三]

稍微高档点的餐馆往往会很冷清。

这跟钻戒越贵，买的人就越少是一样的道理。

餐厅是血红色的主色调，优雅而浓重。

两人很快就在人烟稀少的大厅中找到了男人的身影。他一个人安静地坐在位子上一动不动，似乎在思考什么问题。

两人走到男人面前的时候，男人展现出他的招牌笑容，清新明朗。

“都坐吧。今天就把我当你们的叔叔，别拘束。”

乔子纯自然没有拘束而是利用这个机会跟男人套近乎。

“老师，上次的考试我没来，你看能不能别跟我们班主任说啊?”

夏月对于乔子纯这种开门见山的方法有些震惊，本来在外面就说好了吃饭之后再提这件事情，果然是个急性子。

“如果只是这一次我当然可以替你藏着，可是你有好几次作业都没交了吧？看来得让你们班主任好好跟你谈谈话。”

男人一脸严肃，乔子纯看不出这是装出来的神情。

“啊？老师你不能这样做啊。我赶紧把作业补交了好吧?”

“呵呵，跟你开玩笑的，你把作业补上来就可以了。”

乔子纯感激地看着笑容逐渐绽开的男人，对他像是在景仰一尊佛像一般虔诚。

夏月在旁边一直没有插话，安静地听两人说话，手自然地放在桌前。

有个漂亮的服务员走过来问：“你们要点些什么?”

男人把菜单递给两个女生，示意她们随便点，乔子纯不客气地点了很多。

末了，男人又加了几个菜。

“老师，这么多菜，怎么吃得完呢?”乔子纯惊愕道，对于男人的这种大方行为充满好奇。

“我还有个朋友，现在没到。”

当服务员说“菜可以上吗”的时候，男人不顾两个女生劝他等人到齐了再上，坚持先吃。

三个人开始用餐，有一句没一句地聊着两人生活和学习上的点点滴滴。

男人很健谈，无论两人说什么都能插上几句话。

自从进来之后，夏月就发现了对面桌子上的气氛不对。

对面桌子也坐着一男一个女还有个三四岁的小男孩。

“明明，你就跟妈妈住在一起好不好?”女人凑过去抚摸着小男孩的头，看样子小男孩并不乐意，嘴里一边吃着东西，一边把身子往旁边挪动了一些，不让女人继续摸他。

“叔叔人很好的，你要相信妈妈，以后会对你很好的。”女人苦口婆心地说着，显然那个男人并不是小男孩的爸爸。

男人从包里拿出一个变形金刚。

“明明，这是叔叔送给你的。”

小男孩两眼放光地把盒子拆开，把擎天柱拿了出来。

“我要边骑马边玩。”小男孩看着女人说道。

女人的目光黯淡了一下，立即又满脸欢喜地答应。

女人正准备把身子俯下来，男人上去拉住她，眼睛眯成一条线。

“明明乖，叔叔是只很健壮的马，骑叔叔吧。”说完男人立即就做好了马的姿势，等小男孩坐在背上。

女人目光温柔地瞥向小男孩。

“不要，我不想骑马了，我要吃冰激凌。”

小男孩任性地把碗推到一旁，把脸别向与女人相反的方向。

“这里没有冰激凌，我们吃鸡腿好不好？”女人一边说着一边从碗里夹了一只鸡腿。

“我就要冰激凌！”小男孩下了座位，绕着桌子跑动起来。

“明明，叔叔去给你买。”说完男人站起了身，拿起了旁边的外套，穿了起来。

“你跑着去。”小男孩瞪着他说道。

男人无比听话地点了点头，然后小丑般滑稽地跑了出去。

小男孩咯咯地笑了起来。

“妈，我们现在回去吧，我就答应和你们一起住。”

“可是……”女人本来想说“可是叔叔还没回来”。

但这已经不重要了，女人兴高采烈地跑到前台结完账，然后拉着小男孩离开。

夏月看完了眼前的这一幕，然后默默地低下了头。

乔子纯笑着说这个小男孩真聪明。

“夏月，我给你介绍个人，不过你得先答应我一件事情。”

“什么事情？”

已经吃了快半个钟头，可男人的朋友还没有过来。夏月把头抬了起来，迎上了男人精神的目光。

男人不紧不慢地用纸巾擦着嘴，说道：“等一下不管是谁出现了，你都答应我不要离开座位，好吗？”

虽然并不知道谁会出现，夏夕还是毫不迟疑地答应了。乔子纯在一旁表示自己愿意做见证人。

男人从口袋里掏出了手机，然后低着头按着号码，脸色温和地把手机放在耳朵上。

“喂，你可以进来了。”

三人的目光同时望向餐馆门口。

一个穿着素雅的女人挡住了外面照进来的巨大光亮。

[四]

夏月已经完全没有心思听课，坚持不到三分钟又陷入了沉思。

这次数学测试结果的惨烈再次让对夏月已经开始失望的男人陷入了更深的绝望之中，并当众对夏月重要时刻掉链子的行为进行了冷嘲热讽。

不过夏月完全没有听进去，脑海里依旧是中午吃饭时的场景。

“夏月，你回来跟妈住吧。”

一想到这句话，她的脑袋便像是扎进了无数根银针一般疼痛难当。

她没有像以往那般纠结于“你当初为什么要抛弃我”，而是一直低着头半个字也没说，第一次忍受着女人的喋喋不休、婆婆妈妈。

语文老师居然是这个女人的老公！

难以置信。

这就像是一场预谋已久的阴谋诡计，答案揭晓的那天方见它的真面目。

男人曾经的良好形象在夏月心里开始腐烂直到面目全非。

就算是做一个任人取笑、唾弃的野种，我也不要和你们在一起。

“夏月，没事吧？你看你那副咬牙切齿的表情。”

夏夕微微地把身子侧了过来，并故意拿起一面镜子放在夏月的面前。

“哦，没事。”夏月极力用笑容掩饰内心的痛苦。

“我爸出来了，他说要回来跟我一起住。”

夏月的眼睛随着夏夕的这句话稍稍上抬。

“你答应了？”

“没，我就对他说了一个字：滚。”

夏夕把“滚”字念得异常的尖锐刺耳。

“我妈也叫我跟他们一起住。”

“嗯？”

“我什么也没说。”

两人互相看着对方，也许只有在这个时候，两人才站在统一战线。

“两位在聊些什么呢？”苏成雨插话的时机恰到好处。

“你猜？”夏月调皮地冲他笑了笑。

“这我哪猜得出，我又不是诸葛亮。”

“既然你猜不出，那你就别问了。”

“这两者有什么联系呢?”男生带着惊愕的笑容凑了过去。

“那我们说什么跟你有什么联系吗?”

男生苦笑地往后撤。

喜怒无常。

原来刚才的笑容是假装的，还有多少事情我不知道。

［五］

淅淅沥沥的小雨是秋天最擅长的手笔。

天空一直阴着一张脸深沉地面对着浑浊不堪的世界。

还有比天气更沉重的，那便是夏月的心情。

夏月早上收到一封陌生人的信，地址是西藏某部队，拆开一看是许多陆之谦的照片和一封笔迹陌生的信：陆之谦同志在一次秘密任务中身亡。

而陆之谦经常跟来信的这位战友提起夏月，想必是他最喜欢的女生，所以战友才把陆之谦平时照的照片寄给她。

难怪有些日子没有再接到陆之谦的电话。

似乎就像是一个巨大的惩罚。

前几天去医院看望已经苏醒的顾新。他脸色苍白地告诉夏月，小树林里的名字并不是他刻的，而是另有其人。之所以说喜欢女生，请女生去他家吃饭，是为了弥补当年他爸在街上吸毒时用注射器刺她的过错。

夏月笑着跑出白皑皑的病房，然后伏在亭子的凳子上痛哭起来，后背不停地颤动着。

擦干眼泪的瞬间，她看见夏夕提着一袋东西路过的身影。

夏月忽然全身顿感轻松，跑回家后便没日没夜地开始更努力地学习。

偶尔姑父、姑妈会心疼地说：“夏月，休息会儿吧，这样效率才高。”女生则以一副乖巧的神情说“我不累”。

乔子纯有时也会打电话过来询问夏月愿不愿意报名参加培训班，都被女生一口回绝了。

这些天下来，她似乎已经习惯一个人学习，一个人吃饭，一个人默默地回家。

晚上便抱着陆之谦的照片睡觉。

被子下面是一双湿漉漉的泉眼。

似乎在为自己的无知和愚蠢寻找一个栖息的空间。

麻痹在一个无人问询的世界里继续冬眠。

陆之谦，若是当时我跟着心里的感觉走，告诉你，我也喜欢你，那么，现在的我们会是怎样？

[六]

雨过天晴后的彩虹总是美得扣人心弦。夏夕每每都要呆呆地看到彩虹消失，然后无数的灵感便会充斥头脑。

苏成雨说："这是成为大画家必要的一种素养，像我等鼠辈是不可能领悟的。"

这些天夏夕经常问苏成雨一个问题："若是我就此永远消失了，你会怎么样呢？"

苏成雨笑道："傻瓜，有我在，你怎么可能消失？"

女生执意让男生回去好好想一个晚上，然后第二天答复她。

"答案想好了没呢？"夏夕微眯着眼看着苏成雨。

她那白皙的皮肤被乳白的光线涂上了一层蛋白。

"想好了。"苏成雨微笑道。

"如果你消失了，我就在这个城市等你回来，因为我相信你肯定会回来的。"

"为什么不来找我？"

"我怕你回来就找不到我了。"

"夏夕。"

"嗯？"

"我想，我已经不喜欢你了。"

"啊？"

"我开始爱你了。"

门外响起了敲门声。

"不会又是我爸妈吧。"苏成雨一边走向门口，一边对女生做了一个无奈的表情。这些天，苏成雨的爸、妈经常过来看望夏夕，有时候提着一袋苹果，有时候拿着一束鲜花。虽然并不知道为什么他们一夜之间对自己的态度有了如此翻天覆地的变化，但终归是好的。

开门之前要通过猫眼看一下对方是谁，否则不要随意开门。

这是防盗、防罪犯的常识。

处在极度松懈状态的男生并没有记住这点，随意就把门打开了。

三个高大的男人直接冲了进来。

一个稍微矮胖点的男人把刀架在了苏成雨脖子上。

“夏夕，快跑。”苏成雨不顾一切地喊了一句。

“不想活了?!”矮胖男人有些气愤地踹了苏成雨一脚，苏成雨由于惯性重重地摔在了地上。

“嘭”。浑厚的撞击声。

三个男人都戴着面具，看不出他们的长相。

“怎么了?”

夏夕若无其事地把阳台门关上然后走进大厅。

看到倒在地上的男生和几个陌生的男人，她顿时恍然大悟，脸色瞬间像外面的天空一般惨白。

一个男人走了过去，说道：“把手伸出来。”

夏夕没有反抗，乖乖地让男人绑上了。

“你给我起来。”矮胖男人踢了苏成雨一脚，男生有意识地躲过。

矮胖男人愤怒了，对着苏成雨一顿猛踢，嘴里还骂着：“我让你躲。躲啊，你不是很能躲吗?”

苏成雨挣扎着想站起来，又被矮胖男人猛地一脚踹倒在地上。

夏夕坐在凳子上喊着：“别动他!”不过无济于事，没人理会她。

“你们到底想要怎么样?”

矮胖男人冷酷地笑道：“很简单，你先打电话叫一个你最熟悉的人过来。”

“我打。”男生挣扎着站了起来，脸上满是肿起的淤青。

“关你毛事。等一下有你的事情。”矮胖男人再次把男生踹倒在地，这次男生没有再挣扎着站起来，而是坐着一动不动地观察这三个人。

“喂，夏月吗？你过来一趟，我肚子好痛。”夏夕的声音虚弱，像是真的不舒服。

“他啊，他出去了。我打不通他电话。你赶紧来吧。”

对方似乎是答应过来，夏夕把电话挂了。

矮胖男人把苏成雨拽了起来，然后从他口袋里把手机掏了出来，说道：“想跟我玩阴的？我跟你说，要是我知道你给警察或者任何人打电话求救的话，我就让这个女生立即死在你面前。”

虽然看不到男人满脸狰狞的表情，但能从声音中感受到他的凶狠。

“你们到底想怎么样？要钱吗？我去家里给你们取。”

“等一下你就知道了，不急，咱们有的是时间，时机到了自然会告诉你。”

“好了。”矮胖男人指了一下男生，说道：“你出去帮我买一个蛋糕回来，要十几个人才能吃完的那种。”

苏成雨回头看了看女生，并冲她笑了笑然后转身出去了。

“等一下，过来。”男人把走过来的男生拽到一边，搜出了男生的钱包放在桌子上，并把手机还给了他。

“你就这样去，不准回家拿钱，二十分钟之内给我把蛋糕买回来。千万别报警，不然她就没命了。”

“可是没钱怎么买？”男生直勾勾地看着矮胖男人，满脸的疑问。

苏成雨对于眼前的事情一头雾水。

若是绑架，应该叫家长拿钱才对啊。

到底是怎么回事？

难道是有什么深仇大恨的人回来复仇，可是自己平日里从来没惹过谁啊。

夏夕的仇人？

那更不可能了。她认识并有交往和联系的人总共不会超过十个。

“发什么愣呢？还不快去。还有十九分钟。记住我的话，过了十九分钟，她的命就没了。”男人并不理会男生的问题。

男生再次看了一眼旁边也许因为惊吓过度而有些眼神呆滞的夏夕，立即像离弦的箭一般往外冲。

因为昔日经常给夏夕买吃的，所以对于附近的蛋糕店男生早已熟记于心。

但走到蛋糕店门口，这才想起自己没钱。

“老板，我要一份够十个人吃的蛋糕。”男生有些心虚地喊道。

“好嘞，不过，我们这里要先付定金。”男人把手伸了出来。

“老板，打个欠条行不？”

“你想吃霸王餐啊？”男人的脸色立即变了，像一头发怒的狮子。

“不是，从楼上下来忘了带钱，我家就住那，你放心好了，不会少了你的钱。”男生极力想说服男人。

“反正又不远，你回去拿，我们店现在不打烊的。”男人的脸色稍温和了一些。

“不是懒得跑嘛！”

“说到底不还是没钱。滚!”男人再次怒气冲冲地瞪着男生。

男生只好无奈离开。

然后他又去了附近几个店，都是相同的结果。

男生手忙脚乱地掏出手机，还有五分钟。

他终于按捺不住，见到附近小区稍微脸熟的人就挨个问了起来。

“大叔，能借一百块钱给我吗？留个电话给我，明天就还。”

“我外出匆忙，没来得及带钱。”男人下意识地把放进口袋的钱包往里塞了塞。

“阿姨，我也是这个小区的，现在碰到急事需要一百块钱，我明天就还。”

“你回去问你妈要啊。阿姨也要钱急用。”

在转角的地方，苏成雨瞥见女人走进了一家麻将馆。

时间已经剩下三分钟了，男生像是热锅上的蚂蚁，内心的惊恐像是月亮引领的潮水，此起彼伏。

到底该怎么办呢?

我要怎么办?

［七］

夏月焦急地敲着门。

并没有人答应。

夏夕肯定是疼得晕过去了。

夏月用力推了一下门，门居然开了，原来并没有锁。

夏月继续往里走，眼前的一幕让她惊愕得张大了嘴巴。

“夏夕，你没事吧？怎么了，出什么事了?”女生发疯似的跑过去。

夏夕被绑在一把椅子上，嘴巴被毛巾堵着不能说话，拼命地瞪眼睛，想是要告诉夏月什么。

夏月帮夏夕拿开毛巾的时候，才发觉后面有脚步声。

夏月回过头的时候，一把小刀架了过来。

明晃晃的有些刺眼。

恐惧像是翻起的巨浪打得她一个措手不及。

她好想大声地尖叫，这时男人说话了。

“别动，乖，坐在沙发上。”

男人温和地看着夏月，并示意她往沙发方向移动。

门没关，夏月能听到外面急促奔跑上楼的声音。像是百米冲刺才会有的频率。

“咚咚咚。”

苏成雨拿着一个大大的蛋糕站在门口。

“刚刚好。”矮胖男人低头看了看手表，并示意男生把蛋糕放下后坐在夏月旁边。

两人互相看了一眼，便把目光转向了矮胖男人。

“蛋糕也买了，你还想怎么样？如果你要钱的话，我现在就去帮你取。”苏成雨明显是不希望现在的情景继续发展下去。

“你以为钱是万能的？”男人有些生气地瞪着苏成雨。

“接下来，你，小妹妹，你去买点蜡烛回来。不要跟任何人说话，外面有人盯着你。要是你跟任何一个人说话，今天就是他们的忌日。”

夏月站了起来。

“把身上的钱都拿出来。”男人恢复了原先温和的声音。

女生把身上的钱放在桌上，然后往外面走。

“你只有十分钟，还这么悠闲啊。”男人大声地冲女生喊。

“咚咚咚”。

像刚开始听到的上楼声一样。

夏月快速地跑了起来。

幸好刚刚来的时候并没有将所有的钱放在同一个口袋。夏月的眼睛急急忙忙地搜寻着杂货店。

跑了两条街，她终于在一个拐角处找到了一家。

夏月快步跑进去，忽然想起不能和任何人说话，只好自己找蜡烛，但杂货店东西太多，找了几分钟仍然没找到。

整个人像考试只剩最后几分钟但卷子仍没写完一般紧张了起来。

看到旁边的画之后她立即有了灵感。

夏月走到柜台前，用笔画出了蜡烛的形状。

“原来是个哑巴。”旁边一个理货员笑呵呵地看着女生，然后从一边的货架拿来了蜡烛。

付完钱，女生又再次急速地往回跑。

[八]

男人打开门准备出去，发现门上夹着一张纸条。

纸条上写着几行醒目的大字：夏夕和夏月在我手上，我在夏夕家里，想要救他们，你就一个人过来。不见不散。

女人见男人蹲在门口一动不动，问道："亲爱的，怎么了，不舒服吗?"

男人受惊似的把纸条藏到了口袋里，敷衍道："嗯，估计胃病又犯了。"

"那你等着，我去帮你把药拿出来，吃了再出去。"

男人并不知道夏夕家的地址，只好打电话问乔子纯。

刚走出小区，就有一辆出租车等在那里。男人似乎意识到什么，微笑地走过去，没说去哪，出租车便迅速发动了。

司机戴着一副墨镜，遮住了眼睛。

"师傅，麻烦你开快点。"男人泰然自若地看着窗外。

"早死早超生嘛，我懂。"司机不说话时还是一副冷酷的样子，一说话痞子气暴露无遗。

男人没有搭理他，而是继续看着外面的风景。

"有没有为自己选好一块风水宝地呢？哈哈。"

司机似乎很健谈，见男人没有搭理他，自言自语地说着。

进入小区的时候，有个头发斑白的男人拦住了出租车，说小区有规定，不允许出租车进入。

司机说了一句"一路走好"然后便离开了。

男人朝夏夕家走去，后面有双眼睛死死地盯着自己，但他早就意识到了。

[九]

"夏月，你在哪儿，半天不见你人?"

"姑妈，我在乔子纯家吃饭，恐怕要下午才回来了。"

女生支支吾吾地在男人的刀子下敷衍道，姑妈在电话一头唠叨了半天才恋恋不舍地挂掉。

又有人敲门。

"咚咚咚"。

"夏夕，在家吗?"

这个声音好熟悉，好像在哪听过。

顾新？他怎么会来这里？

一个虚弱的声音穿过防盗门传了过来，夏夕的内心泛起一丝恐慌。

千万别进来，千万别进来。

夏夕在心里默默祈祷。

“夏夕，在家吗?”顾新按了按旁边的门铃，好像是坏的，便继续敲门。

有个男人拿着一把刀子走到了门口。

然后夏夕听到下楼的声音，顾新应该是下去了。

心里悬起的石头直接在半空坠落下去。

然后门突然被打开。

所有人的目光都聚焦在门口。

无数的光线趁机拥到了门口。

有个男人安之若素地走了进来。

脸上挂着从容的笑容。

怎么会是你?

怎么又是你?

三个人脸上的曲线拧成惊讶的弧度。

“不好意思，有点儿堵车，来晚了。”

其他两个男人上去就想用棒子打他，反而被他擒住一个，还有一个被打倒在地。

其他三人惊叹地看着眼前这个平日里并没有展示武术功底的男人，而苏成雨像是看到了李小龙一般两眼放光。

“这样吧，我用你这个兄弟换我的学生。而且只要你答应从此以后井水不犯河水，我就不报警。”语文老师想和矮胖男人做交易。

虽然蒙着面具看不出矮胖男人的表情，但依旧能感受到他的那份冰冷和无情。

“哈哈，你当我傻子。一句话，捅一刀换一个人。你要从哪个开始。”

“此话当真?”

“当然，若是你挨过了这三刀，从此以后我便不再找你。不过在此之前，我想请你们吃块蛋糕。”

矮胖男人把刀给了摔倒在地上的男人，自己径直走到蛋糕面前，把蜡烛插了进去，然后用打火机把所有的蜡烛都点了起来。

“今天是我大哥生日。”矮胖男人说完便把蜡烛都吹灭了，从口袋里掏出几把小刀，把蛋糕分成了很多块。

“别客气，都来吃蛋糕。”语文老师放开了手中的男人，矮胖男人带来的两个人走过去一人拿了一块蛋糕吃了起来。

“没叫你们吃。”矮胖男人拍了自己的两个手下一下，然后把目光投向了夏月这边。

三个人都没有动弹。

矮胖男人有些情绪低落地看着语文老师：“好吧，不吃就算了。接下来该我们算账了。”

语文老师朝这边走了过来，似乎早有准备，一副胸有成竹的样子。

“你们两个，去守着那几个小鬼。”矮胖男人看到语文老师淡定地走过来，明显有些惧怕。

快到跟前的时候，语文老师一个箭步冲上来，矮胖男人来不及扬刀，刀便被语文老师夺走。然后语文老师又一个箭步，把矮胖男人抓住，用刀放在他脖子上。

“现在做交易总来得及了吧?”

“哈哈，我不怕死，你也不怕死，但你不怕你的学生死吗?”

语文老师的眼神明显暗了下去，如即将降临的夜色一般。

像是被抓到了软肋一般无计可施。

矮胖男人无比得意地重新从语文老师的手上拿走刀，然后往他肚子上刺了过去。

能听到语文老师痛苦却有意克制的呻吟声，鲜血染红了他的衣服。

“老师!”三个人齐声叫道。

“现在知道为什么了吧?”

“你跟上次的绑匪是一伙的?”

“你果然聪明，不过你的聪明，”矮胖男人又往语文老师身上捅了一刀，“都见鬼去吧。”

苏成雨立即想到了上次夏夕被绑架的事情，有几个绑匪已经被公安局抓了，原来他们还有同伙。

这些同伙是来复仇的。

真相如拨开云雾的太阳。

一切都水落石出。

夏月也明白了过来，叫道：“你们别伤害他。都冲我来。”夏月自己也不明白，为何会如此勇敢地说出这句话。

在这一瞬间我才敢承认，其实我很在乎你。

除了姑父、姑妈，也只有你能够待我如亲人一般。

尽管你的身份暴露之后让我无法接受。

“好啊，那我就不冲你，你，捅旁边那个女生的大腿。”矮胖男人指示站在夏夕旁边的男人。

“不要!”苏成雨扑在夏夕身上。

站在夏夕旁边的男人立即领命，举起了明晃晃的尖刀。

刀还是直接扎进了身体，再一次看到鲜红的血液，夏夕晕了过去。

夏夕晕血，这点夏月是知道的。

不过苏成雨并没有受伤，因为他的身上躺着一个满头白发的男人。

这个人以箭一样的速度挡在了前面。

小区的保安?

苏成雨的身体因为惊愕逐渐僵硬。

大脑某处的一根神经“嘭”的断裂了，没有了思维的大脑一片空白。

然后脑子里又涌进一大堆的保安。

地球是否还是绕着太阳旋转做圆周运动，时光是否永远前进而从来不会倒退。

发生过的事情是不是永远不会定格，看过的温暖是不是不需要用心去温习。

你，你们。

让我看到了人性中闪着月亮一样纯洁美丽的光芒。

让我愿意试着去相信还有明天。

还有幸福的明天。

[十]

喜剧与戏剧只有一字之差，结果却差之千里。

人生和生活不在同一层次却又如此贴近。

人总是有那么多渴望的东西。

灵魂深处还是脑子里缱绻氤氲的美好。

你咬着笔杆满心忧虑地解着并不擅长的作业题。

你坐在束缚的牢笼里踮起脚尖期盼能更早地触摸自由。

你费尽心思想要超越一个内心想象出来的幻影。

你神秘耐心地迂回在我生活的圈里。

你用世上最慈祥的光芒照耀我每一寸流逝的青春韶华。

你用最初的感动安抚了我一季的浮躁不安。

总是有那么多来不及掩饰的感受。

开心、痛苦、快乐、难受、悲伤、寂寞、无奈、羞愧。

总是有那么多无病呻吟、多愁善感。

猝不及防。

心里稍有一丝不安便掠过一阵阵惶恐。

为了无视这迎面而来的不安。

于是就得更加努力地微笑。

第十九章

[一]

夏月打开窗户，冰冷的空气噌噌地往皮肤上贴，脸上氤氲出一片红晕。

姑父、姑妈过完年之后再次跟着小八出国了，偌大的房子只剩下夏月一个人。

已经习惯了这样安静的独居生活，没有半点声音，跟年代久远的无声电影相似。

唯一的伙伴是最近收养的一条流浪狗。夏月给它洗了一个干净的澡，穿了一件可爱的粉红色外套，并给它取了一个韵味深长的名字“芊芊”。

狗跟人不同，只要你愿意友善地对待它，并且把它喂得饱饱的，它便会形影相随、不离不弃地陪在你身边。

外面的雾气把世界裹成一个巨大的谜团，还有许多事情尚未解决，最重要的自然的是高考。

最后一个学期。

每个人都全副武装、整装待发，已经做好了拼死一搏的准备。

唯有自己，在众人瞩目的光荣榜上打了几个滚，然后就销声匿迹再也没出现过。像是悄然遁入冬眠的毒蛇，尽管在内心疯长着剧烈且令人敬畏的毒素，却因为处于静止状态而没有人关注。

原本紧张到没有午休、没有散步概念的头颅开始疯狂地索取更加懒散的生活。不再像原来那样会为了完成作业而忙到半夜三更，也不再为了某件事情而到废寝忘食的地步。

不过，夏月也不会让自己闲下来。她翻着以往一直期待却没时间看的小说，一页一页地看，然后全部啃完，不漏掉任何类似骨头之类的杂质。

夏月开始喜欢写日记，记载着周围的点点滴滴，哪怕是踩死了一只刚好从脚边路过的蚂蚁。

再次为它默哀三十秒。

平常走在街道上，偶尔能听到大人跟小孩讲着“她是个没父没母的坏孩子，千万别跟她玩，也别靠近她，不然她会把你卖到别的地方去”。夏月只好冲着小孩惊恐的眼神笑一笑然后快速离开。

姑父、姑妈在的时候，常常有人以为姑妈是自己的妈妈，那个时候并没有人议论，现在像是在偿还多年的债务一般变本加厉。

女生微微叹了口气。

阴沉沉的天，乌云拖着厚重的身姿在天际游走。

凛冽的寒风遮挡住了空气潜伏的沉闷，温度在指间蔓延。

已经开始讨厌冬天了。

可是冬天就像是萦绕在心头结成伤疤的梦境。

挥之不去。

[二]

男人像往常一样悠闲地坐在沙发上看电视，天气预报预测未来几天内会有强降雪。主持人那惯有的、洪亮的充满磁性的声音持续地响彻耳畔。

女人坐在一旁缝着脱线的衣服，偶尔回过头看看天气预报的画面。

“哎哟。”女人尖叫了声，吸引了所有光线和尘埃的注意。

脸部因为疼痛扭成打结的锁链。

“没事吧？”男人关切地看着女人，想知道发生了什么事情。

“没事，针扎了一下手。对了，要不要给夏月送点过冬的东西？”

女人没有再去关心手上冒出的一点血红色，而是目不转睛地盯着电视机屏幕。画面里用了大片的雪花作为背景，能够从中嗅到的寒冷温度。

“好啊，不过这次你送过去，每次都让我送东西，我怕夏月还是不肯接受你啊。”

尽管只是无意当中的一句话，女人还是当真了，原本热情洋溢的表情像是被洪水吞没了一般，瞬间变得阴沉沉的。

一直渴望的事情，像是遥远在亿万光年外的星球，遥不可及。

她多少次从梦中醒来，喊着夏月的名字，以泪洗面。

当初若不是家里威逼利诱，她又怎么会再次改嫁。

夏月变成了孤儿，才会如此恨自己，这也在情理之中。

往事不堪回首，何况现在自己嫁了这么一个好男人，似乎没什么好抱怨的。

“老婆，我买了点儿保健品放在卧室的小柜子里，你记得带上。”男人看女人依旧沉思着便没有再说话。

虽然自己也不相信保健品真的有那么神奇的作用，但面临高考这项需要脑力、体力、精力的高难度挑战，宁可信其有不可信其无。男人为夏月买了五盒，刚好到高考结束。

“万一她不见我怎么办?”女人忧虑地把头转向男人，似乎心里依旧在矛盾要不要让男人送过去。最近自己还特意织了一件厚实的毛衣，还为女生做了一床被子。

要是女生在家就好，不用送过去直接给她。女人再次浮想联翩。

没有了女人往日惯有的喋喋不休。

“她会见你的。”男人朝她笑笑，算是给她温暖的鼓励。

“要不我今天送过去吧？我怕明天就下雪。”女人已经有些迫不及待，把缝好的衣服放在一边，然后站起了身子。

男人并没有去阻拦她，只是叫她小心点。

女人刚出门便发现外面下雪了。

鹅毛般的雪花洋洋洒洒地从天际飘落下来，像是在完成一场压轴的舞蹈一般华丽多彩。

女人抬起头看着，偶尔有几片晶莹的雪花调皮地趴在脸上，一种浸入骨髓的冰凉席卷而来。

不过内心的温暖足以抗拒一切严寒，女人打了个寒战继续前行。

夏月的家离女人比较远，平常是坐公交车的，但是最近几天这一趟车的公交车司机家里出事，暂时没有找到人开车，女人只好徒步。

遇到这样的事情，连上天也不答应，就这么毫无征兆地下起雪花抗议着。

灰蒙蒙的天，带着足以践踏一切的不可一世，冷漠地俯视脚底下的世界。

在雪花中踉跄了快一个小时，终于到达了夏月家的门口。

女人犹豫了半晌，在原地不停地徘徊。

内心有什么东西在激烈地碰撞，迟迟得不到结果。

女人终于还是鼓起了勇气，轻轻地按一下门铃。

能听到门铃传到外面清脆的声响。

能听到女生拖着拖鞋走来的声音。

能感受到内心汹涌澎湃的涨潮声。

“谁啊？”女生透过猫眼看到一个顶着一头雪花的女人，手上抱着一床被子，手上还提着一个黑色的袋子。

应该是来送礼的，姑父、姑妈是医生，经常有人送来各种各样的东西。

下雪了？女生有些惊讶，刚才看书小说看着看着就睡着了，并不知道外面在下雪。

看来躺在床上看小说睡着的概率实在太高。

女生把门打开，“雪人”映入了眼眶。

“你找谁，我姑父、姑妈去国外了。”

声音里掺杂着刚睡醒的一丝慵懒。

女人没有说话，而是把东西一股脑地塞了过来，然后转身离开。

女人的帽子压得太低，根本无法让人看清楚她的真面目。

头顶被积雪盖住，似乎有点像是圣诞老人。

根本不说话，跟以往送礼的人不同，连姓名也不留，难道是个聋哑人？

女生把东西抱到了家里，从黑色的袋子里掏出几盒高考补脑之类的保健品，还有一件自己很喜欢的粉色毛衣。

女生有些兴奋，赶紧把衣服试穿在身上，刚刚合身。

就像小时候那个女人给自己织的衣服一样，每次穿着身上都暖和舒服而且好看，这也是夏夕唯一会感到羡慕的东西。

所以每次和夏夕一起玩，穿上女人织的毛衣，就不会有自卑到低她一等的感觉。

完全没有。

女生走到窗前想看一下女人有没有走远。

外面的雪花越来越大，女人小心翼翼地前行。

可路过一个拐角时，还是不慎滑倒在地。

女生感觉内心像是被一根绳子紧紧地束缚住不能动弹。

女人的帽子从头顶飘落，在她转身的瞬间，夏月看清楚了她的脸。

居然是她！

女生迅速把身上的毛衣脱下扔到一旁，穿上自己的外套。

犹豫了一会儿，夏月再次走在窗前看着女人离去的身影。

偶尔又是一个踉跄倒在地上，女人半晌才爬起来。

夏月极力压制着心如刀绞般的疼痛，像是那时离开的陆之谦一样。

芊芊不知从哪钻了出来，应该是饿了，不停地舔着自己毛茸茸的拖鞋。

“芊芊乖，我现在去给你拿好吃的。”

柜子里已经没有了狗粮。这几天忘记了去买。

女生挠了挠头，歉意地对着芊芊微笑。

芊芊调皮地朝她汪汪直叫。

“别慌，主人现在去帮你买。”

稍微武装了一番，女生拿着伞往楼下走，芊芊紧紧跟在后面。

“你不怕冷啊。快回去。”女生温柔地抚摸着乖巧的小狗。不过芊芊并没有理会，而是摇着尾巴示意也要一同前去。

楼下街道的店面大多还没开门。加上风雪交加，开门的更是寥寥无几。

好不容易在街道的尽头找到了一家卖狗粮的杂货店还开着门。

“你好，需要点儿什么?”老板热情地问道。

“这里有狗粮吗?”

“不好意思，没了。要不你去别的店看看吧。”

“嗯，谢谢。”

夏月转身离开，芊芊也跟了出来。

雪花的形状由原来的棉絮状变成了大片大片的花瓣。

从万里高空急急坠落。

甚是壮观。

“芊芊，我回去煮面条给你吃吧。”

也只能这么办了。

[三]

夏夕和顾新已经快消失两个月了。

没有人知道他们去哪了，就连苏成雨以及顾新的爸妈也不知道。

他们像是两个曾经现身于地球的外星人，坐着一艘诡异的飞碟销声匿迹了。

再也找不到一分一毫的痕迹。

苏成雨时常想起以前夏夕问他的那个问题。

如果有一天我消失了，你会怎么办?

我会怎么办，当时的答案是：我会在这个城市等你回来，因为我相信你会回来。

夏月在大街上看到了苏成雨。

苏成雨穿着一件臃肿的蓝色羽绒服，在白雪皑皑的积雪下格外惹眼。

“好久不见，最近还好吧?”苏成雨先开了口。

夏月往近走了些，咯吱咯吱的声响缠绕在脚间。

“还行，你呢?”夏月看着苏成雨的眼睛上布满的鲜红色的血丝，不忍直视。

“唉，听说你姑父、姑妈都去国外了，你一个人住？”

苏成雨绕开了先前的话题。

“嗯。”

并没有发现有什么异常。

“你不考虑搬过去吗？”苏成雨的音量减弱了很多，在如此空旷的雪地，还是能听得清清楚楚。

苏成雨云淡风轻地看着四周白雪堆积的白色世界。

远处是一团巨亮的光线，白得有些刺眼。

夏月脸色暗淡地低下头，回道：“我还没考虑清楚。”

男生没有再纠结上个问题，又问道：“高考复习得怎么样了？”

女生再次沉默了下来。

高考，已经是过去式了。

早就把它丢落在深不见底的黑暗深谷，不然也不会成天躲在被窝里看小说，坐在教室里写日记。

让它见鬼去吧。

或许内心还能得到一丝补偿的安慰。

为了曾经那么多个不眠不休的日日夜夜。

也要将它抛之脑后。

两人有一搭没一搭地闲聊着，似乎有一条陌生的铁索桥横在中间，上面铺满了寒气逼人的雪花，每靠近一步都要浇灭一点仅剩的温存。

再也回不到从前。

很久以前就回不去了。

能够畅所欲言、无拘无束、自由自在的时光。

宛若尘封在沙漠底下的千年宝藏无法寻觅。

你笑着调侃每一个可能取笑到我的事情和缺点。

你一脸严肃地讲着一个又一个令人笑到眼泪直流的笑话。

你不顾一切地维护外表看似无坚不摧内心却早已溃不成军的我。

你阳光般地跳跃进我的世界。

却又迈着冷漠的步伐离开。

死党。

只是为曾经年少无知的我们创造友谊而撒下的一个弥天大谎。

我知道你不喜欢我。

我不知道你什么时候喜欢上了夏夕。

我不知道你什么时候知道夏夕喜欢顾新。

我不知道你什么时候知道我不再喜欢顾新。

我不知道怎么去处理这段错综复杂的感情。

我以为只要有你在。

一切都会安好。

所以，只需要更加努力地微笑。

[四]

姑父、姑妈说可能要过段时间才能回来，只好让夏月开学时一个人去。

每逢这个时期，学校便人满为患。

无数的声音汇聚成一个嘈杂的菜市场，新年的问候声、久别的寒暄声、开学兴奋声、学费询问声、箱子滚动声、车辆鸣笛声响彻在耳畔。

像是一锅准备充分的大杂烩，应有尽有。

女生穿梭于川流不息的人群，挤进了缴费办公室。

到处是大人带着孩子的身影，有的甚至全家出动。

女生被人群挤到一个角落，偶尔能听到大人夸奖“你看人家那个女生就一个人来报名，多么独立，要向人家学习”。然后又能听到一个稚嫩的声音极其小心地传了过来“她没有爸妈当然要自己报名”。

夏月假装没听到，慢慢远离了这个说着“她是孤儿，她没有爸妈”的声音。

令人讨厌到骨子里的声音。

无数次在耳边萦绕的声音。

然后再次从缝隙中钻了出去。

外面的空气清新很多，少了那种令人胸口压抑的沉闷。

冬雨淅沥淅沥地飘落，一直涤荡到心里。呼呼作响的寒风每一次刮过，都能让人感受到千刀万剐的疼痛感。

已经无法再忍受。

再深一寸的刀剐。

“嘿，夏月，新年好。”乔子纯的表情丝毫没有受到阴霾天气的影响，脸上的阳光照亮了周围的阴暗。

不知道有什么喜事。

“新年好。乔子纯，你学费缴了没？”

“缴了。怎么，你还没缴啊？”乔子纯若有所悟地瞪着女生捏着一沓钱的手，仿佛要将钱撕成碎片一般用力。

“缴给我啦。”乔子纯从夏月茫然的表情中接过钱，说道：“外面有很多办公室现在开了，都可以去缴学费哦。”

乔子纯煞有其事地呼喊着。很多家长带着孩子快速地跑出了办公室。

“哪边?”

“那里。”乔子纯指着远处高二年级学生缴学费的地方。

高二的学生不如高三的学生和家长积极，那边冷清一片。

“谢谢哦。”很多家长都往那边跑去。

原本爆满的办公室只剩下儿个人。

“老师，我缴学费。”

“叫什么名字。”

“乔子纯。”

男人翻着花名册，疑惑地抬起头。

“你不是缴了吗?”

“噢，错了，是夏月。”乔子纯歉意地笑笑，用手挠着头。

男人把手续办完给了乔子纯发票，并不忘嘱咐一句“自己名字也能记错，高考要努力啊同学”。

门口。女生一脸得意地冲夏月跑来，并把发票递给了她。

“谢谢啦。”

“跟我客气什么。”乔子纯做了一个鬼脸。

“夏月，你说夏夕和顾新会回来吗?”

尽管有意装得那么云淡风轻，夏月还是明白，若是夏夕不回来，她跟苏成雨就有可能了。刚开始兴奋的表情似乎跟这个也有关系。

若是自己有权利为苏成雨选一个女生的话，该选谁呢?

一边是自己已经化干戈为玉帛的好姐妹，一边是在自己身边俨然是死党的好朋友。

不论怎么选择，夏月都不希望她们任何一个人受到伤害。

已经开始为自己这样的一个假设后悔。

至于他们会不会回来，夏月当然也不知道，只是想起以前顾新曾经说过，若是时机成熟，他便和夏夕一同出去流浪。

也许他们已经在外面当上了自由自在的流浪者了吧。

“我也不知道他们会不会回来。”显然这样的回答远比“他们应该会回来”要好很多。

夏月已经能窥探到乔子纯眼里闪烁的亮光。

女生心里的那些东西，还有什么不是自然流露的呢?

[五]

语文课。

男人穿着庄重的西装走向讲台，面带微笑地开始新年第一节课的开场白。

夏月拿出刚在书店买的打折小说翻了起来。她已经无法再去适应男人的课程，稍一失神，就会陷入男人明亮的笑容中去。

男人刚开始三番五次地过来邀请女生住在他家里，遭到女生的强烈拒绝之后，便每隔一个月送来一些好吃的，不再谈及这件事情。

然而，上次夏夕家发生那件事情以后，夏夕出人意料地跟伯伯住在了一起，虽然只是住了短短的半个月，待男人伤好后就不辞而别。

夏月无论如何也想不通，曾经对伯伯喊着“滚”如此骄傲冷漠的夏夕会放下多年积累下的恨而与伯伯重归于好。

就算是爸爸，那也是曾经抛弃过你的叛徒。

你原谅他的时候是什么样的心情?

外面的冷空气穿过某人因粗心没有关紧的窗户上嗖嗖地溜进来，冷得夏月从发呆的状态中恢复过来。

“今天我给大家讲个笑话好不好?”

语文老师的提议立即得到了全班的热烈回应，语文老师的这招经久不衰。

“这是一个关于食堂的冷笑话。有一天，我去食堂买鱼吃，但吃完以后发现味道并不好，于是在去洗碗的路上对打菜的大叔说，‘师傅，这鱼没有上个星期的好吃’。师傅很生气地瞪着我，说道‘胡说，这就是上星期的鱼’。”

听过的人内心的期待自然化成无奈，而没有听过的则是爆笑如雷。

笑话本来就是随缘，一辈子听过看过这么多，能记住的又有几个?

女生瞥了一眼苏成雨的桌子，开学第一天，他居然没来。

自从夏夕走后，苏成雨已经变得更加陌生，性格也内向了很多。

像是中了毒一般，随着天数的增加逐渐侵入五脏六腑，然后直至病入膏肓。

“夏月，寒假发生了什么有趣的事情，跟我们大家一起分享一下吧?”

语文老师并没有着急上课，而是挨个点名，并让同学们聊聊关于寒假有哪些难忘或者有趣的事情。

女生在众人期待的目光中站了起来。

“听说夏夕失踪了。”

“是吗？说不定跟她有关系呢。”

“听说她一直就很妒忌她姐呢。”

“哪里，好像是喜欢上了同一个男生——顾新。”

有人小声嘀咕着，将本来毫无关联的事情联系到了一起，这就是“八卦”。

“我没什么好说的。”夏月在众人匪夷所思的目光下坐了下来。

语文老师尴尬地笑笑，说道：“好吧，下一个”。

该怎么形容眼前的场景呢？

仿佛有无数的“八卦”像潮水、猛兽一般袭来。

学校美丽、骄傲、冷漠的公主夏夕。

众人心中不可企及永远考第一的神童顾新。

他们就在一个不经意的瞬间悄然失踪了。

没有任何的征兆和预示。

大家把这一切好像怪在了夏月身上。

放学后总是会有无数的目光在她后面鬼鬼祟祟、形影相随。

走廊上总是有人在她背后指指点点。

然后头脑里有着无数包裹着刺眼光亮的声线，随着神经传达到身体各处。

古老悠久的城墙不堪时间的侵蚀轰然坍塌。

尘埃在空中瘫软地做着螺旋运动。

想要寻找一块类似桃花源般安静的地方修养疲惫。

[六]

夏月走到楼梯口用力踏了一脚，声控灯居然是坏的，毫无反应。

身影落寞地钻进漆黑的一片中，摸索着前进，从口袋里掏出手机，手机居然也没电。

祸不单行。

一阵节奏缓慢的脚步声向上盘旋，然后被黑暗吞噬得只剩下幽深。

夏月于是更用力地踩着地板，生怕这种安静会把自己也吞噬得干干净净。

到达三楼的时候终于有了楼道灯，昏黄的光氤氲开一个椭圆的温暖空间。

身上携带的冷意被驱逐而散。

门口。

女生有些错愕地看着开着的房门。

难道是没锁吗，还是姑父、姑妈回来了？

女生悄悄地走进去，很快就证实第二个猜测不对，若是姑父、姑妈回来的话，肯定会开灯。

客厅一片漆黑，夏月心里随之泛起一丝冷意。

被凳子绊了一脚，不过并没有摔倒，女生把灯打开。

灯在一瞬间就明亮如初，像是太阳发出的光芒。

依旧是那种死气沉沉的安静。

能听到自己呼吸的声音。

能听到自己走路的脚步声。

夏月害怕这样的氛围，不自觉地就联想到了恐怖片，瞬间就倍感孤单。

女生打开了电视，电视突突地放着白光。

节目里放着一家人正在吃饭的场景，你一句我一句地聊着，一副其乐融融的样子。

夏月用手换了一个台。

天气预报说“明天会下大雨，请大家出门记得带好雨伞注意出行安全”。

再换一个台。

偶像剧的女主角荡气回肠地抱着男主角说，“我喜欢你”。

背景歌曲是陈奕迅的《十年》。

女生烦躁地把电视关掉，然后再次陷入永无宁日的深渊。

黑暗、安静、孤独、寂寞相随相间的无底深渊。

脑海里酝酿着晚饭应该吃什么，若是姑父、姑妈在就好了，回来晚的话肯定有美味佳肴等着她。

不过两个老人似乎很期望能够在现在这个又闲又能动的年龄去周游世界，若不是自己牵绊着他们，也许他们早就出去了。不必像现在偶尔一次出门都隔三岔五地打电话回来。而且回国的日子改了又改，就是希望早点回来。

并不是因为不想在外面多待，而是因为有自己这个累赘在。

累赘。

一个说出来能够让人全身瘫软的词语。

“芊芊。”夏月喊了起来，空旷的房间能听到回音。半天也没见芊芊出来，刚才门是打开的，不会跑出去迷路了吧？

夏月挨个房间找了起来，灯被一个个打开，让夏月的脸上涂着一层亮堂堂的光晕。

“打……打劫。”厨房方向传来了一个声音。

如此的熟悉、动人。

“陆之谦，是你吗？”夏月从房间里冲了出来，看到门口站着一个拿着锅的男生。

内心激烈地冲撞着，不会是他，陆之谦不是死了吗？

一定是幻觉。

厨房的灯再次灭了，连同那个站在门口的高大身影。

果然，脑海里无数次梦见陆之谦复活的场景都是假的。

人死不能复生。

幻想多了，也就会碰到鬼了。

“唉，我说，我战友写封信吓吓你，你又没看到我的尸体，还真以为我死了啊？”

“啪”。厨房的灯再次亮了起来。

陆之谦穿着军装的样子再次映入眼眶。

芊芊蹲在陆之谦身边，正在接受他的贿赂。

“你也太没有原则了吧？”夏月走过去把芊芊抱了起来。

眼睛里像是进了沙子一样痒痒的。

陆之谦瞪着夏月迎上去的眼神咧开了嘴，然后抱住夏月。

芊芊从两人紧紧的拥抱中跳了下来。

“没吃晚饭吧？”

“嗯。”

“我已经准备好了。”

［七］

星期五。

再次轮到了夏月值日。夏夕自从失踪后没有半点儿消息，夏月一个人安静地擦着黑板。

教室里到处都是纸屑和刚开学从家里带过来的零食袋子。

陆之谦进来的时候刚好踩在了一个薯片袋子上，嘴角不自觉地上扬。

“陆之谦，你现在又不在部队了，干吗穿得这么精神啊。”

女生通过余光瞥见了男生绿色的军装，以及那双被军帽檐遮住的炯炯有神的眼睛。

“穿给你看啊。男为悦己者容嘛。”男生咯咯地笑了起来，能听到回音。

“是女为悦己者容。别篡改古人的名言。”

“好吧，那罚我帮你扫地。”说完陆之谦从角落找来一把扫帚，走到教室前方开始扫地。

能听到陆之谦的声音，还能和他聊天。

前几天涌现的孤独感，全被陆之谦的扫帚一扫而空。

“夏月，你在跟谁说话呢?”教导主任把头探了进来。

“和我一个朋友，他出去提水了。”女生透过钴蓝色的玻璃看到陆之谦慢慢走远了。

“那你扫完地就锁好门早点回家，我去别的教室看看。”

“好。”

最近小偷比较多，发生过好几次班级东西被盗事故。为了防止再次发生此类事故，教导主任便在每个下午督促值日生锁门。

“夏月，你跟谁说话呢?”陆之谦提着一桶水从门口进来。

“和教导主任，他可是个厉害角色，千万不能招惹他。”夏月故作严肃地看着陆之谦，眉头微微下垂，似乎真的吓到了陆之谦。

“好怕啊，呵呵。”男生把水提到了讲台上，又放在夏月手上。

“过来，我告诉你个秘密。”夏月一边把手伸进水桶里，一边盯着男生，“先把你的帽子摘了。”

“为什么啊?”陆之谦摘下帽子满脸疑惑地靠近她。

“因为……”夏月用手把水往男生脸上拨去，男生躲闪不及，眼睛被水溅到之后赶紧闭着，然后往后跑。

“夏月，你不怕我报复啊。”

“水在我这，我不怕。”

“我可是练过的。对了，忘了告诉你，我不仅仅是黑带，还是黑带三段。”

女生并没有畏怯，而是提着水往男生那走。

男生突然像是一个胆小鬼，叫道：“别，夏月，你别过来啊。”

然后是一阵阵的惨叫声。

划破校园的安逸和幽静，在枝丫举着的双手间不断缠绕。

[八]

苏成雨有些惊讶地发现客厅中的桌子上放着一个鼓鼓的黑色袋子。

家里从来没见过这样的袋子，苏成雨有些好奇地打开，许多红色百元钞票露了出来。

男人和女人都在厨房，能听到他们的谈笑风生。

“听说最近宝马4S店做活动，亲爱的，明天我们去看一下吧?”

“好啊。对了，老公，我包包坏了。”

“明天陪你逛街好吧。”

“老公最好了。”

苏成雨在外面盯着这么一大袋钱发呆，家里并没有富裕到突然多出这么多钱的地步啊?

应该是发生了什么事情。

饭桌上。

男人和女人都格外健谈，平常都是默默地吃饭，从来不允许说话，而今天气氛异常得诡异。

苏成雨终于忍不住问道：“爸，这钱哪里来的。”

“小孩子管那么多干吗？赶紧吃饭。”男人脸上露出了惯有的严肃。

女人笑容满面地拉了男人一下，说道：“成雨啊，你真的交了个好女朋友啊。呵呵，她爸，也就是楼下那个保安让我们经常去看望夏夕，就给我们这么多钱。真不知道那个男人是不是脑子进水了。”

女人以惯有的唠叨把事情说得一清二楚。

“妈，我们把钱还回去吧。”

两人的脸色立即变得相当难看，像是平常被单位领导批了一般。

“傻孩子，人家给的，不要白不要。你赶紧吃了去看书。”女人听到这话后掩饰不住脸上生气的表情。

门口。

男人开了门，热情地招呼男生。

“叔叔，夏夕最近还没消息吗?”

男人摇了摇头，从上次伤好到现在，他的头发似乎又白了一大半。

“对了，我记得她临走的前一天晚上让我送幅画给你。我老了，记性差，一时忘了。”男人走进卧室拿了一个装着画的盒子走了出来。

男生并没有着急打开，而是跟男人说自己要回学校先走了。

然后用飞快的脚步往家里跑。

[九]

早晨，夏月带着陆之谦一起去上学。冬雨依旧淅沥地弹奏着属于它的歌曲，空气湿冷。陆之谦撑着伞，帮女生背着书包。

到达教室门口的时候，男生说肚子痛就离开了。

有个身影冒冒失失地跑了出来，带着一阵寒风。

“夏月，告诉你个好消息，夏夕就快要回来了！”

男生兴奋的表情显现在脸上，熠熠发光的曲线扭在一起。

“是吗？”夏月有些难以置信地看着他。

“反正你等着就是了。”陆之谦再次跑到三班的教室，估计是在叫乔子纯。

虽然隔得并不算近，夏月依旧能看到乔子纯咬紧着嘴唇，脸上的惊喜被充斥鼻腔的凉意浇灭，但这一点并没有引起苏成雨的注意。

乔子纯在顽强地死守着最后一丝坚强。

[十]

下午，夏月兴冲冲地背着书包往家里走，因为陆之谦答应在楼下等她。

想到这里，女生的步伐稍稍加快了一些，发出微微的喘气声。

夕阳像是一个年迈的老头，干瘪枯黄，毫无活力地在天际蹒跚着。头顶是雨过之后湛蓝白色相间的天空。

空气夹杂着泥土青草的芳香一般不可收拾的清新扑鼻。

芊芊摇着尾巴远远地就跑了过来，汪汪地叫着，对于主人的归来无比欢喜。

楼下，有几十个穿着军装模样的男人排成了两队，有个人手中还拿着军装之类的东西，旁边有个高个子拿着一个相框。

夏月在转身的时候才看清楚了相框上的照片。

露着熟悉的温暖的笑容。

不过十米左右的距离，清晰的视线顿然陷入了相框的包围圈，视野缩成一个相框大小。

心里的感伤汹涌澎湃地涌出，无法抑制。相片上无比灿烂的笑容宛若夏日的烈日灼伤了夏月逐渐暗淡下来的眼眸，有无数的针线在身体和心脏的部位来回穿梭，神经已然麻木，感觉不到疼痛。

姑妈走过来拉了拉夏月的手，说道：“夏月，我们回家去。陆之谦是个好孩子啊。”

夏月感到有双手轻轻地拽着自己，身体不自主地倾斜，在回过神的瞬间才重新找到了平衡。

夏月的眼睛死死地盯着男生灿烂的笑容，像是用照相机在定格时间最美丽的时刻。

“夏月，怎么了？”姑妈再次轻轻地推了一下发愣的夏月。

“芊芊呢？”女生发疯似的用目光搜寻着，原本安静的模样变得躁动不安，身体微微缩成一团，然后缓慢地往下蹲，后背剧烈地运动着，失声恸哭起来。压抑的情绪像是得到了释放，姑妈不停地用手轻拍着夏月的背部。

所有包括蕴藏在沙漠地下的秘密，像是串起来的无数粒沙子，终于赤裸裸地展现在眼前。

事实就是，在夏夕和顾新离开一个礼拜后，女生得了不自主强迫幻想症。

幻想着陆之谦起死回生。

幻想着他就在自己的身边。

幻想着一直拥有他，从来就不曾失去。

幻想着世界的一切都掌握在自己的手里，可以随心所欲地玩弄于股掌之中。

[十一]

女生从医院出来的时候，姑妈开心得像个小孩，“夏月，医生说你没事了。”

“哦。”女生微微笑了一下。

凛冽寒风刮过女生的发梢，就那么飘忽不定地在额前招摇。

总算是不用再三番五次地来看这个奇怪的心理医生，夏月的心里一阵舒畅。

“夏月，你刚出来的时候在医生面前说的什么悄悄话啊？”

姑妈接女生行李的时候恰好看到了那一幕——女生凑到医生耳边轻轻地说着什么。

“你猜？”夏月蹦蹦跳跳地往前面跑去。

出口处是一片被众多光线包裹着的亮光。

更像是一面被磨得发光的镜子。